中等职业教育计算机应用专业系列规划教材

计算机组装与维护

主　编　陈桂生
副主编　安工厂　毛吉魁

中国人民大学出版社
·北京·

（7）“F5”键：从 CMOS 中恢复前次的 CMOS 设定值，仅在选择设定菜单有效。

（8）“F6”键：从故障保护默认值表加载 CMOS 值，仅在选择设定菜单有效。

（9）“F7”键：加载优化默认值。

（10）“F10”键：保存改变后的 CMOS 设定值并退出。

3.2.2 装机常用的 CMOS 设置

由于现在 BIOS 程序智能化程度很高，出厂的设置基本上是最佳的设置，所以装机时再设置的选项已非常少，一般新装机时只需设置一下系统时钟和开机启动顺序即可。下面介绍一些常用的重要选项。

1. 系统时钟设置

进行系统时钟设置时，选择 CMOS 设置程序主界面中的“Standard CMOS Features ”选项，如图 3—3 所示。

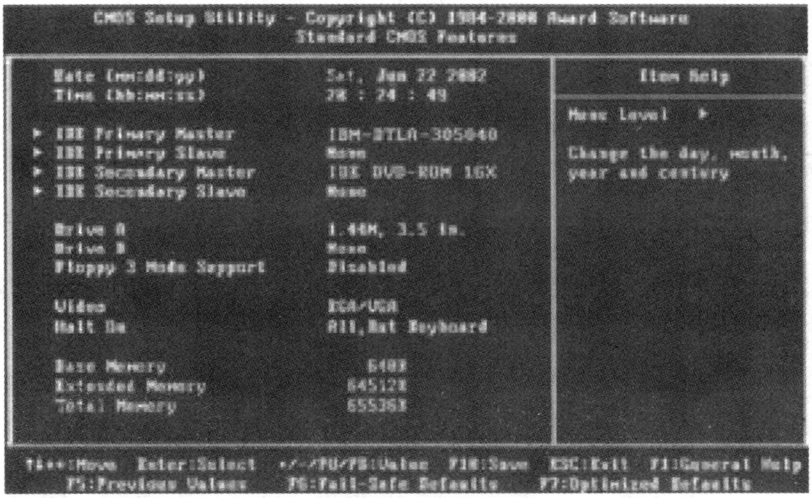

图 3—3

Date 用以设置系统的当前日期，此项以“月：日：年”格式设置当前日期，用“Page Up”、“Page Down”或“＋”、“－”键选择其值大小。

Time 用以设置系统的当前时间，此项以“时：分：秒”格式设置当前时间，“Page Up”、“Page Down”或“＋”、“－”键选择其值大小。

系统时钟也可以在操作系统中设置，即便没有设置系统时钟，也不会影响计算机的正常运行。

2. 启动顺序设置

启动计算机时，将按照设置的启动顺序选择从硬盘启动、软驱启动、光驱启动或从其他设备启动。启动顺序设置是在新装机或重新安装系统时，必须手动设置的

前　言

随着IT行业在中国的快速发展，计算机作为信息社会最基本的信息技术工具，已经渗透到人们日常生活的每个领域。由于计算机的用途越来越广，计算机使用频率增高，使用过程中难免会出现故障。因此，掌握计算机的硬件和软件知识，在处理使用过程中常见的故障时是很有必要的。

本书分10章，主要涉及计算机组成及硬件选购、计算机硬件组装、BIOS设置、硬盘分区和格式化、操作系统的安装、驱动程序的安装、常用应用软件的安装与使用、系统备份和还原、计算机系统的维护及常见故障处理、计算机组装与维护实训。

本书以适应新的教学模式、教学要求为根本，以满足学生需求和社会需求为目标。在编写中，力求突出以下特色：

1. 内容先进。本书按照计算机行业的发展现状，更新了教学内容，介绍了当前市场最新的主流技术。

2. 知识实用。结合教学实际，以“必须，够用”为原则，大大降低了理论难度，努力突出实用性。

3. 突出操作。体现以应用为核心，以培养实际动手能力为重点，力求做到学与教并重，科学性与实用性相统一，紧密联系生活、生产实际，将理论知识与操作技能有机地结合起来。

4. 学习轻松。讲解过程结合了大量图片，与教学同步，上手容易、节省时间、提高效率、学习更轻松。

本书既有理论知识，又有实践操作，是一本学习计算机组装与维护的指导书。通过本书的学习，读者能够根据实际需求选择合适的计算机硬件以及常用的外部设备；能够熟练组装计算机并进行必要的测试；能够熟练安装计算机操作系统和常用的应用软件；能够处理各种常见的计算机硬件故障和软件故障。

本书由于编写时间仓促，难免会出现不足之处，欢迎读者批评指正，在此表示衷心的感谢。

编　者

2010 年 7 月

目 录

第 1 章　计算机组成及硬件选购

本章主要讲述计算机的系统组成及工作原理，计算机的主要性能指标，计算机的选购和配置。本章的教学目的是使学生对计算机的组成有一个概括了解，为计算机的组装与维护奠定基础。

1.1　计算机概述

计算机是一种能够按照事先存储的程序，自动、高速地进行大量数值计算和各种信息处理的现代化智能电子设备。它由硬件系统和软件系统组成。计算机的特点是体积小、灵活性大、价格便宜、使用方便。

1.1.1　计算机的组成

计算机的组成，如图 1—1 所示。

1.1.2　计算机的发展历史

随着生产力的发展和社会的进步，人类所使用的计算工具经历了从简单到复杂、从低级到高级的发展过程。1946 年，世界上第一台数字电子计算机——ENIAC 在美国诞生。这台计算机由 18 000 多个电子管组成，占地 $170m^2$，总重量为 30t，耗电 140kW，每秒能进行 5 000 次加法或 400 次乘法运算。

计算机在 60 多年的发展过程中，经过了电子管、晶体管、集成电路（IC）和超大规模集成电路（VLSI）四个发展阶段，计算机的体积越来越小、功能越来越强、

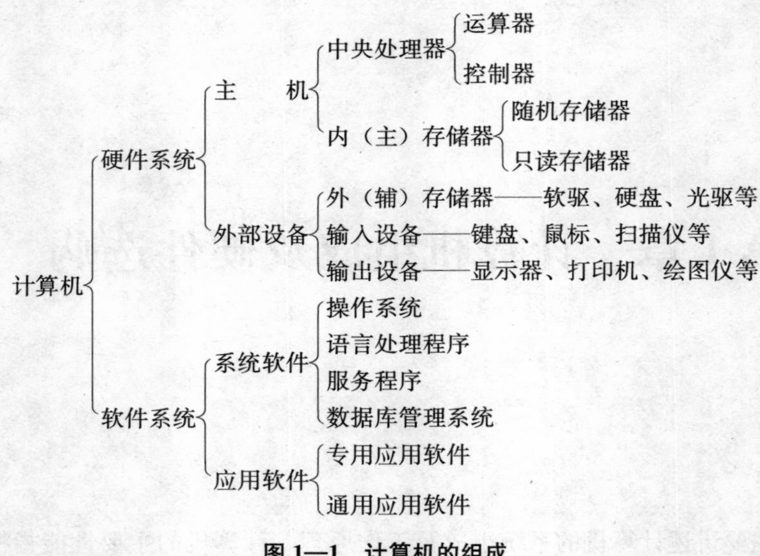

图 1—1　计算机的组成

价格越来越低、应用越来越广泛，目前正朝智能化（第五代）计算机方向发展。

1. 第一代计算机（1946 年～1958 年）

第一代计算机的体积较大、运算速度较低、存储容量不大，而且价格昂贵、使用不方便，所编制的程序的复杂程度难以表述。这一代计算机主要用于科学计算，只在重要部门或科学研究部门使用。

2. 第二代计算机（1958 年～1965 年）

第二代计算机全部采用晶体管作为电子器件，其运算速度比第一代计算机的速度提高了近百倍，体积为原来的几十分之一。在软件方面开始使用计算机算法语言。这一代计算机不仅用于科学计算，还用于数据处理和事务处理及工业控制。

3. 第三代计算机（1965 年～1970 年）

第三代计算机的主要特征是以中、小规模集成电路作为电子器件，并且出现了操作系统，计算机的功能越来越强、应用范围越来越广。这一代计算机不仅用于科学计算，还用于文字处理、企业管理、自动控制等领域，出现了计算机科学与其他学科紧密相连、综合交叉的一门新学科——信息管理系统，它用于生产管理、交通管理、情报检索等领域。

4. 第四代计算机（1970 年至今）

第四代计算机的一个重要分支是采用大规模集成电路（LSI）和超大规模集成电路（VLSI）为主要电子器件制成的计算机。例如 80386 微处理器，在面积约为 10mm × 10mm 的单个芯片上，可以集成大约 27.5 万个晶体管。

第四代计算机的另一个重要分支是以大规模集成电路和超大规模集成电路为基础发展起来的微处理器和微型计算机。微型计算机的发展大致也经历了四个阶段：

第一阶段（1971 年～1973 年）。微处理器有 4004、4040、8008 等几种型号。

1971 年英特尔（Intel）公司研制出 MCS-4 微型计算机（微处理器为 4040），后来又推出以 8008 为核心的 MCS-8 微型计算机。

第二阶段（1973 年～1977 年），微型计算机的发展和改进阶段。微处理器有 8080、8085、M6800、Z80 等几种型号。Intel 公司相继推出了 MCS-80 微型计算机（微处理器为 8080）、TRS-80 微型计算机（微处理器为 Z80）、Apple-II 微型计算机（微处理器为 6502），曾一度风靡世界。

第三阶段（1978 年～1983 年），16 位微型计算机的发展阶段。微处理器有 8086、8088、80186、80286、M68000、Z8000 等几种型号。这一阶段微型计算机的代表产品是 IBM 公司的个人计算机（微处理器为 8086），这一阶段的顶峰产品是苹果公司的 Macintosh 微型计算机（1984 年）和 IBM 公司的 PC-AT 286 微型计算机（1986 年）。

第四阶段（1983 年至今），32 位微型计算机的发展阶段。微处理器相继推出 80386、80486、386、486 微型计算机是初期产品。1993 年，Intel 公司推出了 Pentium（中文译名为“奔腾”）系列微处理器，它具有 64 位的内部数据通道，现在 Pentium 微处理器已成为了主流产品。微处理器的不断更新，带动了计算机飞速发展，由此可见，微型计算机的性能主要取决于它的核心器件——微处理器的性能。

5. 第五代计算机

第五代计算机将信息采集、存储、处理、通信和人工智能结合在一起，具有形式推理、联想、学习和解释能力。它的系统结构将突破传统的冯·诺依曼机器的概念，实现高度的并行处理。

1.1.3 计算机的组成设备

1. 硬件设备

一台计算机硬件设备主要包括主机、显示器、键盘、鼠标和音箱等，如图 1—2 所示。

图 1—2 计算机的硬件设备

2. 外部设备

除了上述硬件设备外，还有其他的外部设备，如耳机、打印机、摄像头和扫描仪等，如图 1—3 所示。

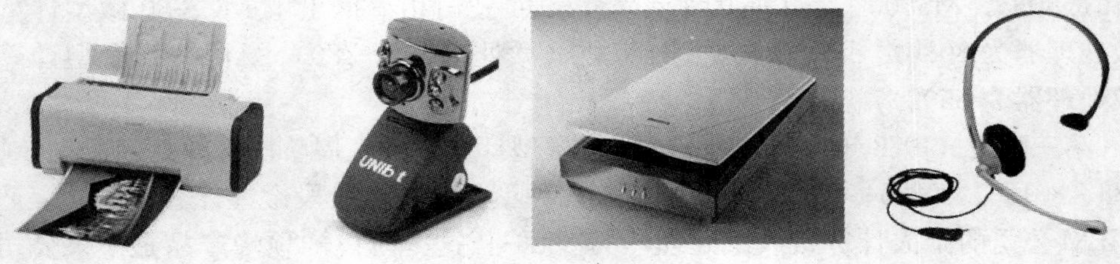

图 1—3　计算机的外部设备

1.2　深入认知 CPU

CPU 是中央处理单元（central processing unit）的缩写，它也被称做微处理器（microprocessor）、处理器（processor）。CPU 是计算机的核心，其重要性好比大脑对于人一样，因为它负责处理、运算计算机内部的所有数据。而主板芯片组则更像是心脏，它控制着数据的交换。CPU 的种类决定了操作系统和相应的软件。CPU 主要由运算器、控制器、寄存器组和内部总线等构成。

1.2.1　CPU 的接口

CPU 需要通过接口与主板连接，经过多年的发展，CPU 厂商都生产了很多系列和型号。Intel 公司的 CPU 主要系列和型号有 Pentium、Pentium Pro、Pentium Ⅱ、PentiumⅢ、Pentium 4、Pentium-M、Celeron、CeleronⅡ、Xeon 等。而 AMD 公司则有 K5、K6、K6-2、Duron、AthlonXP、Athlon 64 等。这些 CPU 都通过多种形式的接口与主板相连，分别为引脚式、卡式、触点式、针脚式等。下面我们就逐个地简单介绍一下。

1. Intel 公司 CPU 的接口

（1）Socket 423。

Socket 423 接口是最初 Pentium 4 处理器的标准接口，Socket 423 的外形和 Socket 类的接口类似，对应的 CPU 针脚数为 423。Socket 423 接口多是基于 Intel 850 芯片组主板，支持（1.3～1.8）GHz 的 Pentium 4 处理器。不过随着 DDR 内存的流行，Intel 又开发了支持 SDRAM 及 DDR 内存的 i845 芯片组，CPU 接口也改成了 Socket 478，Socket 423 接口也就销声匿迹了。

（2）Socket 478。

Socket 478 接口是 Pentium 4 系列处理器所采用的接口类型，针脚数为 478 针。Pentium 4 处理器面积很小，所以针脚排列极为紧密。Intel 公司的 Pentium 4 系列和赛扬 4 系列都采用此接口。其外观如图 1—4 所示。

图 1—4　Socket 478

（3）Socket 775。

Socket 775 又称为 Socket T，是目前应用于 Intel LGA 775 封装的 CPU 所对应的接口，目前采用此种接口的有 Pentium 4、Pentium 4EE、Celeron D 等。与以前的 Socket 478 接口不同，Socket 775 接口的底部没有传统的针脚，取而代之的是 775 个触点，即触点式，通过与对应的 Socket 775 插槽内的 775 根触针接触来传输信号。Socket 775 接口不仅能够有效提升 CPU 的信号强度、频率，同时也可以提高 CPU 生产的良品率、降低生产成本。其外观如图 1—5 所示。

图 1—5　Socket 775

（4）Socket 603。

Socket 603 的用途比较专业，应用于 Intel 公司高端的服务器/工作站平台，具有 603 根 CPU 针脚。采用此接口的是 Xeon MP 和早期的 Xeon。Socket 603 接口的 CPU 可以兼容 Socket 604 接口。

（5）Socket 604。

与 Socket 603 相同，Socket 604 也是应用于 Intel 公司高端的服务器/工作站平台，采用此接口的 CPU 是 533MHz 和 800MHz 的 Xeon，Socket 604 接口的 CPU 不能兼容 Socket 603 接口。

（6）SLOT 1。

SLOT 1 是 Intel 公司为取代 Socket 7 而开发的 CPU 接口，并申请了专利，这样其他厂商就无法生产 SLOT 1 接口的产品。SLOT 1 接口的 CPU 不再是大家熟悉的方方正正的样子，而是变成了扁平的长方体，而且接口也变成了金手指，不再是插针形式。其外观如图 1—6 所示。

图 1—6　SLOT 1 接口处理器

SLOT 1 是 Intel 公司为 PentiumⅡ系列 CPU 设计的插槽，其将 PentiumⅡCPU 及相关控制电路、二级缓存都做在一块子卡上，多数 SLOT 1 主板使用 100MHz 外频。SLOT 1 的技术结构比较先进，能提供更大的内部传输带宽和 CPU 性能。此种接口已经被淘汰，市面上已无此类接口的产品。

（7）SLOT 2。

SLOT 2 用途比较专业，都用于高端服务器及图形工作站的系统，所用的 CPU 也是很昂贵的 Xeon（至强）系列。SLOT 2 与 SLOT 1 相比，有许多不同，首先，SLOT 2 接口更长，CPU 本身也都要大一些；其次，SLOT 2 能够胜任更高要求的多用途计算处理，这是进入高端企业计算市场的关键所在。在当时标准服务器设计中，一般厂商只能同时在系统中采用两个 PentiumⅡ处理器，而有了 SLOT 2 设计后，可以在一台服务器中同时采用 8 个处理器。而且采用 SLOT 2 接口的 PentiumⅡCPU 都采用了当时最先进的 0.25μm 制造工艺。支持 SLOT 2 接口的主板芯片组有 440GX 和 450GX。

（8）Socket 370。

Socket 370 接口是 Intel 开发出来代替 SLOT 接口的，也采用零插拔力插槽，对应的 CPU 是 370 针脚。Intel 公司著名的“铜矿”和“图拉丁”系列 CPU 就是采用此接口。

2. AMD 公司 CPU 的接口

（1）Socket 754。

Socket 754 是 2003 年 9 月 AMD 公司 64 位桌面平台最初发布时的 CPU 接口，具有 754 根 CPU 针脚。目前采用此接口的有低端的 Athlon 64 和高端的 Sempron，随着技术的发展，Socket 754 逐渐淡出。

（2）Socket 939。

Socket 939 是 AMD 公司于 2004 年 6 月推出的 64 位桌面平台 CPU 接口标准，具有 939 根 CPU 针脚。目前采用此接口的有高端的 Athlon 64 以及 Athlon 64FX。Socket 939 与以前的 Socket 940 插槽是不能混插的，但是，Socket 939 仍然使用了相同的 CPU 风扇系统模式，因此以前用于 Socket 940 和 Socket 754 的风扇同样可以使用在 Socket 939。

（3）Socket 940。

Socket 940 是 AMD 公司最早发布的 64 位接口标准，具有 940 根 CPU 针脚。目前采用此接口的有服务器/工作站所使用的 Opteron 以及最初的 Athlon 64FX。随着新出的 Athlon 64FX 改用 Socket 939 接口，Socket 940 已成为 Opteron 的专用接口。其外观如图 1—7 所示。

图 1—7　Socket 940

（4）Socket A。

Socket A 接口，也叫 Socket 462，是目前 AMD 公司 Athlon XP 和 Duron 所采用的接口类型。Socket A 接口具有 462 插空，可以支持 133MHz 外频。

（5）SLOT A。

SLOT A 接口类似于 Intel 公司的 SLOT 1 接口，供 AMD 公司的 K7-Athlon 使用的。在技术和性能上，SLOT A 主板可完全兼容原有的各种外设扩展卡设备。它使用的并不是 Intel 的 P2 GTL＋总线协议，而是 Digital 公司的 Alpha 总线协议 EV6。EV6 架构是一种较先进的架构，它采用多线程处理的点到点拓扑结构，支持 200MHz 的总线频率。

1.2.2　CPU 的性能指标

CPU 的性能指标直接影响着计算机的性能，因此 CPU 性能的好坏十分重要。下面简要介绍 CPU 的主要性能指标，使大家对 CPU 有一个更深入的了解。

1. 主频、外频和倍频

（1）主频。主频又称时钟速度（clock speed），它表示在 CPU 内数字脉冲信号振荡的速度。主频越高，CPU 在一个时钟内所能完成的指令数也就越多，CPU 的运算速度也就越快。CPU 主频的高低与 CPU 的外频和倍频有关，其计算公式为：

主频＝外频×倍频

（2）外频。外频是 CPU 与主板之间同步运行的速度，目前绝大部分计算机系统中外频也是内存与主板之间同步运行的速度。在这种情况下，CPU 的外频直接影响内存的访问速度。外频速度高，CPU 就可以同时接收更多来自外围设备的数据，从而使整个系统的速度进一步提高。

（3）倍频。倍频是 CPU 的主频和外频之间的相对的比例关系。在相同的外频下，倍频越高，CPU 的主频也越高。实际上，在相同外频的前提下，高倍频的 CPU 本身意义并不大，一味追求高倍频就会出现明显的瓶颈（CPU 从系统中得到数据的最大速度小于 CPU 运算的速度）效应。

2. 缓存

缓存（cache）又称高速缓存，是可以进行高速数据传输的存储器。由于 CPU 运行速度远远高于内存和硬盘等存储器，因此有必要将常用的指令和数据等放进缓存，让 CPU 在缓存中直接读取，以提升计算机的性能。

CPU 的缓存分为两种，即一级缓存（L1 cache）和二级缓存（L2 cache）。由于缓存的容量和结构对 CPU 的性能影响较大，因此 CPU 生产厂商纷纷力争加大缓存的容量。缓存均由静态 RAM 组成，结构较复杂，且成本也较高，因此以前的 CPU 内部只集成了 L1 cache，而把 L2 cache 放置在主板上。后来，Intel 公司推出了双独立总线结构，将 L2 cache 也集成到了 CPU 内部，但只能以 CPU 一半的主频工作。现在，Intel 公司与 AMD 公司已经成功地将 L2 cache 集成在 CPU 内部，并以与 CPU 主频相同的频率工作，称为全速二级缓存。

Intel 公司生产的 Pentium 4 至尊版 CPU，其核心频率高达 3.46GHz，是第一个前端总线达到 1066MHz 的产品，外频由原来的 200MHz 直接跳到 266MHz，具备 512KB L2 cache 及 2MB L3 cache，封装方面则采用了 LGA 775。

3. 制造工艺

CPU 的表面上有“0.18μm”等字样，这个数据越小，表明 CPU 的制造工艺越先进。芯片制造工艺在 1995 年以后，从 0.5μm、0.35μm、0.25μm、0.18μm、0.15μm、0.13μm、0.09μm 一直发展到目前最新的 0.065μm，而 0.045μm 和 0.03μm 的制造工艺将是下一代 CPU 的发展目标。制造工艺使得 CPU 的特征尺寸不断缩小，从而集成度不断提高、功耗降低，CPU 的性能得到提高。目前 Intel 公司和 AMD 公司几乎都在使用 0.09μm 工艺生产 CPU。

4. 工作电压

工作电压（supply voltage）即 CPU 正常工作时所需的电压。早期的 CPU 由于制作工艺落后，因此工作时电压较大，一般为 5V 左右，导致 CPU 的发热量过大，容易出现电子迁移现象，同时缩短了 CPU 的使用寿命。随着 CPU 制作工艺的提高，现在的CPU工作电压一般在1.4～2.0V之间，使CPU发热量问题得到了很好的解决。

5. 前端总线

前端总线是AMD公司在推出K7系列CPU时提出的概念，一直以来很多人都误认为这个名词不过是外频的一个别称。实际上，平时所说的外频是指CPU与主板的连接速度，这个概念是建立在数字脉冲信号振荡速度的基础之上，而前端总线的速度指的是数据传输的速度。例如，100MHz外频特指数字脉冲信号每秒钟振荡1 000万次，而100MHz前端总线则指的是每秒钟CPU可接收的数据传输量是100×64/8=800MB。就CPU速度而言，前端总线比外频更具代表性。

6. 扩展总线速度

扩展总线速度（expansion-bus speed）是指计算机系统的局部总线速度，如ISA、PCI或AGP总线。平时用户打开计算机机箱时，总可以看见一些插槽，这些插槽又称扩展槽，上面可以插显卡、声卡、网卡之类的功能模块，而扩展总线就是CPU用以联系这些设备的桥梁。

7. 内存总线速度

内存总线速度（memory-bus speed）就是系统总路线速度，一般情况下与CPU的外频相等。CPU处理的数据都由主存储器提供，而主存储器也就是平常所说的内存。一般放在外存（磁盘或者各种存储介质）上面的资料都要通过内存，然后再由CPU进行处理，所以外存与内存之间的通道，也就是内存总线的速度对整个系统的性能就显得尤为重要。由于内存和CPU的运行速度会有差异，因此便出现了二级缓存来协调两者之间的差异。内存总线速度实际上是指CPU二级缓存和内存之间的通信速度。

8. 动态处理

动态处理是应用在高性能奔腾处理器中的新技术，创造性地把三项专为提高CPU对数据的操作效率而设计的技术融合在一起。这三项技术分别是多路分流预测、数据流量分析和猜测执行。动态处理并不是简单执行一串指令，而是通过操作数据来提高CPU的工作效率。

（1）多路分流预测。通过几个分支对程序流向进行预测，采用多路分流预测算法后，CPU便可参与指令流向的跳转。它预测下一条指令在内存中位置的精确度可以达到惊人的90%以上。这是因为CPU在取指令时，还会在程序中寻找未来要执行的指令。这个技术可加速向CPU传送任务。

（2）数据流量分析。抛开原程序的顺序，分析并重排指令，优化执行顺序。CPU读取经过解码的软件指令，判断该指令能否处理或是否需与其他指令一道处理。然后，CPU再决定如何优化执行顺序以便高效地处理和执行指令。

（3）猜测执行。通过提前判读并执行有可能需要的指令来提高执行速度。当CPU执行指令时（每次5条），采用的是“猜测执行”的方法。这样可使CPU超级处理能力得到充分的发挥，从而提升软件性能。被处理的软件指令是建立在猜测分支基础之上，因此结果也就作为“预测结果”保留起来。一旦其最终状态能被确定，指令便可返回到其正常顺序并保持永久的机器状态。

9. 协处理器

协处理器也叫数字协处理器，主要增强浮点运算。由于 Intel 公司早期的 CPU 都不集成协处理器，因此 8088、286、386 等计算机的 CPU 浮点运算性能都相当落后，从 486 以后，CPU 一般都内置了协处理器，协处理器的功能也不再局限于增强浮点运算。含有内置协处理器的 CPU，可以加快特写类型的数值计算，以及某些需要进行复杂计算的软件系统，如 AutoCAD 就需要协处理器支持。

10. 指令集

指令集是为了增强 CPU 在某些方面（如多媒体）的功能而特意开发的一组程序代码集合，目前最常见的指令集有以下几种：

（1）多媒体扩展（multi-media extensions，MMX）指令集。它是 Intel 公司于 1996 年推出的一项多媒体指令增强技术。MMX 指令集中包括 57 条多媒体指令，通过这些指令可以一次处理多个数据，在处理结果超过实际处理能力时也能进行正常处理。

（2）单指令多数据流扩展（streaming SIMD extensions，SSE）指令集。它是 Intel 公司在 Pentium Ⅲ处理器中率先推出的。SSE 指令集包括 70 条指令，其中包含提高 3D 图形运算效率的 50 条单指令多数据（SIMD）浮点运算指令、12 条 MMX 整数运算增强指令、8 条优化内存中连续数据块传输指令。理论上这些指令对目前流行的图像处理、浮点处理、3D 运算、视频处理、音频处理等诸多多媒体应用起到了全面强化的作用。Intel 公司的 SSE 指令与 AMD 公司的 3DNow！指令彼此不兼容，但 SSE 包含了 3DNow！的绝大部分功能，只是实现的方法不同。

（3）SSE2 指令集。互联网 SIMD 流技术扩展是一些能够减少运行一个特殊程序所需整体指令数量的指令。使用它们能够提高性能，并能够加快许多应用程序的运行，包括视频、语音、图像、照片处理、加密、财务、工程和科学应用等。Net Burst 微体系结构添加了 144 条 SSE 指令，称为 SSE 2。

（4）SSE3 指令集。Intel 公司在 Prescott 处理器中增加了 13 条新的指令，其中包括 1 条专门针对视频解码的指令、2 条针对线程处理的指令，这有助于增加 Intel 超线程传输的处理能力。而其他的指令则支持复杂的算术运算，类似于浮点转整数以及 SIMD 的浮点运算。SSE3 指令集无疑扩展了 SSE2 指令集的能力，不过 SSE3 指令集只是扩展指令的一部分，在性能上没有得到很大的提升。

（5）3DNow！指令集。该指令集出现在 SSE 指令集之前，并被 AMD 公司广泛应用于其 K6-2、K6-3 及 Athlon（K7）处理器上。3DNow！指令集技术其实就是 21 条机器码的扩展指令集。与 Intel 公司侧重于整数运算的 MMX 技术有所不同，3DNow！指令集主要针对三维建模、坐标变换和效果渲染等三维应用场合，在软件的配合下，可以大幅度提高 3D 处理性能。

1.2.3 主流 CPU 的主要性能参数

1. Intel 公司的 CPU 的主要性能参数

Intel 公司的 CPU 的主要性能参数见表 1—1。

表 1—1　Intel 公司的 CPU 的主要性能参数

CPU 型号	核心数量	主频（GHz）	一级缓存（KB）	二级缓存（KB）	FSB（MHz）
Celeron 420	1	1.6	64	512	800
Pentium E2160	2	1.8	128	1 024	800
Pentium D925	2	3.0	64	4 096	800
Core 2 Duo E4500	2	2.2	128	2 048	800
Core 2 Duo E6600	2	2.4	2×32	2×2 048	1 066
Core 2 Duo E8200	2	2.66	128	6 144	1 333
Core 2 Quad Q6600	4	2.4	256	8 192	1 066

2. AMD 公司的 CPU 的主要性能参数

AMD 公司的 CPU 的主要性能参数见表 1—2。

表 1—2　AMD 公司的 CPU 的主要性能参数

CPU 型号	核心数量	主频（GHz）	一级缓存（KB）	二级缓存（KB）	三级缓存（KB）	FSB（MHz）
Sempron 2100+	1	1.8	2×128	2×256		800
Sempron LE-1100	1	1.9	128	256		1 000
AM2 Athlon 64 X25000+	2	2.6	2×128	2×512		1 000
Phenom X3 8600	3	2.3	3×128	3×512	2 048	1 800
Phenom X4 9550	4	2.2	4×128	4×512	2 048	3 600

3. 笔记本 CPU 的主要性能参数

笔记本 CPU 的主要性能参数见表 1—3。

表 1—3　笔记本 CPU 的主要性能参数

CPU 型号	核心数量	主频（GHz）	二级缓存（KB）	FSB（MHz）
VIA C7-M 754	1	1.5	128	400
AMD Turion 64 X2 LK-50	2	1.6	512	800
AMD Mobile Athlon 64 X2 TK-57	2	1.9	512	800
Intel Pentium Dual Core T2370	2	1.73	1 024	533
Intel Core 2 Duo T5450	2	1.66	2 048	667
Intel Core 2 Duo T7250	2	2.0	2 048	800
Intel Core 2 Duo T7500	2	2.2	4 096	800
Intel Core 2 Duo T8300	2	2.4	3 072	800
Intel Core 2 Duo T9300	2	2.5	6 144	800

1.2.4 CPU的选购技巧

1. 选择 AMD 还是 Intel

这个问题可能是很多装机者最头疼的问题之一。从技术层面讲，Intel 公司的产品追求高主频，所以倍频很高，管线数很大（30 多），也就是指令长，导致执行同样功能的指令需要更多的时钟周期。而 AMD 公司的产品追求的是高效率，一般主频不高，管线数小（20 多），而且现在 AMD 公司的一级缓存比较大，这样执行效率更高。由于大多数人认为主频高就是性能好，所以现在 AMD 公司的产品不标主频，而用 PR 值替代。

在应用范围方面，AMD 的 CPU 在三维制作、游戏应用、视频处理等方面比同档次的 Intel 的 CPU 有优势，而 Intel 的 CPU 则在商业应用、多媒体应用、平面设计方面有优势；在性能方面，同档次的 Intel 的 CPU 整体来说可能比 AMD 的 CPU 要有优势一些；在价格方面，AMD 的 CPU 绝对占优势。在选购时应根据实际用途、资金预算选择最适合自己的 CPU。

2. 选择散装还是盒装

从技术角度而言，盒装和散装产品在性能、稳定性以及可超频潜力方面不存在任何差距。盒装和散装的主要差别在保修时间的长短以及是否带散热器。一般而言，盒装 CPU 的保修时间要长一些（通常为 3 年），而且附带一个质量较好的散热器；而散装 CPU 一般的保修时间是 1 年，并且不带散热器。

3. 选购产品的时机

通常一款新的 CPU 刚刚面世时，它的价格会很高，而且技术也未必成熟。此时除非特别需要，否则大可不必追赶潮流花很多钱去买，因为只要再过半年左右的时间，它的价格就会下降。所以购买时，最好选择推出半年到一年的 CPU 产品。

4. 识别真假 CPU

（1）看水印字。Intel 公司在 CPU 包装盒上的塑料薄膜使用了特殊的印字工艺，薄膜上的 Intel Corporation 的水印文字非常牢固，无论用指甲怎么刮都刮不下来；而假 CPU 包装盒上的印字就不那么牢固，用指甲刮或用手指搓，字迹就会变淡或被刮下来。

（2）看激光标签。正品盒装 CPU 外壳左侧的激光标签采用了四重着色技术，层次丰富、字迹清晰；假货则做不到这样的精美。

（3）电话查询。盒装标签上有一串很长的编码，可以通过拨打 Intel 的查询热线来查询产品的真伪。

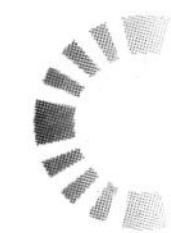

1.3　深入认知主板

主板，又叫主机板（main board）、系统板（system board）或母板（mother board）。它安装在机箱内，是计算机最基本的也是最重要的部件之一。计算机主板可以称为计算机的“神经系统”，它是一种高科技、高制作工艺的集成产品，是计算机内部各种硬件设备间信息传输的通道，是计算机内部结构的基础，是整个计算机的桥梁和纽带，它的作用十分重要。

1.3.1　主板的分类

现在市场上主板的种类繁多，分类标准也各不相同。一般按照主板的结构、主板支持的CPU类型、逻辑控制芯片组的类型、主板生产厂商、主板的适用类型等进行分类。

1. 按主板的结构分类

（1）AT标准尺寸的主板。IBM PC主机首先采用，有的486、586计算机的主板也采用AT结构布局。

（2）Baby AT袖珍尺寸的主板。比AT主板小，因而得名。很多一体化主板首先采用此主板结构。

（3）ATX&127改进型的AT主板。对主板上元件布局作了优化，有更好的散热性和集成度，需要配合专门的ATX机箱使用。

（4）一体化（all in one）主板。一体化主板上集成了声音、显示等多种电路，一般不需再插卡就能工作，具有高集成度和节省空间的优点，但也有维修不便和升级困难的缺点。

2. 按主板支持的CPU类型分类

主板支持CPU类型是指能在该主板上采用的CPU类型。CPU的发展速度非常快，不同类型的CPU在针脚、主频、工作电压、接口类型、封装等方面都有差异，尤其在速度性能上差异很大，因此随着CPU类型的变化，主板也不同，只有两者相匹配，计算机才能正常工作。

3. 按逻辑控制芯片组的类型分类

主板的逻辑控制芯片组简称为芯片组（chipset）是主板的核心组成部分，对于主板而言，芯片组几乎决定了这块主板的性能，进而影响到整个计算机系统性能的发挥，芯片组是主板的核心和灵魂。目前常见的生产芯片组的厂商有Intel、VIA、SiS、Ali、AMD、ATI、Server Works等，根据芯片组的不同，就出现了拥有不同芯片组的主板，其中以 Intel 和 VIA 芯片组的主板最为常见。

4. 按主板生产厂商分类

主板的生产厂商很多，主要有华硕、微星、技嘉、精英、升技、捷波、磐正、盈通、映泰、硕泰克、华擎、七彩虹等，从市场占有份额上看，排在前五位的是华硕、微星、技嘉、磐正、升技。

5. 按主板的适用类型分类

主板的适用类型是指，针对不同用户的不同需求、不同适用范围，主板被设计成不同的类型。一般可以分为台式机主板、工作站主板和服务器主板。

1.3.2 主板的组成

主板的平面是一块印刷电路板（PCB），一般采用 4 层板或 6 层板。通常，为节省成本，低档主板多为 4 层板：主信号层、接地层、电源层、次信号层，而 6 层板则增加了辅助电源层和中信号层，因此，6 层板的主板抗电磁干扰能力更强，主板性能也更加稳定。

典型的主板布局如图 1—8 所示。在电路板上面，是错落有致的电路布线，布线上面则为棱角分明的各个部件。当主机加电时，电流会在瞬间通过 CPU、南北桥芯片、内存插槽、AGP 插槽、PCI 插槽、IDE 接口以及主板边缘的串口、并口、PS/2 接口等。随后，主板会根据基本输入输出系统（BIOS）来识别硬件，并进入操作系统。

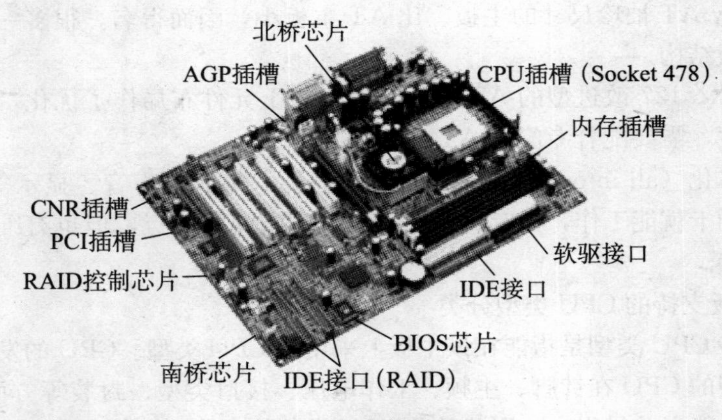

图 1—8 主板的布局

1. 芯片

（1）BIOS 芯片。它是一个方块状的存储器，里面存有与该主板搭配的基本输入输出系统程序，能够让主板识别各种硬件，还可以设置引导系统的设备，调整 CPU 外频等。BIOS 芯片是可以写入的，这方便用户更新 BIOS 的版本，以获取更好的性能及对计算机最新硬件的支持，当然不利的一面是主板有可能会遭受病毒的袭击。

(2) 南北桥芯片。横跨 AGP 插槽左右两边的两块芯片就是南北桥芯片。南桥芯片多位于 PCI 插槽的上面，而 CPU 插槽旁边，被散热器盖住的就是北桥芯片。南桥芯片负责硬盘等存储设备和 PCI 之间的数据流通。北桥芯片负责处理 CPU、内存、显卡三者间的“交通”，由于发热量较大，因而需要散热器散热。南桥芯片和北桥芯片合称芯片组。芯片组在很大程度上决定了主板的功能和性能。需要注意的是：AMD 平台中部分芯片组因 AMD CPU 内置内存控制器，可采取单芯片的方式。

(3) RAID 控制芯片。它相当于一块 RAID 卡的作用，可支持多个硬盘组成各种 RAID 模式。目前主板上集成的 RAID 控制芯片主要有两种：HPT372 RAID 控制芯片和 Promise RAID 控制芯片。

2. 插槽

(1) 内存插槽。内存插槽一般位于 CPU 插座下方。图 1—8 中是 DDR SDRAM 插槽，这种插槽的线数为 184 线。

(2) AGP 插槽。颜色多为深棕色，位于北桥芯片和 PCI 插槽之间。AGP 插槽有 1×、2×、4×和 8×等几种形式。AGP4×插槽中间没有间隔，AGP2×插槽中间则有间隔。在 PCI Express 出现之前，AGP 显卡较为流行，其传输速度最高可达到 2 133MB/s（AGP8×）。随着 3D 性能要求的不断提高，AGP 显卡已不能满足视频处理的要求，目前主流主板上显卡插槽多转向 PCI Express。PCI Express 插槽也有 1×、2×、4×、8×和 16×等几种形式。

(3) PCI 插槽。PCI 插槽多为乳白色，是主板的必备插槽，可以插上声卡、网卡、多功能卡等设备。

(4) CNR 插槽。CNR 插槽多为淡棕色，长度只有 PCI 插槽的一半，可以接 CNR 的网卡。这种插槽的前身是 AMR 插槽。CNR 和 AMR 的不同之处在于：CNR 增加了对网络的支持性。

(5) CPU 插槽。图 1—8 中为与 Socket 478 相匹配的 CPU 插槽。

3. 接口

主板上部分接口示意图如图 1—9 所示。

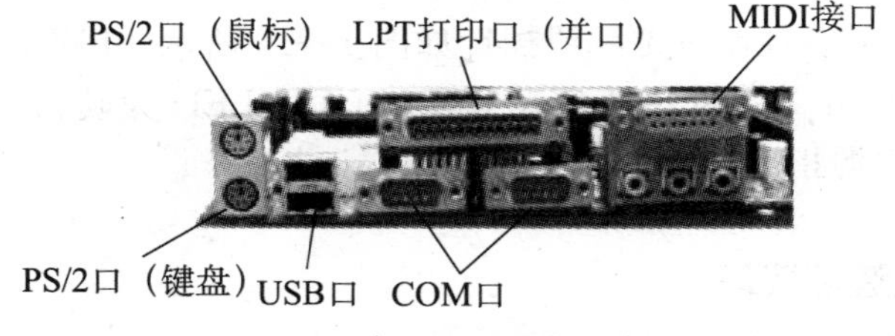

图 1—9　主板部分接口示意图

(1) 硬盘接口。硬盘接口可分为 IDE 接口和 SATA 接口。在老型号的主板上，多集成 2 个 IDE 口，都位于 PCI 插槽下方，垂直于内存插槽（也有平行的）。而新型主板上，IDE接口大多缩减，甚至没有，取而代之的是SATA接口。

(2) 软驱接口。软驱接口多位于IDE接口旁边，比IDE接口略短一些，因为它是34针的，所以数据线也略窄一些。

(3) COM接口（串口）。目前大多数主板都提供了两个COM接口，分别为COM1和COM2，作用是连接串行鼠标和外置调制解调器（Modem）等设备。COM1接口的I/O地址是03F8h-03FFh，中断号是IRQ4；COM2接口的I/O地址是02F8h-02FFh，中断号是IRQ3。由此可见COM2接口比COM1接口的响应具有优先权。

(4) PS/2接口。PS/2接口的功能比较单一，仅能用于连接鼠标和键盘。一般情况下，鼠标的接口为绿色、键盘的接口为紫色。PS/2接口的传输速率比COM接口稍快一些，是目前应用最为广泛的接口之一。

(5) USB接口。USB接口是现在最为流行的接口，最大可以支持127个外设，并且可以独立供电，它的应用非常广泛。USB接口可以从主板上获得500mA的电流，支持热拔插，真正做到了即插即用。一个USB接口可同时支持高速和低速USB外设的访问，由一条四芯电缆连接，其中两条是正负电源，另外两条是数据传输线。高速外设的传输速率为12Mbit/s，低速外设的传输速率为1.5Mbit/s。此外，USB 2.0标准最高传输速率可达480Mbit/s。

(6) LPT接口（并口）。CPU接口一般用来连接打印机或扫描仪，它的默认的中断号是IRQ7，采用25脚的DB25接头。CPU接口的工作模式主要有三种：一是SPP标准工作模式。SPP数据是半双工单向传输，传输速率较慢，仅为15kbit/s，但应用较为广泛，一般设为默认的工作模式。二是EPP增强型工作模式。EPP采用双向半双工数据传输，其传输速率比SPP高很多，可达2Mbit/s，目前已有不少外设使用此工作模式。三是ECP扩充型工作模式。ECP采用双向全双工数据传输，传输速率比EPP还要高一些，但支持的设备不多。

(7) MIDI接口。声卡的MIDI接口和游戏杆接口是共用的。接口中的两个针脚用来传送MIDI信号，可连接各种MIDI设备。

4. 主板指示灯及控制按键跳线插针

主板上的指示灯及控制按键跳线插针如图1—10所示。PWR SW为电源开关；RESET SW为重启开关；SPK为喇叭接头；HDD LED为硬盘读写指示灯接头；POWER LED为电源指示灯接头。

1.3.3 主板选购技巧

一块质量过硬、性能强大、功能齐全、安全可靠的主板对计算机的整体性能非常重要。怎样才能选择一块好的主板是令很多用户头疼的事情，下面从七个方面具体分析主板的选购技巧。

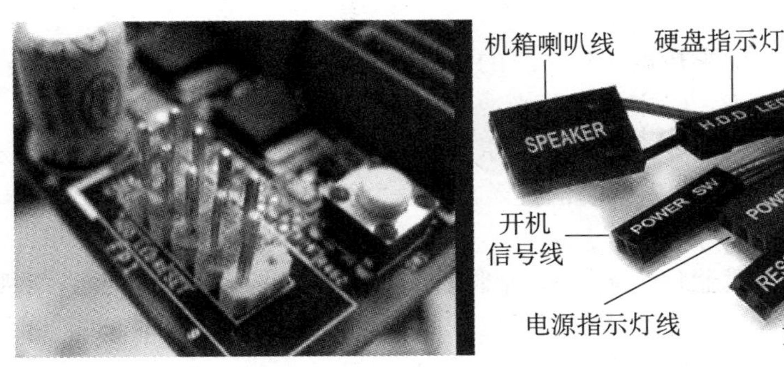

图 1—10　机箱面板指示灯及控制按键跳线插针

1. 芯片组

芯片组是主板的“灵魂”，一块主板的功能、性能和技术特性都是由主板芯片组的特性来决定的。不同的芯片组，性能上有较大的差别。不同的芯片组支持的硬件往往也不同，所以选择什么样的主板是由 CPU 的类型而定的。

2. 生产厂商

名牌企业的产品从设计、选料、筛选、工艺控制到包装运送都要经过十分严格的把关。设计、生产主板需要强大的研发能力，所以名牌大厂的产品性能一般比较好，而且会有较长的使用寿命，所以在预算允许的情况下尽量购买知名品牌的产品。现在一些一线大的厂商都针对低端市场推出第二品牌产品，这些产品做工好，而价格相对低廉，性价比高。

3. 主板布局

主板电子元器件布局设计是否合理对于用户来说也是非常重要的。如果主板的 CPU 插槽周围空间小，会给 CPU 和散热风扇的拆装带来不便，而且影响 CPU 的散热。主板、CPU、内存和 AGP 插槽应紧密围绕在北桥芯片周围，这样会提高 CPU 与内存和 AGP 插槽通过北桥芯片进行数据交换的速度。同时还要注意主板的 IDE 接口、PCI 插槽、声卡、网卡是否围绕着南桥芯片。现在有种主板把网卡接口从 USB 接口附近安排到了中央，这样做就把网卡放到了南桥芯片附近，缩短了网卡与网卡接口的距离，既提高了网卡的性能，又大大减少了长走线对周围元器件的电磁干扰。

4. 主板的包装及板材质量

首先观察产品的包装是否正规、是否有防静电袋，然后要仔细观察 PCB，一块好的主板在 PCB 方面是有一定要求的，PCB 的厚度一般应在 3～4mm 左右。

5. 芯片的生产日期

主板的速度不仅取决于 CPU 的速度，同时也取决于主板芯片组的性能。如果各芯片的生产日期相差较大，则尽量不要购买。一般来说，时间相差不宜超过三个月，否则将影响主板的总体性能。

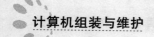

6. 主板外表及分量

先看主板厚度，两主板做比较，厚的比较好；再观察 PCB 的层数及布线系统是否合理。把主板拿起来，隔主板对着光源看，若能观察到另一面的布线元件，则说明此主板为双层板；若不能观察到，说明主板就是 4 板层或 6 层板，选购时最好选 6 层板。另外，布线是否合理流畅也将影响整块主板的电气性能。

7. 售后服务

主板上布满各种元器件，损坏在所难免，对于知名品牌来说，因为重视信誉，所以都拥有不错的售后服务，即使主板出现故障，也能提供免费维修或者更换。选购主板时应选择售后服务好的产品。

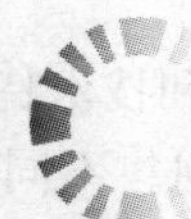

1.4 深入认知内存

内存（memory）是计算机中重要的部件之一，它是与 CPU 进行沟通的桥梁。计算机中所有程序的运行都是在内存中进行的，因此内存的性能对计算机的影响非常大。内存是由内存芯片、电路板、金手指等部分组成的。

1.4.1 内存的主要参数指标

1. 存储速度

内存的存储速度用存取一次数据的时间来表示，单位为纳秒（ns），$1s=10^9ns$。存取时间越短，速度就越快。目前，DDR 内存的存取时间一般为 6ns。

2. 存储容量

目前常见的单条内存存储容量为 1GB、2GB、4GB，容量越大价格也就较高。

3. CAS 延迟时间

CAS 延迟时间（CAS latency，CL）是指内存纵向地址脉冲的反应时间，它是在一定频率下衡量不同内存的重要标志之一。对于 PC 1600 和 PC 2100 的内存来说，其规定的 CL 应该为 2，即它读取数据的延迟时间是两个时钟周期。

4. SPD 芯片

SPD 芯片是一个 8 针 256KB 的可电擦写、可编程只读存储器（EERROM）芯片。它一般处在内存条正面的右侧，里面记录了如内存的速度，容量，电压与行、列地址，带宽等参数信息。当开机时，计算机的 BIOS 将自动读取 SPD 芯片中记录的信息。

5. 奇偶校验

奇偶校验就是一种校验代码传输正确性的方法，根据被传输的一组二进制代码

2. 内存的容量

目前主流内存容量为 1GB 和 2GB。1GB 的内存已经能够满足安装 Windows XP 操作系统计算机用户的需要。如果计算机中安装 Windows Vista 操作系统，最好要用 2GB 的内存。如果经常进行平面设计和多媒体制作，可选用更大容量的内存。

由于主板的内存插槽有限，因此扩展能力并不是无限的，而且在同等容量情况下单条内存要好于双条内存（双通道系统除外）。同时，也为以后升级着想，选择单条容量 1GB 及以上比较合理。

3. 内存的工作频率

内存的工作频率直接影响内存的工作速度，目前主流内存的工作频率为 800MHz。目前主流内存的规格主要有 DDR2 667、DDR2 800、DDR2 1000 等。选购内存是应该根据主板芯片组支持的内存规格选购，现在大部分主板都支持 DDR2 667 和 DDR2 800 的内存，个别主板组支持 DDR2 1000。

4. PCB

PCB 最好是 6 层板。PCB 的质量以及线路设计与内存品质有非常密切的关系，内存的级别与 PCB 层数也有关系。作坊级别的内存使用 4 层 PCB 制造，仅经过初级检测，可能无法在所有的系统上使用。而品牌内存和原厂内存一般使用 6 层 PCB 制造，通过相关电气标准测试，能够稳定工作，兼容性也高。由于 6 层板具有完整的电源层和底线层，因此跟 4 层板制造的相比，在稳定性上有很大优势。6 层板制造的内存一般有一种沉甸甸的感觉，质量均匀、表面整洁、边缘打磨得比较光滑；板面光洁且色泽均匀，元器件之间的焊点整齐；布线孔是不透明的。如果内存 PCB 上有透明布线孔，则为 4 层板制造。

另外，好的内存表面有比较强的金属光泽度，色泽也比较均匀，部件焊接也整齐划一，没有错位；金手指部位比较光亮，没有发白或者发黑的现象。

5. 内存的芯片

内存芯片在市场上分为原厂芯片和 OEM 芯片，原厂芯片是指生产出来后经过原厂切割和封装，然后通过完整的测试流程检验的合格产品。因为芯片测试设备非常昂贵，对生产成本有很大影响，所以有许多内存生产厂商会采用未经完整测试的 OEM 芯片或者原厂芯片淘汰下来的不合格品，这样生产出来的内存产品在兼容性和稳定性方面都没有保障。在选购时，应选用原厂芯片。

6. 售后服务

在选购内存时，经常会看到简单包装的内存，购买这样的内存用户得不到完善的咨询和售后服务。因此在选购内存时，要选择厂商授权的经销商，这样不仅可以买到质量可靠、品质好的内存，而且在出现质量问题的时候，能够得到很好的售后服务。

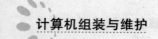

1.5 深入认知硬盘

硬盘（hard disc drive，HDD）是计算机主要的存储媒介之一，由一个或者多个铝制或者玻璃制的碟片组成。这些碟片外覆盖有铁磁性材料。绝大多数硬盘都是固定硬盘，被永久性地密封、固定在硬盘驱动器中。其外形如图 1—11 所示。

图 1—11 硬盘

1.5.1 硬盘的接口

1. IDE 接口

IDE 即电子集成驱动器（integrated drive electronics），俗称 PATA 并口。

2. SATA 接口

使用 SATA（Serial ATA）接口的硬盘又叫串口硬盘，是个人计算机硬盘的趋势。2001 年，由 Intel、APT、Dell、IBM、希捷、迈拓这六大厂商组成的 Serial ATA 委员会，正式确立了 Serial ATA 1.0 规范。2002 年，虽然相关设备还未正式上市，但 Serial ATA 委员会已抢先确立了 Serial ATA 2.0 规范。Serial ATA 采用串行连接方式，串行 ATA 总线使用嵌入式时钟信号，具备了更强的纠错能力，与以往的接口最大的区别在于能对传输指令（不仅仅是数据）进行检查，如果发现错误会自动矫正，这在很大程度上提高了数据传输的可靠性。串行接口还具有结构简单、支持热插拔的优点。

3. SCSI 接口

SCSI 接口的全称为 small computer system interface（小型计算机系统接口），历经多年的发展，接口类型也有多种。SCSI 硬盘广为工作站级个人计算机以及服务器所使用，因为它的转速快，可达 15 000rad/m，且数据传输时占用 CPU 运算资源较低，但是单价也比同样容量的 SATA 硬盘昂贵。

1.5.2　硬盘的基本参数

1. 容量

作为计算机系统的数据存储器，容量是硬盘最主要的参数。

硬盘的容量以兆字节（MB）或千兆字节（GB）为单位，1GB＝1 024MB，但硬盘厂商在标称硬盘容量时通常取 1GB＝1 000MB，因此我们在 BIOS 中或在格式化硬盘时看到的容量会比厂商的标称值要小。硬盘的容量指标还包括硬盘的单碟容量。所谓单碟容量是指硬盘单片碟片的容量，单碟容量越大、单位成本越低、平均访问时间也越短。

对于用户而言，硬盘的容量就像内存一样，永远只会嫌少不会嫌多，在购买硬盘时适当的超前是明智的。近两年主流硬盘是 320G，而 500G 以上的大容量硬盘也已开始逐渐普及。

一般情况下硬盘容量越大，单位字节的价格就越便宜，但是超出主流容量的硬盘除外。

2. 转速

转速（rotation speed 或 spindle speed），是硬盘内电机主轴的旋转速度，也就是硬盘碟片在一分钟内所能完成的最大转数。转速的快慢是硬盘的重要参数之一，它是决定硬盘内部传输速率的关键因素之一，在很大程度上直接影响到硬盘的速度。硬盘的转速越快，硬盘寻找文件的速度也就越快，相对的硬盘的传输速率也就得到了提高。硬盘转速以每分钟多少转来表示，单位为 rad/m。转速越大，内部传输速率就越快，访问时间就越短，硬盘的整体性能也就越好。

家用的台式机普通硬盘的转速一般为 7 200rad/m；对于笔记本用户而言，硬盘转速以 4 200rad/m、5 400rad/m 为主，高端笔记本采用了 7 200rad/m 的笔记本硬盘；服务器用户对硬盘性能要求最高，服务器中使用的 SCSI 硬盘转速基本都采用 10 000rad/m，甚至还有 15 000rad/m，性能要超出家用产品很多。

3. 平均访问时间

平均访问时间（average access time）是指磁头从起始位置到达目标磁道位置，并且从目标磁道上找到要读写的数据扇区所需的时间。

平均访问时间体现了硬盘的读写速度，它包括了硬盘的平均寻道时间和平均等待时间，即：

平均访问时间＝平均寻道时间＋平均等待时间

硬盘的平均寻道时间越小越好，目前硬盘的平均寻道时间通常为 8～12ms，而 SCSI 硬盘则应小于或等于 8ms。

硬盘的平均等待时间，又叫潜伏期（latency），是指磁头已处于要访问的磁道，等待所要访问的扇区旋转至磁头下方的时间。平均等待时间为碟片旋转一周所需的时间的一半，一般应在 4ms 以下。

4. 数据传输速率

数据传输率（data transfer rate）是指硬盘读写数据的速度，单位为兆字节每秒（MB/s）。数据传输率包括内部数据传输速率（internal data transfer rate）和外部数据传输速率（external data transfer rate）。内部数据传输速率也称为持续数据传输率（sustained data transfer rate），它反映了硬盘缓冲区未用时的性能，内部数据传输率主要依赖于硬盘的旋转速度。外部数据传输率也称为突发数据传输率（burst data transfer rate）或接口传输速率，它标称的是系统总线与硬盘缓冲区之间的数据传输速率，外部数据传输速率与硬盘接口类型和硬盘缓存的大小有关。

目前 Fast ATA 接口硬盘的最大外部传输率为 16.6MB/s，而 Ultra ATA 接口的硬盘则达到 33.3MB/s。

5. 缓存

缓存（cache memory）是硬盘控制器上的一块内存芯片，具有极快的存取速度，它是硬盘内部存储和外界接口之间的缓冲器。由于硬盘的内部数据传输速率和外界接口传输速率不同，缓存在其中起到一个缓冲的作用。缓存的大小与速度是直接关系到硬盘的数据传输速率的重要因素，缓存的增加能够大幅度地提高硬盘整体性能。当硬盘存取零碎数据时，可以将它暂存在缓存中，减小了外系统的负荷，也提高了数据的传输速率。

1.5.3 硬盘主要品牌介绍

1. 希捷（Seagate）

希捷科技是全球主要的硬盘厂商之一，于 1979 年在美国加州成立。现在，希捷的主要产品包括桌面硬盘、企业用硬盘、笔记本计算机硬盘和微型硬盘，它的第一个硬盘产品容量是 5MB。在 2006 年 5 月，希捷科技收购了另外一家硬盘厂商——迈拓公司。

2. 西部数据（Westdigital）

西部数据产品的市场占有率仅次于希捷，它以桌面硬盘产品为主，分为侧重高输入输出性能的 Black 系列（俗称“黑盘”），普通的 Blue 系列（俗称“蓝盘”），以及侧重低功耗、低噪声的环保 Green 系列（俗称“绿盘”）。

西部数据同时也提供面向企业近线存储的 Raid Edition 系列，简称 RE 系列。同时也有 SATA 接口转速为 10 000rad/m 的猛禽系列和迅猛龙（velociraptor）系列。

3. 日立

日立是第三大硬盘厂商，主要由收购的原 IBM 硬盘部门发展而来。日立公司总部位于日本东京，致力于家用电器、计算机产品、半导体、产业机械等产品的开发与生产，是日本最大的综合电机生产商。

4. 三星

三星电子是世界上最大的电子工业公司之一，是三星集团子公司。三星制造硬盘的历史可以追溯到 1988 年，三星硬盘以前并不为人所熟知，因为它走的并不是大众化路线。

5. 迈拓（Maxtor）

迈拓是一家成立于 1982 年的美国硬盘厂商，于 2006 年被希捷公司收购。在 2005 年 12 月即收购前，迈拓公司是世界第三大硬盘生产商。现在迈拓公司作为希捷公司的一家子公司运营，主要经营桌面硬盘与服务器硬盘。

6. 富士通（Fujitsu）

富士通株式会社是一家日本公司，专门制作半导体、计算机（超级计算机、个人计算机、服务器）、通信装置及服务。硬盘业务中的设计、研发、制造等已转移到东芝公司旗下。

1.5.4　硬盘的选购技巧

硬盘作为计算机中最主要的外部存储单元，其重要性是显而易见的。硬盘除了是计算机上数据、资料的大仓库外，对整机的性能而言，也扮演着重要的角色，就算计算机配有最快的 CPU、最大的内存和最好的显示器，但如果硬盘性能不佳，也会严重拖垮计算机的整体性能。

1. 硬盘的接口类型

硬盘的接口方面没有多大的选择余地，虽然现在市场上有 IDE 接口、SATA 接口和 SCSI 接口三种，但由于最后一种价格相对昂贵，普通用户不必选择 SCSI 接口的产品。目前 SATA 接口是市场的主流产品接口，另外，IDE 接口的硬盘依旧在市场上销售。

2. 硬盘的容量

容量是硬盘最为直观的参数。如今硬盘最大单碟容量已经超过了 200GB，并向大容量快速发展。对一般用户来说，80GB 或 160GB 的硬盘已经够用了，而对于喜欢从网上下载资料的用户来说，320GB 或者更大容量的产品可能更加适合。

3. 生产厂商

现在市场上常见的硬盘品牌主要有希捷、迈拓、西部数据、日立和三星等，其中希捷以较高的性能价格比，市场占有量遥遥领先。而西部数据、日立紧跟其后，并且对自己的部分产品提供 2～3 年的质保。

4. 硬盘的转速

目前市场上的硬盘主要有 5 400rad/m 和 7 200rad/m 的产品，其中 7 200rad/m 是当前的主流，性能也很高，所以一般情况下，最好选购 7 200rad/m 的产品。

5. 硬盘的缓存容量

缓存容量的大小与转速一样，与硬盘的性能有着密切关系，大容量的缓存对硬盘性能的提高有着明显的帮助。现在的硬盘缓存容量有2MB、8MB和16MB三种规格，缓存越大，硬盘的性能越高。

6. 硬盘的稳定性

硬盘的容量大了，转速加快了，稳定性的问题也日渐凸显。如果硬盘的容量大、速度快，但稳定性极差，则可能会出现系统死机现象。现在，在硬盘的数据和振动保护方面，各个厂商都有一些相关的技术给予支持，如DPS数据保护系统、SPS振动保护系统等，选购时注意查看。

7. 硬盘的发热与噪声

发热与噪声当然都是越低越好，这也是采用了液态轴承马达技术的硬盘产品如此受欢迎的原因。当前采用该技术的有希捷、迈拓和三星等硬盘厂商。

8. 硬盘的质保时间

关于质保时间，当前常见的散装硬盘产品多数为1年质保，迈拓、西部数据的盒装硬盘为2年。而三星、西部数据JB系列以及SATA接口硬盘都提供了3～5年的质保时间。

9. 区分“行货”与“水货”

水货硬盘是指没有经过硬盘厂商正式授权的经销商进口或是私人由国外带回的产品，也有很大一部分是走私产品。行货硬盘是指有硬盘厂商正式授权的，由代理商或原厂的公司所进口产品。

辨认“水货”的方法：一看硬盘的代理商贴在硬盘产品上的防伪标签；二看硬盘盘体和代理保修单上的硬盘编号是否一致。购买时要注意看清，一般可以区分开。

10. 辨识“返修”与“二手”硬盘

“返修”硬盘，厂商会在盘面上作出相应的标志。选购时仔细观察硬盘上标注的日期，如果发现后面有一个“R”字母，这就说明它前面标注的是返修的日期，而不是硬盘的生产日期，也就是说这是一块返修硬盘。如果硬盘上能够找到印有“Refurbished”（整修）字样，这也同样说明它是返修的硬盘。

“二手”硬盘因为已经使用过，所以在它固定螺钉的两侧和IDE数据线接口等位置会有一些摩擦的痕迹，而新出厂的硬盘是全新的，不会有这些痕迹，所以从外观上就可以做出判断。另外，还需要注意硬盘的生产日期。

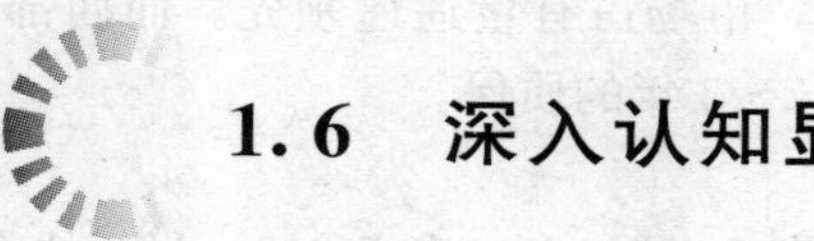

1.6 深入认知显卡

显卡（见图1—12）全称显示接口卡（video card），又称为显示适配器（video

adapter)、显示器配置卡，是计算机最基本组成部分之一。显卡的用途是将计算机系统所需要的显示信息进行转换驱动，并向显示器提供扫描信号。显卡是连接显示器和计算机主板的重要元件，是“人机对话”的重要设备之一。显卡作为计算机主机里的一个重要组成部分，承担输出显示图形的任务，对于从事专业图形设计的人来说显卡非常重要。

图 1—12　显卡

1.6.1　显卡的主要性能指标

1. 显示芯片

显示芯片又称图形处理器（GPU），它在显卡中的作用，就如同 CPU 在计算机中的作用一样。生产显示芯片的厂商有：Intel、AMD、NVIDIA、VIA（S3）、SIS、Matrox、3D Labs。

2. 显存

显存的全称为显示内存，即显卡专用内存。显存对于显卡就好比内存对于整台计算机，地位非常重要，它负责存储显示芯片需要处理的各种数据。显存容量的大小、性能的高低，直接影响着计算机的显示效果。

1.6.2　显卡的主要接口

1. AGP 接口

Accelerate Graphical Port 是 Intel 公司开发的一个视频接口技术标准，是为了解决 PCI 总线的低带宽而开发的接口技术。它通过将图形卡与系统主内存连接起来，在 CPU 和显示芯片之间直接开辟了更快的总线。其发展经历了 AGP1.0（AGP1×/2×）、AGP2.0（AGP4×）、AGP3.0（AGP8×）。AGP8×的理论带宽为 2.1Gbit/s。

2006 年大部分厂商已经停止生产，到 2009 年，AGP 接口已经基本被 PCI Express 接口取代。

2. PCI Express 接口

PCI Express 是新一代的总线接口，而采用此类接口的显卡产品，已经在 2004 年正式面世。早在 2001 年的春季“英特尔开发者论坛”上，Intel 公司就提出了要用新一代的技术取代 PCI 总线和多种芯片的内部连接，并称之为第三代 I/O 总线技术。随后在 2001 年底，包括 Intel、AMD、DELL、IBM 在内的 20 多家业界主导公司开始起草新技术的规范，并在 2002 年完成，将其正式命名为 PCI Express。

1.6.3 显卡的品牌介绍

显卡业的竞争是非常激烈的，各类品牌名目繁多，以下是一些常见的品牌，仅供参考：蓝宝石、华硕、丽台、XFX 讯景、技嘉、映众、微星、艾尔莎、富士康、捷波、磐正、映泰、耕升、旌宇、影驰、铭瑄、翔升、盈通、祺祥、七彩虹、斯巴达克、索泰、双敏、精英、昂达等。图 1—13 和图 1—14 是市场上常见的两种显卡。

图 1—13 华硕 EAH5770 CuCore

图 1—14 影驰 9500GT 加强版

1.6.4 显卡的选购技巧

在选购显卡时，应根据计算机的用途选购相应的高、中、低档产品，相应的还应考虑显存的容量类型和速度、显卡的品牌、显示芯片、元器件及做工等问题。

1. 显卡要与整机性能相匹配

选购显卡时，一定要注意所选购的显卡是否与整台计算机的配置相匹配。在选择显卡的时候尽量选择 256bit 甚至 512bit 显存位宽的显卡，尽量不选择 128bit 以下显存位宽的显卡。因为显存位宽对显卡性能的影响要比显存容量的影响更重要，所以应优先考虑大显存位宽的产品。

2. 购买名牌大厂的产品

知名度高的企业的显卡虽然不能说每块的质量都非常出色，但是大多数还是有保证的，很多品牌都是 3 年质保。例如目前市场上流行的显卡主要有：三星、现代、华硕、七彩虹、技嘉等几个品牌。

3. 显卡接口

显卡接口有 AGP 总线接口和 PCI Express 总线接口。PCI Express 16×总线插槽将取代 AGP 8×插槽，PCI Express 16×数据带宽是 AGP 8×的两倍，可达 4Gbit/s，还可给显卡提供高达 75W 的电源供给。

4. PCB

对于多数显卡来说，采用公版 PCB 设计的性能和稳定性比采用非公版设计的产品要更好，选购时，尽量选用采用公版 PCB 设计的产品。

5. 电容

电容品质是否可靠直接关系到显卡是否能长时间稳定运行，所以要尽量选购采用电容品质比较好的显卡。一般来说，像三洋、红宝石这些日系电容的品质还要比常看到的黑色外观的电容的品质更好一些；多数非黑色外观的贴片电容的品质也要比黑色外观的贴片电容的品质更好一些；钽电容的品质也要比普通电容的品质更好。

6. 风扇

显卡的两个核心部件——芯片和显存，都是发热大户，如果工作时得不到及时散热，将影响整个显卡的稳定性，严重的话，会导致两个核心部件受损。现在高质量的显卡都采用了大面积的散热片和大功率风扇，使芯片和显存散发的热量迅速散失，提高了显卡运行的稳定性。

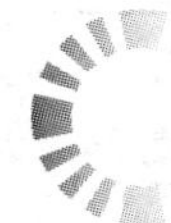

1.7　深入认知显示器

显示器通常也被称为监视器或屏幕，是计算机主要的输出设备。对于计算机用户来说，选择计算机时，首先提出的指标一定是 CPU 的数据，计算机的“大脑”固然重要，但对于经常与计算机打交道的人来说，计算机的“脸”——显示器，同样也是非常重要的。

1.7.1　显示器的种类

目前，显示器的种类有两种，CRT 显示器和 LCD 显示器。

1. CRT 显示器

CRT（cathode ray tube）显示器是一种使用阴极射线管的显示器。CRT 纯平显示器具有可视角度大、无坏点、色彩还原度高、色度均匀、可调节的多分辨率模式、响应时间极短等 LCD 显示器难以超越的优点，而且现在的 CRT 显示器价格要比 LCD 显示器便宜不少。

2. LCD 显示器

LCD（liquid crystal display）显示器为平面超薄的显示设备，它由一定数量的彩色或黑白像素组成，放置于光源或者反射面前方。LCD 显示器功耗很低，因此备受工程师青睐，适用于使用电池的电子设备。它的主要原理是以电流刺激液晶分子产生点、线、面配合背部灯管构成画面。与传统的 CRT 显示器相比具有以下特点：

（1）机身薄，节省空间。

（2）省电，不产生高温。它属于低耗电产品，可以做到完全不发热（主要耗电和发热部分存在于背光灯管或 LED），而 CRT 显示器，因显像技术不可避免产生高温。

（3）无辐射，有益健康。LCD 显示器完全无辐射，这对于整天在计算机前工作的人来说是一个福音。

（4）画面柔和，不伤眼。不同于 CRT 技术，LCD 显示器画面不会闪烁，可以减少显示器对眼睛的伤害，眼睛不容易疲劳。

近些年由于 LCD 显示器的价格越来越低，目前在市场上已经占据了绝对的优势，甚至有取代 CRT 显示器的趋势。

1.7.2 显示器的品牌介绍

市场上主要的显示器品牌见表 1—4。

表 1—4　　市场上主要的显示器品牌

序号	品牌	简介
1	三星	世界 500 强企业，创始于 1938 年，韩国最大的企业集团。
2	优派（View Sonic）	创立于 1990 年美国，顶级专业显示器品牌，全球最大显示器品牌集团。
3	LG	LG 显示器以优异的质量在显示器业占据一席之地。
4	AOC 冠捷	全球领先的专业显示设备提供商。
5	飞利浦（Philips）	以生产家用电器、显示设备、仪表等著称于世。
6	明基（BenQ）	光电数字媒体和网络通信领域的大型专业化集团公司。
7	戴尔（DELL）	十大液晶显示器品牌。
8	宏碁（Acer）	全球著名个人计算机品牌。
9	惠普（HP）	十大 LCD 液晶显示器品牌。
10	长城（Great Wall）	专门从事计算机研发、生产的大型企业集团。

1.7.3 LCD 显示器选购技巧

根据 LCD 产品的特点，在选购时注意价格、点缺陷、响应时间，以及亮度、对比度和外观等。

1. 价格

价格是用户最关心的问题。现今主流的 19 英寸 LCD 显示器的价格通常在 1 000 元左右，21 英寸 LCD 显示器的价格多在 1 500 元左右。在购买时可灵活地根据自己的需求和经济能力选购。

2. 点缺陷

在 LCD 显示器上出现的亮点、暗点和坏点统称为点缺陷。点缺陷的问题是用户在购买时比较关心的，而且各地的生产商和不同品牌之间也存在着差异，允许的缺陷数量也是不同的。用户在选购时，注意仔细观察屏幕上是否有点缺陷，数量是否过多。

3. 响应时间

响应时间，这一直是 LCD 显示器的一大问题，拖尾现象在计算机看电影或做视频工作时影响尤为明显，所以在选购 LCD 显示器时，一定不要忘了这个指标，响应时间越小越好。目前市场上 LCD 显示器的响应时间一般为 8ms，5ms 和 2ms。

4. 亮度

亮度是由显示器所采用的 LCD 板决定的，一般低档 LCD 显示器的亮度在 $170cd/m^2$ 左右，高档 LCD 显示器一般低于 $300cd/m^2$。亮度越大并不代表显示效果越好，它必须和对比度同时调节，两者配合一致才能获得最佳效果。

5. 对比度

对比度是 LCD 显示器能否体现丰富色彩的参数，对比度越高，还原的画面层次感越好。目前市场上的 LCD 显示器的对比度为 1 000：1。

6. 外观

选择 LCD 显示器的另一重要的标准就是外观。放弃传统的 CRT 显示器而选择 LCD 显示器的一个原因是辐射，另一主要的原因就是 LCD 显示器机身薄，占用桌面面积较小，产品的外观时尚。选购时可根据自己喜好进行选择。

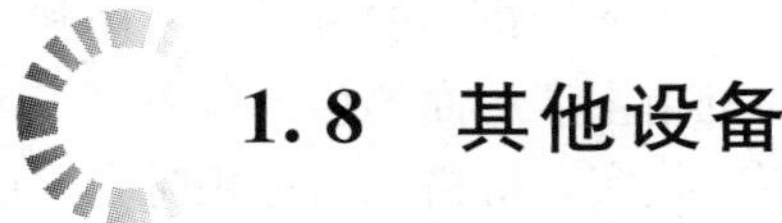

1.8　其他设备

1.8.1　机箱

很多用户在组装计算机时不惜在 CPU、显卡等配件上大量投资，而在机箱的选择上则是能省就省，或者是只图外观漂亮；还有的用户认为，只要有一个好电源就能保证自己的计算机稳定工作，机箱随便选一个就可以了。实际上，机箱的选择也是非常重要的，因为它不仅仅关系到计算机能否稳定工作，更和健康息息相关。下面，就简单介绍一下机箱的基本知识。

1. 机箱类型

机箱有很多种类型，比较普遍的是 AT、ATX、Micro ATX 三种。AT 机箱的全称应该是 BaBy AT，主要应用于安装 AT 主板的早期机器中。ATX 机箱是目前最常见的机箱，支持现在绝大部分类型的主板。Micro ATX 机箱是在 ATX 机箱的基础之上建立的，为了进一步节省桌面空间而设计的，因而比 ATX 机箱体积要小一些。各个类型的机箱只能安装其支持的类型的主板，一般是不能混用的，而且电源也有所差别，所以大家在选购时一定要注意。另外，机箱还有超薄、半高、3/4 高、全高和立式、卧式之分。3/4 高和全高机箱拥有 3 个或者 3 个以上的 5.25 英寸驱动器安装槽和 2 个 3.5 英寸软驱槽。超薄机箱主要是一些 AT 机箱，只有 1 个 3.5 英寸软驱槽和 2 个 5.25 英寸驱动器槽。半高机箱主要是 Micro ATX 机箱，它有 2～3 个 5.25 寸驱动器槽。在选购时最好选择标准立式 ATX 机箱，因为它空间大、安装槽多、扩展性好、通风条件也不错，完全能适应大多数用户的需要。

2. 箱体用料

（1）镀锌钢板。机箱箱体用料是选择机箱的重要条件。目前大部分机箱箱体采用镀锌钢板，这种钢板的优点是抗腐蚀能力比较好。大家知道，钢铁暴露在比较潮湿的空气中容易受到腐蚀，而镀锌钢板可以依靠在空气中形成致密氧化物保护层的金属锌来保护内部的钢结构。在被划伤的情况下，相对活泼的镀锌部分可以作为牺牲阳极，延缓钢铁的锈蚀，镀锌层相对厚些的钢板抗腐蚀能力就强些。

（2）喷漆钢板。少数厂商的产品采用仅仅涂了防锈漆甚至普通漆的钢板，这样的机箱最好不要购买。

（3）镁铝合金。镁铝合金由于表面有致密的氧化层保护，就不用考虑受腐蚀的问题了，但价格相对较高。

与观察做工相比，普通用户可能更加难以判断用料的优劣，一个简单的方法就是拆开机箱，用肉眼观察内部架构以及侧板采用的钢板的厚度，或者抬起机箱估算它的重量。但这种方法并不是完全有效，采用高强度钢，结构设计合理的机箱可以在保证足够的强度的基础上尽量减轻机箱的重量，使用和维修都很方便。

一般说来，比较著名的机箱生产厂商的生产原料进货渠道以及质量控制是非常严格的，产品做工精美、用料扎实，价格自然也相对高一些，在资金允许的情况下，应该尽量选择大厂商的产品。

3. 前面板

除了箱体，前面板的用料也很重要。前面板大多采用工程塑料制成，成分包括树脂基体、白色填料（常见的乳白色前面板）、颜料或其他颜色填料（有其他色彩的前面板）、增塑剂、抗老化剂等。用料好的前面板强度高、韧性大，使用数年也不会老化变黄；而劣质的前面板强度很低、容易损坏，使用一段时间就会变黄。还有一点需要注意的是，前面板造型比较复杂的机箱（如卡通造型机箱），由于面板模具加工困难，会造成成本增加，因此廉价的卡通机箱尽量不要购买，因为它无法保证机箱的做工和用料。

4. 机箱结构

一个好的机箱应该拥有合理的结构，包括足够的可扩展槽、能够让用户方便地安装和拆卸配件的设计以及合理的散热结构。如果一款机箱仅仅是做工和用料优秀而没有合理的结构，那么它也不能算是一款好的产品。

5. 导电性

机箱材料是否导电，是关系到机箱内部的计算机配件是否安全的一个很重要的因素。如果选购的机箱材料是不导电的，那么产生的静电不能由机箱底部导到地下，严重的话会导致机箱内部的主板等烧坏。现在主流机箱材料一般都是钢板的，而钢板又分两种，第一种，是采用冷镀锌电解的，这种机箱导电性好；第二种，就是仅仅涂了防锈漆甚至普通漆的钢板，导电性差。机箱的外观颜色都很相似，如何分辨呢？其实很简单，只需把测电表的两个测电针分放在机箱板的两侧，如果测电表内的指示针不动的，则表明这种机箱是不导电的，是直接在钢板上涂漆的。

6. 电磁屏蔽性能

计算机在工作的时候会产生大量的电磁辐射，如果不加以防范会对人体造成一定伤害。很多用户已经注意到辐射的危害，在选购计算机的时候指定要通过TCO'99 认证的显示器。但是大部分人却忽视了其他配件产生的电磁辐射，这些辐射主要来源于主板、CPU 以及显卡、声卡等设备，这样机箱就成为屏蔽电磁辐射，保护用户健康的最后一道防线。另外，屏蔽良好的机箱还可以有效地阻隔外部辐射干扰，保证计算机不受外部辐射影响。那么，怎么购买一款屏蔽良好的机箱呢?

(1) 开孔符合规范。

为了增加散热效果，机箱上必要的部分都会开孔，包括侧板孔、抽气扇进风孔和排气扇排风孔等，这些孔的形状和周长都必须符合要求。机箱内部的电磁波会在机箱表面产生感应电流，当电流通过孔时，会以辐射的方式发射能量，此辐射能量的大小与孔的周长有关。为了屏蔽高频率的设备产生的电磁波，孔的周长至少要小于波长的 1/20。相同面积的孔中，圆形孔的周长最小，所以机箱上的开孔要尽量小，而且要尽量采用圆孔。

(2) 各种指示灯和开关接线的电磁屏蔽。

指示灯和开关接线的电磁屏蔽也需要特别注意，比较长的连接线需要设计成绞线或者在线上增加一个磁环来减少电磁辐射。

(3) 细节部分的屏蔽设计。

在机箱侧板安装处、后部电源位置设置防辐射弹片，这种弹片会使设备之间连接更为紧密，有效防止了辐射泄漏。有些厂商生产的机箱 5 英寸和 3.5 英寸槽位的挡板都使用了带有防辐射弹片与防辐射槽的钢片，更加有效地对电磁辐射进行屏蔽，但很多机箱电磁辐射屏蔽设计往往忽略了这里，仅仅使用了普通钢片作为挡板。

用户更直观地判断一款机箱是否有良好的辐射屏蔽的办法就是察看机箱是否通

过了 EMI GB9245 B 级、FCC B 级以及 IEMC B 级标准的认证，这些民用标准规定了辐射的安全限度，通过这些认证的机箱一般都会有详细的证书证明。

以上就是大家选购机箱时应该注意的问题。在满足了这些要求后，漂亮的外观才是接下来考虑的因素。选购一款样式美观、做工用料优良、结构合理、使用安全的机箱是我们的最终目标。

1.8.2 电源

电源虽小但其中学问却不少。电源是计算机主机的动力源泉，一台计算机除了部分显示器可以直接由外来电源供电外，其余所有部件均靠机箱内部的电源供电，电源输出直流电的好坏，直接影响各部件的质量、寿命及性能。就机箱电源的技术而言，应该说已经很成熟了，许多电源厂商面对竞争的市场往往以减少元器件（如节省滤波电路装置、测温装置等），或采用低价格的元器件来降低成本，提高市场的竞争力。而这样受害的却是用户。质量差的电源容易导致计算机出现一系列的问题。

(1) 硬盘出现坏道或损坏。质量差的电源容易导致硬盘出现假坏道，这种故障一般可通过软件修复。如果用户碰到此类情况，首先要检查的是电源。在修复硬盘同时，要换一个性能良好的电源，否则时间一长易出现永久损坏，就必须回厂家返修。当然，频繁非正常的关机，也可能导致硬盘坏道。

(2) 噪声介入。如果发现声卡噪声较大，而购买的又是较好的声卡时，就要注意检查电源是否有问题。

(3) 光驱读盘性能不好。如果新配置的计算机或新买的 CD-ROM 读盘不好，而 CD-ROM 本身没有问题，那么很大的可能就是电源问题。

(4) 超频不稳定。

(5) 显示屏上有水波纹。

(6) 主机莫名其妙地重新启动。

(7) 安装 Windows 经常出错。

所以在选购电源时一定不能贪图便宜，要选择一些信誉比较好的品牌电源，如航嘉、长城等。

1.8.3 光驱

光驱是台式机里比较常见的一个配件。随着多媒体的应用越来越广泛，光驱已经成为标准配件。目前，光驱可分为 CD-ROM 光驱、DVD 光驱（DVD-ROM）、COMBO（康宝）光驱和刻录光驱等。

(1) CD-ROM 光驱：又称为致密盘只读存储器，是一种只读的光存储介质。它是由原本用于音频 CD 的 CD-DA（digital audio）格式发展起来的。

(2) DVD 光驱：是一种可以读取 DVD 光盘的光驱，除了兼容 DVD-ROM、DVD-VIDEO、DVD-R、CD-ROM 等常见的格式外，对于 CD-R/RW，CD-I，

VIDEO-CD，CD-G 等都要能很好地支持。

（3）COMBO 光驱："康宝"光驱是人们对 COMBO 光驱的俗称。COMBO 光驱是一种集合了 CD 刻录、CD-ROM 和 DVD-ROM 为一体的多功能光存储产品。

（4）刻录光驱：包括了 CD-R、CD-RW 和 DVD 刻录机等，其中 DVD 刻录机又分 DVD＋R、DVD-R、DVD＋RW、DVD-RW（W 代表可反复擦写）和 DVD-RAM。刻录机的外观和普通光驱差不多，只是其前置面板上通常都清楚地标识着写入、复写和读取三种速度。

在选购光驱时应注意以下几点。

1. 选择合适的接口类型

DVD 光驱的接口主要有 IDE 接口、SCSI 接口和 USB 接口 3 种。在选购 DVD 光驱时，一定要特别注意光驱的接口类型，在价格相差不大的情况下，应尽量选用 SCSI 接口的产品。

2. 品牌

一个信得过的品牌是选购一款好的光驱的关键之一。如今市场上品牌非常多，但真正能左右市场，并在消费者中有良好口碑的却相对较少。市面上常见的品牌主要有索尼、明基、华硕、创新、日立、东芝、先锋、三星和 LG 等，每一款都具有一定的竞争力。

3. 工艺

工艺，就是指整个光驱给人的视觉印象。从外包装上来看，工整、干净，没有打开过的痕迹，有代理或厂家的防伪标志等的光驱质量比较有保证。

打开光驱外包装后，检查里面的说明书、排线、音频线、驱动盘、附赠的物品是否完好无损。如果没什么问题，那么基本上可以判定这个光驱是正品，而且没有打开"试用"过。如果光驱上有划痕，又有被螺丝刀拧过的痕迹，或者有掉漆，面板字体模糊不清楚等问题，那么说明这个光驱有瑕疵。

4. 稳定性

用户还往往会遇到这样的情况，一款光驱买回来时，怎么用都好，任何光盘都能读。可一旦用了一段时间后（通常 3 个月以上），却发现读盘能力迅速下降，这也就是常说的"蜜月"效应。为避免购买到这类产品，应该尽量选购采用全钢机芯的光驱，这样即便在高温、高湿的情况下长时间工作，光驱的性能也始终如一，这也给光盘的完美播放提供了最为有利的保障。另外采用全钢机芯的光驱通常情况下要比采用普通塑料机芯的光驱使用寿命长。

5. 大的缓存容量

与硬盘、主板的缓存一样，光驱的缓存的作用也是提供一个高速的数据缓冲区域，将可能被读取的数据暂时保存，然后一次性进行传输和转换，从而缓解光驱和计算机其他部分速度不匹配的问题。现在主流的光驱一般采用了 1MB 以上的缓存，最高的可以达到 8MB。

6. 售后服务

由于光驱在长时间的使用过程中，容易造成配件损耗，属于消耗品。相应的，在维修上也比其他产品的返修率要高，而且这些配件大多有各厂商的独特技术，需要送到指定的代理商处返修。现在一般大厂商的保修政策都是“三个月包换，一年保修”。

1.8.4 键盘、鼠标

作为计算机最重要的输入设备，键盘、鼠标在选购是也是不能大意的。

1. 键盘的选购

用户在选购键盘时可按照以下步骤检验键盘是否符合要求：

(1) 看手感。

选择一款键盘时，首先就是用双手在键盘上敲打几下，由于喜好不一样，有人喜欢弹性小一点的，有人则喜欢弹性大一点的。只有在键盘上操作几下，才知道是否适合自己，另外注意：新键盘弹性强，多次使用后，弹性会减弱。

(2) 看按键数目。

目前市面上主流产品还是标准 108 键键盘，高档的键盘会增加很多多媒体功能键，设计一整排在键盘的上方。另外如回车键和空格键最好选设计得大点的为好，毕竟这是日常使用最多的按键。

(3) 看键帽。

键帽第一看字迹，激光雕刻的字迹耐磨，印刷的字迹易脱落。将键盘放到眼前平视，就会发现印刷的按键字符有凸凹感，而激光雕刻的按键字符则比较平整。

(4) 看键程。

很多人喜欢键程长一点的，按键时很容易摸到，也有人喜欢键程短一点的，认为这样打字时会快一些。笔者认为键程长一点的键盘适合对键盘不算熟悉的用户，键程短一点的键盘适合对键盘比较熟悉的用户。

(5) 看键盘接口。

目前大多数键盘使用的 PS/2 接口，不过现在市场也有 USB 接口的键盘。USB 接口键盘最大的特点就是可以支持即插即用，但是价格上要高于 PS/2 接口的键盘。

(6) 看品牌、价格。

在挑选键盘时，同等质量、同等价格的情况下，挑选名牌大厂的键盘，大品牌能给人一定的安全感。

2. 鼠标的选购

一般而言，选购一款鼠标主要从以下几个方面入手：

(1) 解析度。

鼠标的内在性能跟解析度有着密切的关系。鼠标的说明书上通常会标注 800dpi 或 1 000dpi，这就是鼠标的解析度。1 个 800dpi 解析度的鼠标实际就意味着每移动 1

英寸就传回 800 次坐标。鼠标的解析度越低，拖拽时会明显感觉比较迟钝；鼠标的解析度越高，鼠标会越灵敏，不过稳定性就要稍差一些。目前市面的鼠标大都是 800dpi 的解析度。不过高端的鼠标如 Razer 光电响尾蛇，采用的就是 1 600dpi 的解析度。

（2）刷新率。

刷新率也是鼠标的一个重要参数，刷新率在一定程度上甚至比解析度更重要。刷新率越高的鼠标每秒所能传回的成像次数越多，所形成的图像也就越精准。第一代的光学鼠标刷新率在 1 500 帧/s。不过高端的鼠标如微软 IE4.0 就是 6 000 帧/s 的刷新率。

（3）是否符合人体工程学。

除了注重鼠标的内在性能之外，比较关键的一点就是看它是否符合人体工程学设计。一款鼠标拿在手里，手感是第一位，鼠标的轻重、大小以及手指按键的设计等都是很关键的，它决定了一个用户对鼠标的喜爱程度。一般而言，符合人体工程学设计的鼠标手握起来非常舒服，在工作、学习、娱乐中不容易使人产生疲劳。

（4）外观。

外观上的挑选大家可能是见仁见智了，选购时可以根据个人的喜好挑选适合的鼠标。一般，鼠标颜色最好跟机箱、键盘、显示器的颜色搭配。外形时尚的鼠标比较受年轻人的喜爱，比如近年日系的宜丽客鼠标就是以时尚、奇特的造型受到大家关注的。

（5）接口。

鼠标的接口跟键盘类似，目前市面上主要有 PS/2 和 USB 两种。USB 接口的鼠标由于支持热插拔，得到很多用户的青睐。在价格上，USB 接口鼠标要稍高于 PS/2 接口的鼠标。

另外计算的外部设备还很多，如音箱、摄像头、打印机、扫描仪等，在这里我们就不一一介绍了，用户如需购置，可以在网上查询其相关参数和性能。

思考与练习

1. 完整计算机系统有哪些组成部分？
2. 计算机主板有什么作用？
3. 内存的工作特点是什么？
4. CPU 的主要参数有哪些？
5. 识别硬盘型号的含义。
6. 什么是显卡？显卡的主要参数是什么？
7. 说明 CRT 显示器和 LCD 显示器的主要技术指标。
8. 机箱的作用是什么？

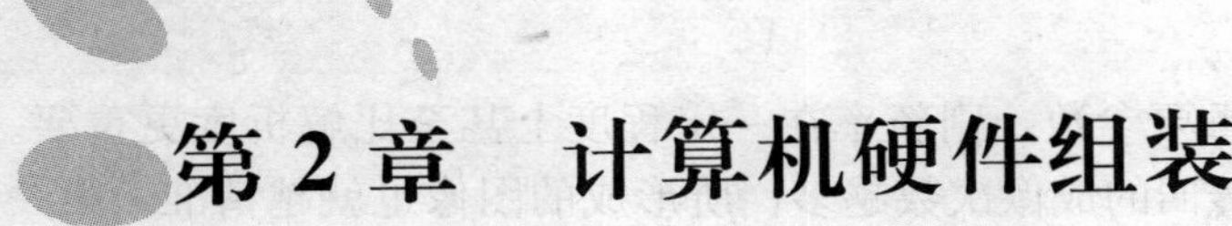

第 2 章　计算机硬件组装

当计算机的各个硬件都准备好了之后，就可以进行计算机的组装了。本章将结合具体图示来讲解组装计算机的流程。通过本章的学习，读者可以熟悉计算机的硬件组装流程，并能熟练地独立组装一台计算机。

2.1　组装前的准备工作

2.1.1　组装计算机所需工具

常言道“工欲善其事，必先利其器”，组装计算机硬件之前应准备好一些工具，还需要了解一些注意事项。

组装计算机硬件时所需要的工具有十字螺丝刀、平口螺丝刀、尖嘴钳、散热膏、万用表等，如图 2—1 所示。

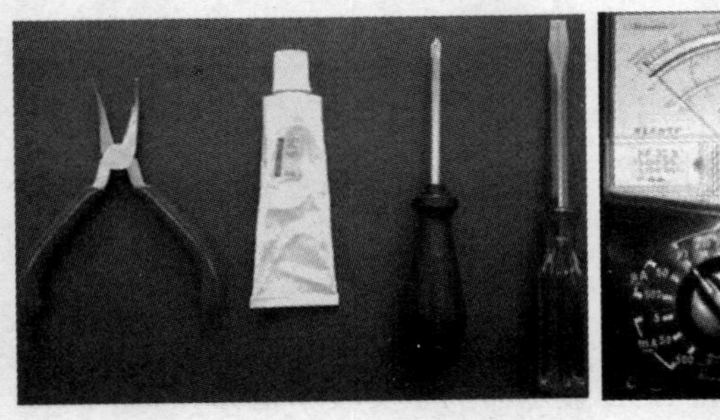

图 2—1　组装计算机所需要的工具

十字螺丝刀是用于拆卸和安装螺钉的工具。由于计算机上的螺钉全部都是十字形的，所以只要准备一把十字螺丝刀就可以了。由于计算机安装空间较小，一旦螺钉掉落，想从中取出来就很麻烦，所以选用磁性螺丝刀可以吸住螺钉，在安装时非常方便。平口螺丝刀不仅可以方便计算机安装，而且可用来拆开产品包装盒、包装封条等。尖嘴钳在组装计算机时用处不大，但对于一些质量较差的机箱来说，尖嘴钳也会派上用场。质量较差的机箱后面的挡板材质很硬，用手很难拆开，这时就需要尖嘴钳来帮忙了。在安装高频率 CPU 时，散热膏必不可少。万用表用来检测计算机配件的电阻、电压和电流是否正常，以及检查电路是否有问题。

2.1.2　准备工作

（1）准备好装机所用的配件。CPU、主板、内存、显卡、硬盘、软驱、光驱、机箱电源、键盘鼠标、显示器、各种数据线、电源线等。

（2）插座。由于计算机系统不止一个设备需要用电，所以一定要一个准备万用多孔型插座，以方便使用。

（3）器皿。计算机在安装和拆卸的过程中有许多螺钉以及一些小零件需要随时取用，所以应该准备一个小器皿，用来盛装，以防止丢失。

（4）工作台。为了方便进行安装，一个高度适中的工作台是必不可少，可以是专用的计算机桌也可以是普通的桌子。

（5）防止静电。由于我们穿着的衣物会相互摩擦，很容易产生静电，而这些静电则可能将集成电路内部击穿而造成设备损坏，因此在安装过程中要特别注意，防止静电产生。

（6）防止液体进入计算机内部。在安装计算机元器件时，要防止液体进入计算机内部，因为这些液体都可能造成短路而使元器件损坏。

（7）正确的安装方法。在安装的过程中一定要注意正确的安装方法，对于不懂、不会的地方要仔细查阅说明书，不要强行安装，稍微用力不当就可能使引脚折断或变形。

2.2　计算机硬件组装的过程

2.2.1　计算机硬件组装流程

计算机硬件组装流程可以归纳为以下几步：

（1）机箱的安装。主要是对机箱进行拆封，并且将电源安装在机箱里。

（2）CPU 的安装。在主板 CPU 插座上插入安装所需的 CPU，并且安装上散热风扇。

（3）内存的安装。将内存条插入主板内存插槽中。

（4）主板的安装。将主板安装在机箱中。

（5）硬盘和光驱的安装。主要针对硬盘、光驱进行安装。

（6）显卡的安装。根据显卡总线选择合适的插槽。

（7）声卡的安装。现在市场主流声卡多为 PCI 插槽的声卡。

（8）整理工作。机箱与主板间的连线，即各种指示灯、电源开关线以及硬盘、光驱和软驱电源线和数据线的连接。

（9）外用设备的安装。安装显示器、键盘、鼠标等。

（10）检查并测试。重新检查各个接线，准备进行测试。给机器加电，若显示器能够正常显示，表明初装已经正确，此时可进入 BIOS 进行系统初始设置。

2.2.2 计算机硬件组装过程的基本操作

1. 机箱的安装

首先将机箱放到工作台上，用十字螺丝刀把机箱上的挡板固定螺钉拧开，打开机箱挡板如图 2—2 所示。然后把与机箱配套的配件包打开，就会发现有很多不同型号的螺钉，有为了整齐、通风而把电源线、软驱线、硬盘线捆绑在一起的塑料扎线；还有为了适合不同类型主板的机箱挡板片。

安装电源时，首先将电源放进机箱上的电源位，并将电源上的螺钉固定孔与机箱上的固定孔对正，然后先拧上一颗螺钉（固定住电源即可），再将后 3 颗螺钉孔对正位置，并将所有的螺钉拧紧即可，如图 2—3 所示。

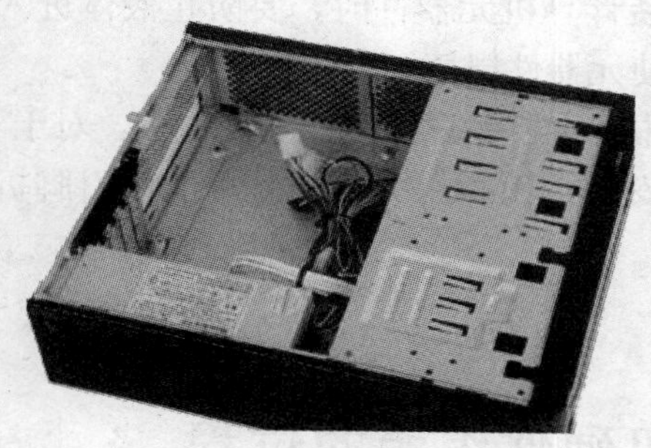

图 2—2 打开机箱上的挡板

图 2—3 安装电源

2. CPU 的安装

安装 CPU 的方法很简单，下面以安装 LGA 775 的 Inter CPU（见图 2—4）为例来介绍。在安装 CPU 之前，要先打开 CPU 插座，如图 2—5 所示。

图 2—4　LGA 775 的英特尔 CPU

图 2—5　先打开 CPU 插座

需要特别注意的是：在 CPU 的一角上有一个三角形的标识，主板上的 CPU 插座也有一个三角形的标识。在安装时，CPU 上印有三角形标识的那个角要与主板上印有三角形标识的那个角对齐，然后慢慢地将 CPU 轻压到位。将 CPU 安放到位以后，盖好扣盖，并反方向微用力扣下 CPU 的压杆，如图 2—6 所示。

由于 CPU 发热量较大，选择一款散热性能出色的散热器特别关键，LGA775 的 CPU 的四角固定设计，使散热效果得到了很大的提高。安装散热器前，先要在 CPU 表面均匀地涂上一层散热膏。安装时，将散热器的四角对准主板的相应位置，用力压下四角扣具即可，如图 2—7 所示。然后将散热器接到主板的供电接口上，如图 2—8 所示。

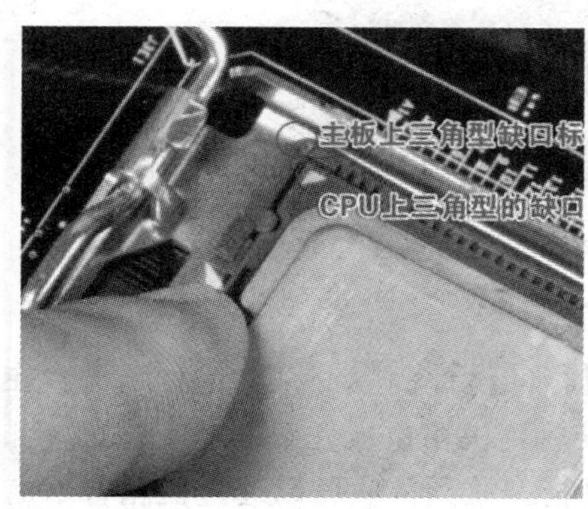

图 2—6　扣上 CPU 的压杆

图 2—7　安装散热器

3. 内存的安装

安装内存时，先用手将内存插槽两端的扣具打开，然后将内存平行放入内存插槽中，用两手大拇指按住内存两端轻微向下压，听到“啪”的一声后，即说明内存安装到位，如图 2—9 所示。需要注意的是：把内存卡到位后用力向下按，一定要看到两边的扣具都合起来后才算安装到位，也可以用手试一下内存是不是稳定。另外，插内存的时候尽量不要和 CPU 靠的太近，这样有利于散热。

图 2—8　将散热器接到主板的供电接口上

图 2—9　安装内存

4. 主板的安装

目前，大部分主板为 ATX 主板，因此机箱的设计一般都符合这种结构。在安装主板之前，先将机箱提供的主板垫脚螺母安放到机箱主板托架的对应位置，如图 2—10 所示。然后将主板放入机箱，并确定机箱安放到位（可以通过机箱背部的主板挡板来确定），如图 2—11 所示。最后用螺钉固定主板，如图 2—12 所示。

连接主板电源和机箱面板信号，如图 2—13 所示。

5. 硬盘和光驱的安装

(1) 硬盘的安装。

在安装好 CPU、内存、主板之后，将硬盘固定在机箱的 3.5 英寸硬盘托架上。对于普通的机箱，只需要将硬盘放入机箱的硬盘托架上，拧紧螺钉使其固定即可。很多用户使用的是可拆卸的 3.5 英寸硬盘托架，这样安装起硬盘来就更加简单。拆

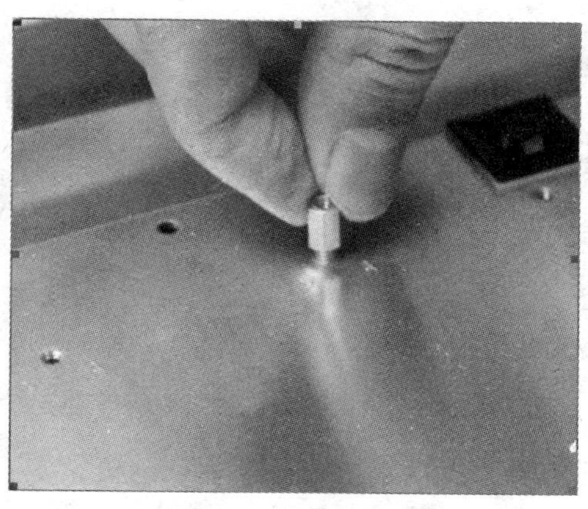

图 2—10　把主板垫脚螺母安放到机箱主板托架的对应位置

图 2—11　把主板放入机箱并确定安装到位

图 2—12　固定主板

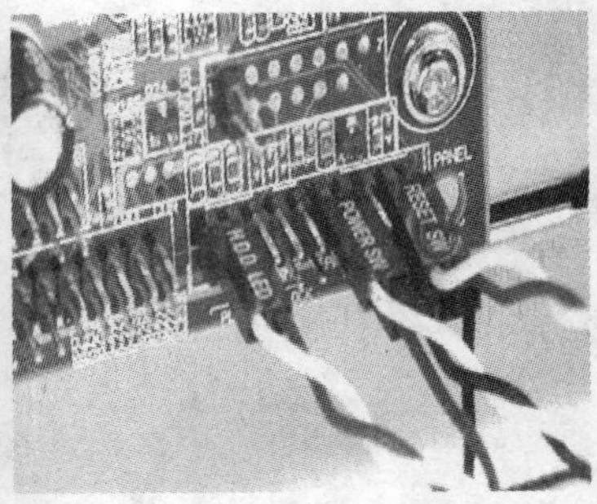

图 2—13　主板电源和机箱面板信号连接

掉托架，把硬盘固定到托架上，然后再把托架固定到机箱上，如图 2—14 所示。最后连接硬盘数据线和电源线，如图 2—15 所示。

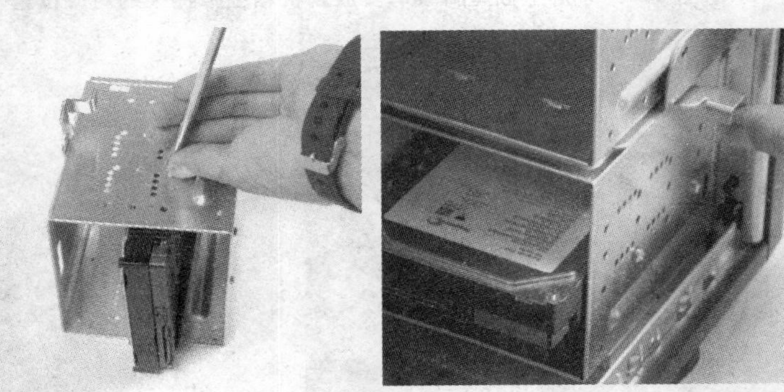

图 2—14　安装硬盘

图 2—15　连接硬盘的数据线和电源线

（2）光驱的安装。

安装光驱的方法与安装硬盘的方法大致相同，对于普通的机箱，只需要将机箱5英寸的光驱托架前的面板拆除，并将光驱放入对应的位置，拧紧螺钉即可。还有一种抽拉式设计的光驱托架，如图 2—16 所示。

图 2—16　安装光驱

光驱安装完成后，连接光驱数据线和电源线，光驱数据线和电源线均采用防插反式设计。连接时可以看到 IDE 数据线的一侧有一条蓝或红色的线，这条线位于电源接口一侧。将数据线的另一端插到主板的 IDE 接口上，如图 2—17 所示。

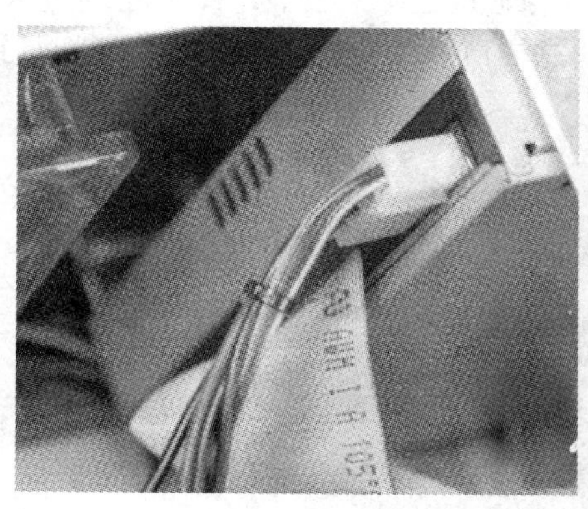

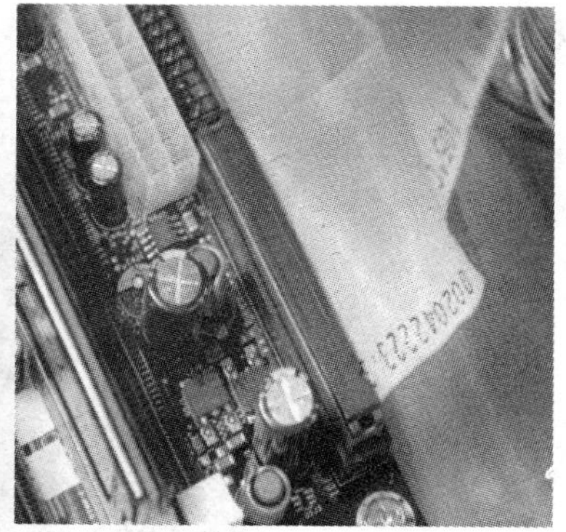

图 2—17　连接光驱的数据线和电源线

6. 显卡的安装

目前，PCI-E 显卡性价比很高，是市场的主流产品，在选择显卡时可以考虑。下面以 PCI－E 显卡为例介绍显卡的安装。

首先将机箱后面对应的挡板取下，用手轻握显卡两端，对准主板上的显卡插槽，向下轻压即可。在插入过程中，要把显卡以垂直于主板的方向插入插槽中，用力适中并要插到底部，保证卡和插槽的良好接触，最后用螺钉固定显卡，如图 2—18 所示。固定时，要注意显卡挡板下端不要顶在主板上，否则显卡无法插到底部；固定挡板的螺钉要松紧适度，避免主板发生变形。

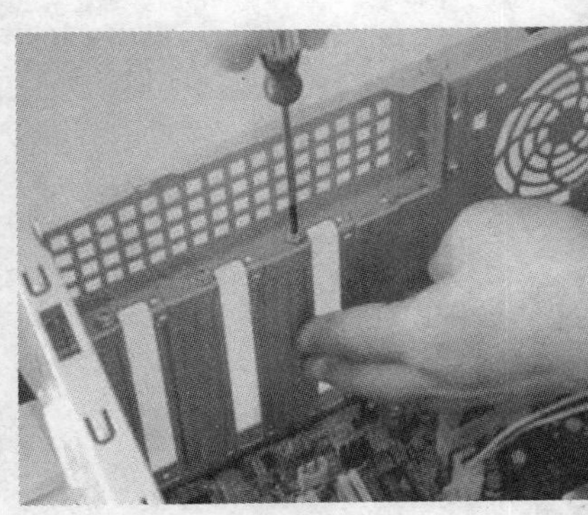
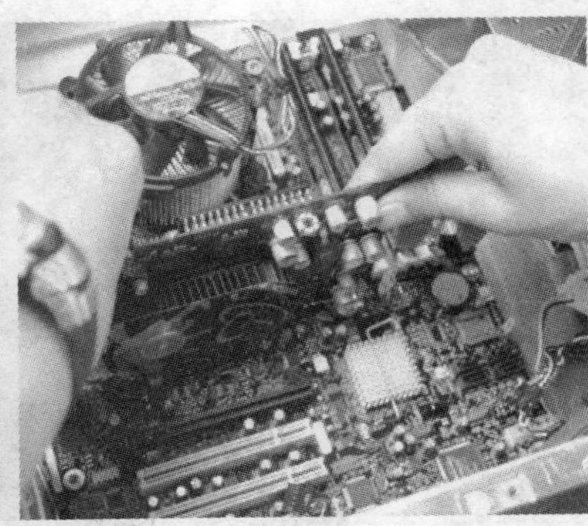

图 2—18　安装显卡

7. 声卡的安装

首先，找到一个空余的 PCI 插槽，并从机箱后壳上移除对应 PCI 插槽上的扩充挡板。然后将声卡小心地对准 PCI 插槽并且很确实地插入 PCI 插槽中，如图 2—19 所示。注意：务必确认将卡上的金手指的金属触点很确实地与 PCI 插槽接触在一起。最后将螺钉用螺丝刀拧上，使声卡确实地固定在主板上，即可完成声卡的硬件安装。现在大多数主板上都集成了声卡，这样声卡的安装这一步就可以省去了。

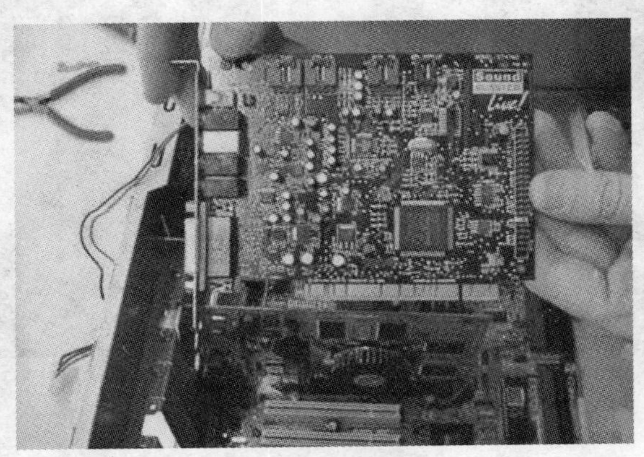

图 2—19　安装声卡

8. 整理工作

机箱内部的空间狭窄，加上设备发热量较大，会影响空气流动与散热，同时容易发生连线松脱、接触不良或信号紊乱的现象。整理机箱内部连线的具体操作步骤如下：

(1) 面板信号线的整理。

(2) 电源线的整理。

(3) 音频线的整理。

经过整理后，机箱内部整洁了很多，这样做不仅有利于散热，而且方便日后添加或拆卸硬件的工作。整理机箱的连线还可以提高系统的稳定性。

整理完成后将机箱的盖子装上，这样主机的组装工作就圆满完成了。

9. 外用设备的安装

（1）显示器的连接。

取出电源连接线，将显示器电源连接线的另外一端连接到电源插座上。把显示器后部的信号线与机箱后面的显卡输出端相连接，显卡的输出端是一个 15 孔的 D 形插座，如图 2—20 所示。

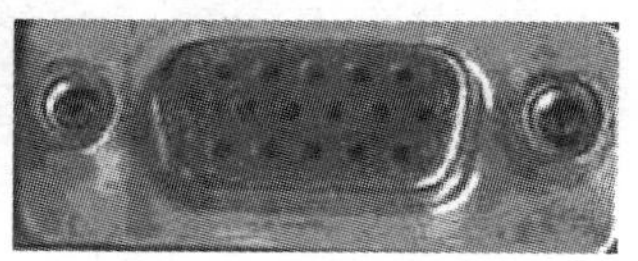

图 2—20　显示器接口

（2）键盘、鼠标的连接。

键盘和鼠标的连接如图 2—21 所示。将键盘和鼠标的 PS/2 插孔分别插入主板上对应的接口。主板上的键盘接口是紫色，鼠标接口是绿色，跟键盘、鼠标 PS/2 插孔的颜色是一致的，这样在连接键盘和鼠标的时候就不会插错了。另外在插接时注意鼠标、键盘接口插头的凹形槽方向与 PS/2 接口上的凹形卡口相对应，方向错误则插不进。如果键盘、鼠标是 USB 接口的，只需将其插到 USB 接口即可。

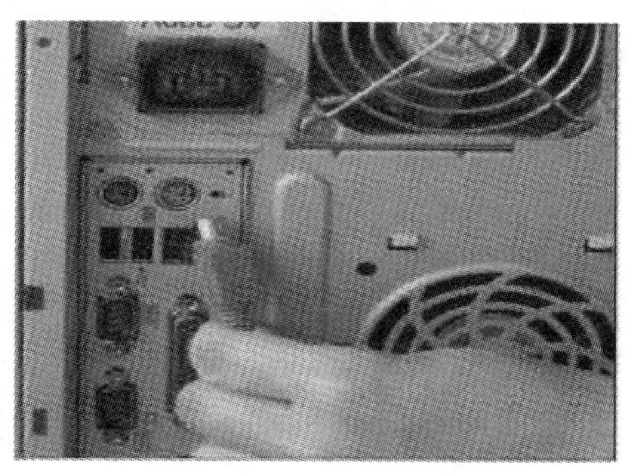

图 2—21　连接键盘、鼠标

（3）音箱的连接。

通常有源音箱接在 Speaker 端口或 Line-out 端口上，无源音箱接在 Speaker 端口上。连接有源音箱时，将有源音箱的 3.5mm 双声道插头一端插入机箱后侧声卡的线路输出插孔中，另一端插头插入有源音箱的输入插孔中（见图 2—22）。

10. 检查并测试。

重新检查各个接线，准备进行测试。给机器加电，若显示器能够正常显示，表明组装已经正确完成。

图 2—22　连接音箱和话筒

思考与练习

1. 简述 CPU 及其风扇的安装方法和步骤。
2. 简述主板的安装步骤。
3. 硬盘和光驱安装时应注意哪些事项？
4. 主板上的螺钉为什么不能拧得太紧？
5. 机箱至主板的信号线一般有哪些？分别代表什么？

第3章　BIOS设置

基本输入输出系统（basic input output system，BIOS）是被固化在计算机CMOS RAM芯片中的一组程序，为计算机提供最初的、最直接的硬件控制。正确设置BIOS可大大提高计算机系统性能。

BIOS的主要功能是为计算机提供最底层的、最直接的硬件设置和控制，只有在开机时才可以进行设置。CMOS RAM芯片主要用于存储BIOS设置程序所设置的参数与数据，而BIOS设置程序主要针对基本输入输出系统进行管理和设置，计算机系统运行时，使用BIOS设置程序还可以排除系统故障或者诊断系统问题。

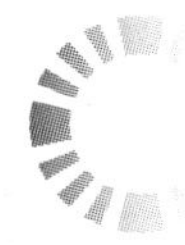

3.1　BIOS与CMOS概述

3.1.1　BIOS的功能

BIOS的功能主要有以下三个方面：

1. 自检及初始化

开机后BIOS最先被启动，然后它会对计算机的硬件设备进行完全彻底的检验和测试。如果发现问题，分两种情况处理：一是严重故障停机，不给出任何提示或信号；二是非严重故障，则给出屏幕提示或声音报警信号，等待用户处理。如果未发现问题，则将硬件设备设置为备用状态，然后启动操作系统，把对计算机的控制权交给用户。

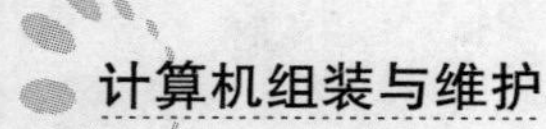

2. 程序服务

BIOS 直接与计算机的输入输出设备打交道，通过特定的数据端口发出命令，传送或接收各种外部设备的数据，实现软件程序对硬件的直接操作。

3. 设定中断

开机时，BIOS 会“告诉”CPU 各硬件设备的中断号，当用户发出使用某个设备的指令后，CPU 就根据中断号使用相应的硬件完成工作，再根据中断号跳回原来的工作。

3.1.2 BIOS 的种类

由于 BIOS 直接和系统硬件资源打交道，因此 BIOS 总是针对某一类型的硬件系统，而各种硬件系统又各有不同，所以存在各种不同种类的 BIOS。随着硬件技术的发展，同一种 BIOS 也先后出现了不同的版本，新版本的 BIOS 比起老版本来说，功能更强。

目前主板采用的 BIOS 主要有三类：Award BIOS、AMI BIOS 和 Phoenix BIOS。其中市场上销售的各类主板和大部分国产品牌机多使用 Award BIOS（由美国 Award Software 公司开发）或者 AMI BIOS（由美国 AMI 公司开发），使用这两类 BIOS 的计算机启动时提示用户按“Del”键进入 CMOS 设置界面。还有就是国外品牌机中常用的 Phoenix BIOS（由美国凤凰公司开发），使用这类 BIOS 的计算机启动时，提示用户按“F2”键进入 CMOS 设置界面。

3.1.3 BIOS 和 CMOS 的区别

BIOS 是一组设置硬件的程序，保存在主板上的一块 RAM 芯片中。而 CMOS 是计算机主板上的一块可读写的 RAM 芯片，用来保存当前系统的硬件配置情况和用户对某些参数的设定。CMOS 芯片由主板上的充电电池供电，即使系统断电，参数也不会丢失。CMOS 芯片只有保存数据的功能，而对 CMOS 中各项参数的修改要通过 BIOS 的设定程序来实现。

3.2 CMOS 参数设置

3.2.1 CMOS 设置程序主界面（以 Award BIOS 为例）

计算机在接通电源时，首先由 BIOS 对硬件系统进行检查，同时还在屏幕提示进入 CMOS 设置主菜单的方法，例如 Award BIOS 启动时会出现如图 3—1 所示的界面。在屏幕下方显示“Press DEL to enter SETUP”，此时按“Del”键即可进入 CMOS 设置的主界面，如图 3—2 所示。

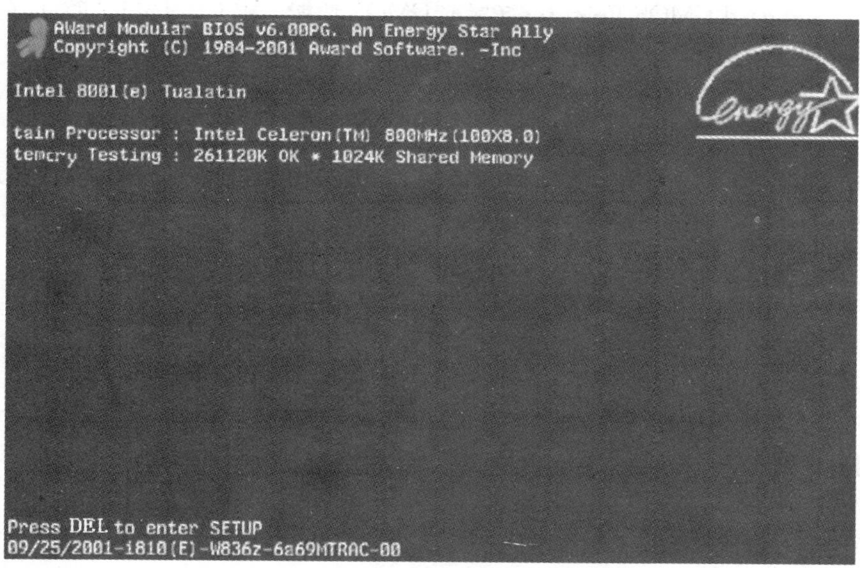

图 3—1

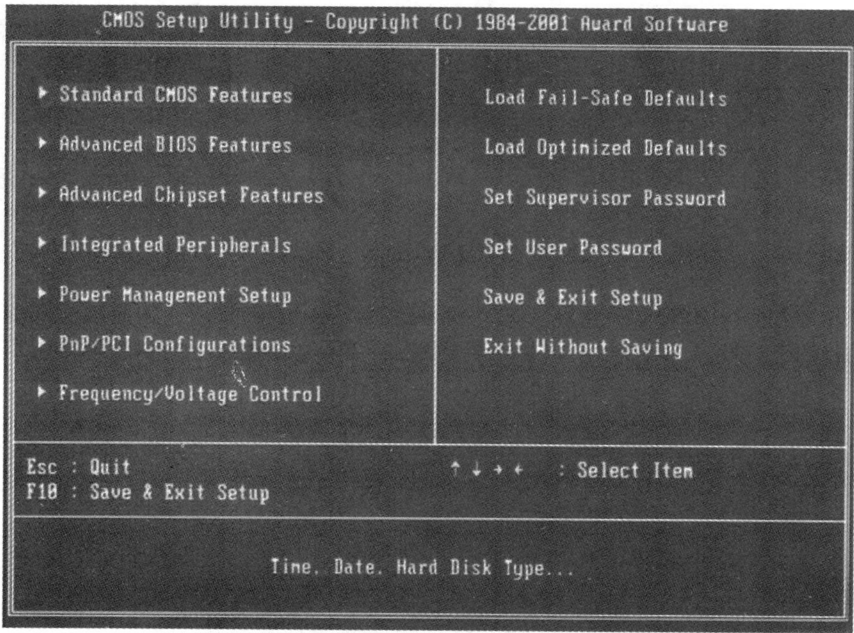

图 3—2

BIOS的主界面中一般有十几个项目，由于BIOS版本种类不同，主界面中的项目也不同。图3—2是比较典型的Award BIOS的主菜单。项目前面有三角形箭头的表示该项包含子菜单。主菜单上共有13个项目，分别为：

（1）Standard CMOS Features（标准CMOS功能设定）。设定日期，时间，软、硬盘规格及显示器种类。

（2）Advanced BIOS Features（高级BIOS功能设定）。对系统的高级特性进行设定。

（3）Advanced Chipset Features（高级芯片组功能设定）。设定主板所用芯片组的相关参数。

（4）Integrated Peripherals（外部设备设定）。设定菜单包括所有外围设备。如声卡、Modem、USB键盘是否打开。

（5）Power Management Setup（电源管理设定）。设定CPU、硬盘、显示器等设备的节电功能运行方式。

（6）PnP/PCI Configurations（即插即用与PCI参数设定）。设定ISA的PnP即插即用界面及PCI界面的参数，此项仅在系统支持PnP/PCI时才有效。

（7）Frequency/Voltage Control（频率/电压控制）。设定CPU的倍频，设定是否自动侦测CPU频率等。

（8）Load Fail-Safe Defaults（载入最安全的默认值）。使用此菜单载入工厂默认值作为稳定的系统使用。

（9）Load Optimized Defaults（载入高性能默认值）。使用此菜单载入最好的性能但有可能影响稳定的默认值。

（10）Set Supervisor Password（设置超级用户密码）。使用此菜单可以设置超级用户的密码。

（11）Set User Password（设置用户密码）。使用此菜单可以设置用户密码。

（12）Save & Exit Setup（保存后退出）。保存对CMOS的修改，然后退出Setup程序。

（13）Exit Without Saving（不保存退出）。放弃对CMOS的修改，然后退出Setup程序。

在CMOS设置主界面，可以通过操作键对CMOS的各项参数进行设置，常见操作键如下：

（1）方向键“↑”、“↓”、“←”、“→”：移动到需要操作的项目上。

（2）“Enter”键：选定此选项。

（3）“Esc”键：从子菜单回到上一级菜单或者跳到退出菜单。

（4）“+”或“Page Up”键：增加数值或改变选择项。

（5）“—”或“Page Down”键：减少数值或改变选择项。

（6）“F1”键：主题帮助，仅在状态显示菜单和选择设定菜单有效。

选项。现在主板的智能化程度非常高，开机后可以自动检测到 CPU、硬盘、软驱、光驱等的型号信息，这些在开机后不用再手动设置，但对于启动顺序，不管主板智能化程度多高都必须手动设置。

(1) 设置启动顺序的必要性。

在计算机启动时，首先检测 CPU、主板、内存、BIOS、显卡、硬盘、软驱、光驱和键盘等部件，如这些部件检测通过，接下来将按照 BIOS 中设置的启动顺序从第一个启动盘调入操作系统，正常情况下，都设成从硬盘启动。但是，当计算机硬盘中的系统出现故障时，将无法从硬盘启动，这时只有通过进行 CMOS 设置，从软盘或光盘启动计算机，才能查找机器的故障，所以在装机或维修计算机时设置启动顺序非常重要。

(2) 设置启动顺序的方法。

设置启动顺序时，选择“Advanced BIOS Features”选项，可通过“First Boot Device ”（第一启动设备)、“Second Boot Device ”（第二启动设备）和“Third Boot Device”（第三启动设备）3 个选项的设置来定制机器的启动顺序。这 3 个选项中，每个选项都有 Floppy（软盘)、CD-ROM（光盘)、Hard Disk（硬盘）或 LAN（网卡)、Disabled（禁用）等选项，当想从光盘启动计算机时，把“First Boot Device ”选项设为 CD-ROM 再保存退出即可，重启计算机时插入光盘，系统即可从光盘启动计算机。

3. 软驱设置

使用软驱时，必须把软驱设置项设为“1.44M，3.5in”。设置软驱需进入 CMOS 设置程序主界面中的“Standard CMOS Features”选项，如图 3—4 所示，一般只要设置 Drive A（A 驱动器）即可。

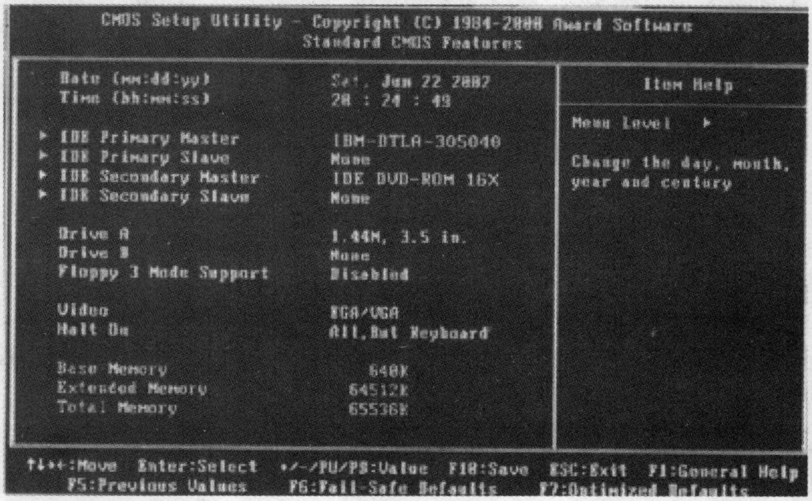

```
CMOS Setup Utility - Copyright (C) 1984-2000 Award Software
Standard CMOS Features

Date (mm:dd:yy)              Sat, Jun 22 2002          Item Help
Time (hh:mm:ss)              20 : 24 : 49
                                                       Menu Level  ▸
▸ IDE Primary Master         IBM-DTLA-305040
▸ IDE Primary Slave          None                      Change the day, month,
▸ IDE Secondary Master       IDE DVD-ROM 16X           year and century
▸ IDE Secondary Slave        None

Drive A                      1.44M, 3.5 in.
Drive B                      None
Floppy 3 Mode Support        Disabled

Video                        EGA/VGA
Halt On                      All,But Keyboard

Base Memory                     640K
Extended Memory               64512K
Total Memory                  65536K

↑↓→←:Move  Enter:Select  +/-/PU/PD:Value  F10:Save  ESC:Exit  F1:General Help
   F5:Previous Values      F6:Fail-Safe Defaults      F7:Optimized Defaults
```

图 3—4

注意：在新装机、BIOS 放电后和载入 BIOS 预设值时，注意查看此项设置有无变化，许多计算机突然不能使用软驱，就跟此项设置有关。

4．硬盘检测设置

现在的 BIOS 一般都能自动检测到硬盘的信息，不用再手动检测，不过在 BIOS 设置中设置硬盘检测选项可以帮助判断硬盘的一些故障。设置硬盘信息检测选项在 BIOS 中的"Standard CMOS Features"选项下进行，如图 3—5 所示。其中，"IDE Primary Master"是 IDE1 口主盘，"IDE Primary Slave"是 IDE1 口从盘；"IDE Secondary Master"是 IDE2 口主盘，"IDE Secondary Slave"是 IDE2 口从盘。当计算机检测出硬盘的相关信息（是主盘还是从盘、类型、容量等指标）后，将在其中对应的一行显示，如果没有的将显示"None"，所以当硬盘不工作时，就可以进入此选项让计算机重新检测硬盘信息。如可以检测到，则可能硬盘硬件没故障，而是硬盘内的软件有故障；如不能检测到，则可能是硬盘的数据线没连好或硬盘跳线设置有问题，也有可能是硬盘数据线坏了或主板 IDE 端口烧了，甚至硬盘坏了。如图 3—5 所示，IDE Primary Master 通道检测出一个硬盘，说明在 IDE1 接口上连接了一个硬盘；而在 IDE Secondary Master 通道上检测出 DVD-ROM，说明在 IDE2 接口上连接了一个 DVD 光驱。

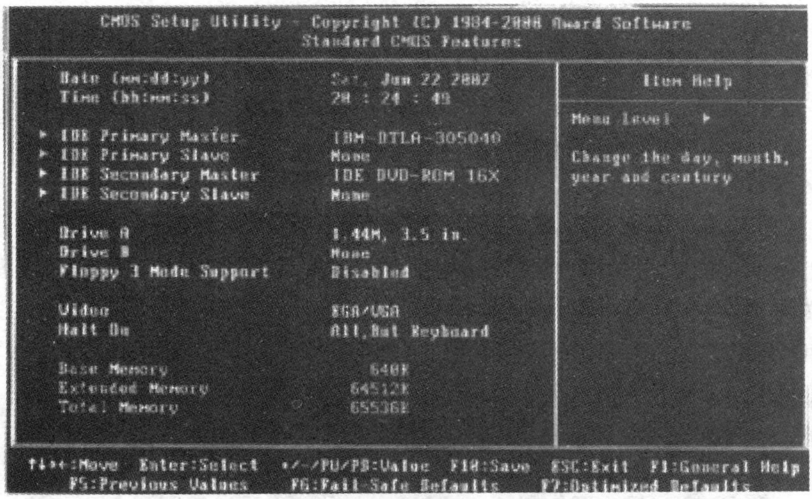

图 3—5

5．病毒警告设置

在 CMOS 界面中的"Advanced BIOS Features"选项中，有 Virus Warning（病毒警告）子选项，一般将该项设为"Enabled"（启用）。但在下列情况下应设为"Disabled"（禁用）：

（1）新装操作系统时。因为新装系统时，系统会对硬盘引导区进行设置，这时计算机会以为有病毒，将自动停机。

（2）BIOS 升级时。

6. 集成声卡设置

设置集成声卡时，进入“Integrated Peripherals”选项。如果将“AC97 Audio”项设为“Disabled”，则主板集成的声卡将不能发声。所以当音箱设备无声时，如果音箱设备与声卡的连接正确，声卡的驱动程序又正常时，别忘了检查 CMOS 中的声卡设置。

7. USB 端口设置

在“ Integrated Peripherals”选项中，如将“USB Controller”项设为“Disabled”，则所有 USB 设备都不能用。当 USB 设备不能用，而操作系统中的 USB 驱动已经安装好，那么别忘了检查 CMOS 中的 USB 端口设置。另外注意，如果新买的 USB 键盘接上后不能使用，请设置“USB Keyboard Support”（支持 USB 键盘）项为“Enabled”即可。

3.2.3 设置密码

1. 需要设置的密码

(1) 开机密码。设置此密码后，开机需要输入密码才能启动计算机，否则计算机就无法启动。

(2) CMOS 程序密码。进入 CMOS 程序的密码设置界面，设置后可以防止别人修改自己计算机的 CMOS 程序参数。

2. 密码的设置

以设置开机密码为例讲解设置密码的方法。

(1) 开机进入 CMOS 设置界面。

(2) 选择“Advanced BIOS Features”选项，将“Security Option”（开机口令选择）子选项设置为“System”（设开机密码时用）或“Setup”（设 BIOS 专用密码时用），然后返回主界面，如图 3—6 所示。

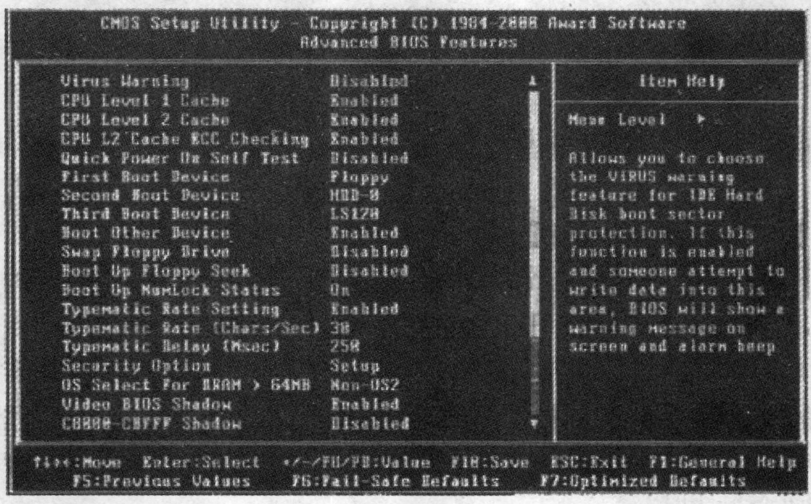

图 3—6

（3）选择“Set Supervisor Password”选项，按“Enter”键，在“Enter Password”框中输入密码后按“Enter”键，如图 3—7 所示。接着将显示如图 3—8 所示的“Confirm Password”提示框，再输入一遍刚才输入的密码，按“Enter”键。

图 3—7

Confirm Password:

图 3—8

（4）最后按“F10”键保存退出，开机时将显示输入开机密码的界面，只有输入正确的密码才能启动系统。

注意：密码设置一定要注意其最大长度为 8 个字符，有大小写之分，而且前后输入的密码一定要相同。设置开机密码后，同时 BIOS 程序也设一个相同的密码，进入 BIOS 程序时要输入相同的密码。

3. 密码的修改和取消

如果知道进入 CMOS 设置程序的密码，就可以按照下面步骤修改或取消密码：

（1）开机后按“Del”键，输入密码进入 CMOS 设置程序。

（2）选择“Advanced BIOS Features”选项，将“Security Option”选项设置为“System”或“Setup”，然后返回主界面。

（3）选择“Set Supervisor Password”选项，按“Enter”键。在“Enter Password”框中输入新的密码后按“Enter”键，接着在“Confirm Password”框中，重新输一遍新密码，然后按“Enter”键。如想取消密码，只要在“Enter Password”框中，不输入密码，直接按“Enter”键，即可取消密码。

（4）最后按“F10”键保存退出。

如果不知道进入 CMOS 设置程序的密码，通常采用以下几种方法来清除 COMS 密码：

（1）将 CMOS 放电。拆断主板上的 CMOS 跳线或者去掉主板上的 CMOS 电池可以把 CMOS 恢复到初始值，这样就去掉了 CMOS 的密码。

（2）利用 DEBUG 程序清除 CMOS 密码。在 DOS 中提供了一个编辑器，就是 DEBUG，这是一个非常实用的工具。启动方法是，在 DOS 命令提示符状态下输入命令：DEBUG，此时即可进入 DEBUG 编辑界面。在命令符状态下输入命令后，重新启动计算机即可清除 CMOS 密码，下面给出几个清除 CMOS 密码的命令行。

方法一：

```
—o 70 16
—o 71 16
—q
```

方法二：

```
—o 70 11
—o 71 ff
—q
```

方法三：

```
—o 70 10
—o 71 10
—q
```

3.3 BIOS 升级概述

3.3.1 BIOS 升级的必要性

一般来说，新的 BIOS 提供的升级内容可以帮助解决以下问题：

1. 解决兼容性问题

在当今软件、硬件产品层出不穷、各种标准频繁更新的情况下，也许刚刚推出的主板就会对某些新硬件或软件（一般为操作系统或者驱动程序）不支持或者存在不兼容问题。例如主板推出时只能识别 1.6GHz 的 Pentium 4 的 CPU，而现在最新的 CPU 已经达 3GHz，因此为了能识别大于 1.6GHz 的 Pentium 4 的 CPU，就必须对 BIOS 升级。

2. 排除 BUG

虽然公版的 BIOS 软件技术比较成熟，但有些主板厂商为了提高产品性能、增强功能，对其 BIOS 会添加一些独特的模块或程序（例如著名的 ASUS 声称对 BIOS 一般都进行了 40%的修改和代码重写），往往这些中可能存在一些 bug。为了解决这些问题，主板厂商也必须提供更新的 BIOS 给用户。

3. 功能增强

这并不是必须的，因此也只有一些比较负责的厂商会经常给 BIOS 添加一些实用的功能，以方便用户。如某 BIOS 升级后支持 OEM LOGO 的显示，再如某 BIOS 升级后添加了“恢复精灵”这样强大的实用工具。

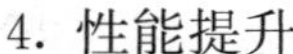

4. 性能提升

性能提升包括两个类别：一个是对 BIOS 软件的代码进行了优化设计，使其执行效率更高，性能得到提升；另一个是对 BIOS 的一些默认参数进行了优化设置（这一部分并不是必需的，多半是一些热心的厂商出于对大部分普通用户的考虑才这样做）。前一种性能提升是真正意义上的提升，但遗憾的是，还很少看到哪个厂商会对 BIOS 进行重写（部分优化是有的，但多半是为了解决存在的问题）；而后一种提升，实际就是对参数的调整，有一定经验的用户可以自己手动更改这些设置。

3.3.2 BIOS 升级的注意事项

（1）在 BIOS 的升级过程中要充分保证电源的持续性，最好配 UPS 以备不时之需。

（2）BIOS 升级文件一定不要选择错了，特别要注意选择与自己主板型号相似的主板 BIOS。现在的一些高版本的 BIOS 升级工具都屏蔽了主板与 BIOS 文件的一致性检测，所以即使是其他主板的 BIOS 文件也能升级到自己的主板中。如果选择错误，后果不堪设想。

（3）升级 BIOS 时的操作最好在硬盘上进行。因为软盘质量无法保证，容易出现坏道，而且软盘的速度又远不如硬盘，在软盘上升级 BIOS 是比较危险的。

（4）如果从来没有升级 BIOS 的经验，那么最好在有人指导或者有相关资料的情况下进行。

3.3.3 BIOS 升级实例

BIOS 升级其实不难，下面以昂达 ON-SP4 主板为例，具体描述一下 AMI BIOS 的升级方法。主板：昂达 ON-SP4 ；BIOS 类型：AMI ；BIOS 升级文件名：sp4. rom ；BIOS 刷新程序：AMIFLASH. exe；升级文件及刷新程序存放路径：c：\ bios。

（1）文件准备。AMI 的 BIOS 擦写程序名一般为 AMIFLASH. exe。你可以在主板配套驱动光盘中或是在网站上找到。

（2）启动计算机进入纯 DOS 状态，然后输入 c：\ bios 进入 c：\ bios 目录，运行“AMIFLASH. exe”。

（3）在主菜单中选择“File”，然后按“Enter”键。

（4）输入 BIOS 路径及文件名 c：\ bios \ sp4. rom。

（5）在指示栏，程序将提示“Are you sure to write this BIOS into flash ROM ?［Enter］to continue or［ESC］to cancel”这句话的意思是“你是否确认将这款 BIOS 装入 flash ROM 中？按［Enter］继续或按［ESC］退出”，此时按“Enter”键继续。

（6）在指示栏，程序将显示“Flash ROM updated completed , Press any key to continue...”意思是“Flash ROM 已经写入完成，请按任意键继续”，此时再按“Enter”键继续。

(7) 重新启动计算机完成升级。

思考与练习

1. 简述 BIOS 与 CMOS 的区别。
2. 简述 BIOS 设置中用户密码和超级用户密码的区别。
3. 简述 BIOS 升级的意义。

第 4 章　硬盘分区和格式化

对于一个新硬盘来说，首先必须进行的工作就是分区，只有这样才能正常使用硬盘，同时分区也可以方便资料的管理。硬盘分区和格式化工具很多，常见的有 Fdisk、DM、Partition Magic 等。DOS 系统下的 Fdisk 是一个很小巧的工具，由于在使用上有些麻烦，特别是在进行大硬盘分区的工作时，速度很慢，我们不做过多的介绍。本章主要介绍 DM 和 Partition Magic 这两种常用的分区和格式化工具。

4.1　使用 DM 管理硬盘

DM 是一个常用的装机软件，不仅能对硬盘进行分区和高级格式化，还能低级格式化硬盘、硬盘置零等，有些功能虽然一般用不到，不过对付问题硬盘时是很有用的。

4.1.1　DM的简介

DM 是 disk manager 的缩写，是一种最通用、功能非常强大的硬盘初始化工具。使用 DM 可以在一分钟内把一个大硬盘重新分区并格式化完毕。现在使用较多的是 DM 9.57。有些流行版本对硬盘的厂商很挑剔，如果它发现所运行的硬盘厂商不对，就会中止运行。硬盘市场竞争相当激烈，即使是最有实力的硬盘厂商都只能占据市场的一小部分，因此任何一个普通的 DM 版本都只能在很小的范围内使用。

4.1.2 DM的使用方法

1. 使用DM分区的步骤

(1) 在DM的目录直接输入“dm”即可进入，开始出现一个说明窗口，按任意键进入主界面。DM提供了一个自动分区的功能，完全不用人工干预而全部由软件自行完成，选择主菜单中的“(E)asy Disk Instalation”选项即可完成自动分区工作，如图4—1所示。虽然方便，但是这样就不能按照自己的意愿进行分区，因此一般情况下不推荐使用。

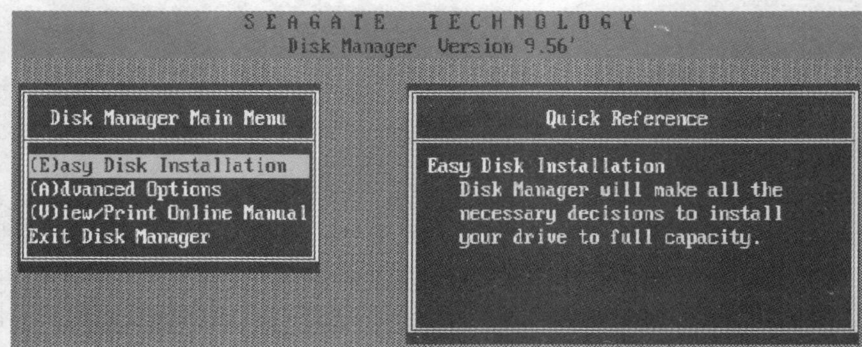

图4—1

(2) 选择“(A)dvanced Options”选项进入二级菜单，然后选择“(A) dvanced Disk Installation”选项进行分区的工作，进行人工分区，如图4—2所示。

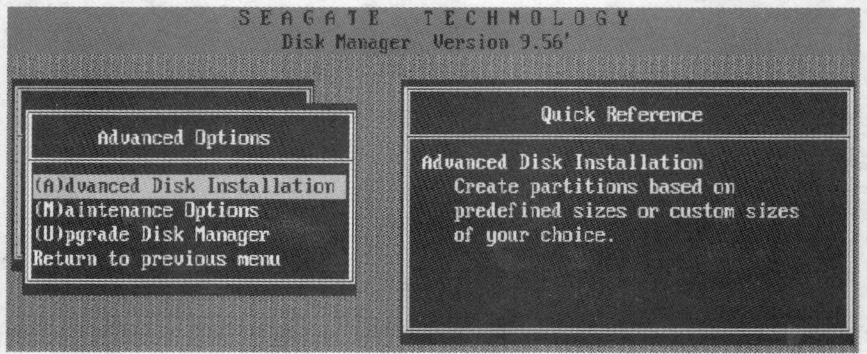

图4—2

(3) 显示硬盘的列表，直接按“Enter”键即可，如图4—3所示。

(4) 如果有多个硬盘，按“Enter”键后会让用户选择需要对哪个硬盘进行分区的工作，如图4—4所示。

(5) 确认是否使用FAT32，这里需要说明的是FAT32跟DOS存在兼容性，选

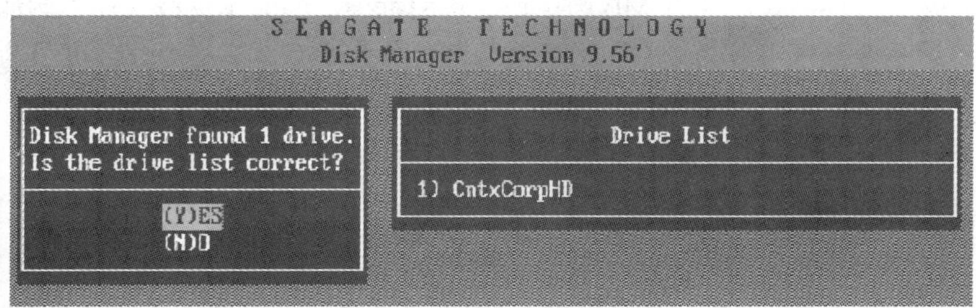

图 4—3

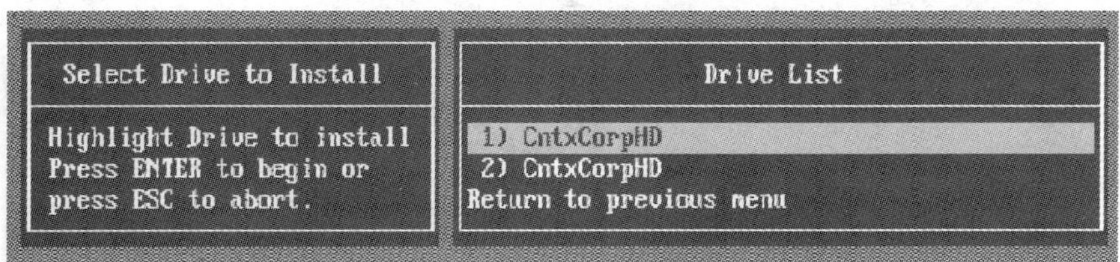

图 4—4

择"(Y)ES"，按"Enter"键继续，如图 4—5 所示。

Disk Manager can format your hard drive using the 32-Bit FAT file system.
Would you like to install this drive using FAT32?

(Y)ES
(N)O

图 4—5

（6）进行分区大小的选择。DM 提供了一些自动的分区方式供用户选择。如果需要按照用户的意愿进行分区，请选择"OPTION(C) Define your own"选项，如图 4—6 所示。

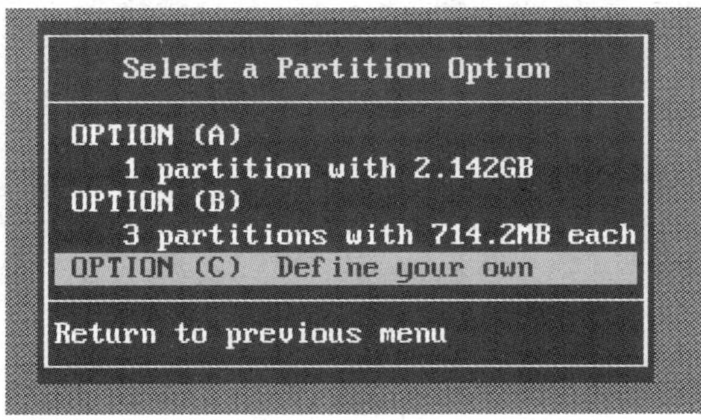

图 4—6

（7）输入分区的大小。以 MB 为单位，可根据硬盘的大小进行设计。例如 100G 的硬盘，第一个分区可分为 20G，第二个分区可分为 20G，第三个分区可分为 30G，第四个分区可分为 30G。如图 4—7 所示，将第一分区分为约 20G。

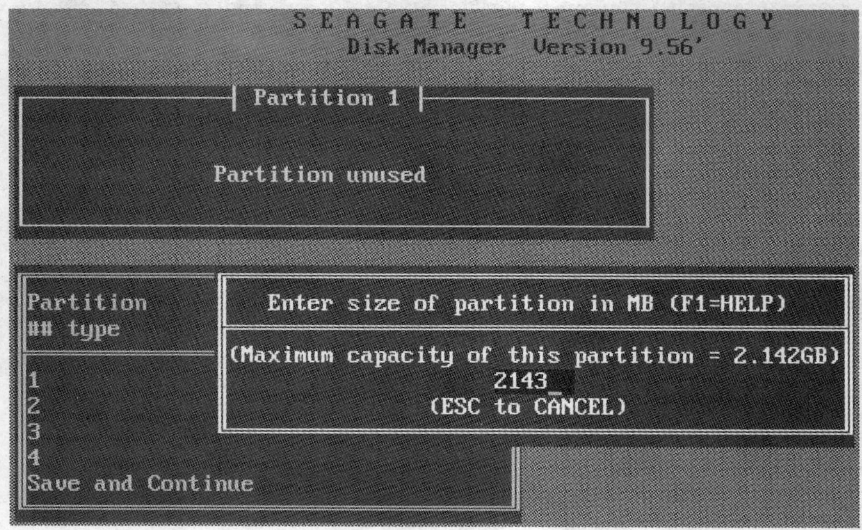

图 4—7

（8）第一个分区为主分区，然后输入其他分区的大小。这个工作是不断进行的，直到硬盘所有的容量都被划分完毕，如图 4—8 所示。

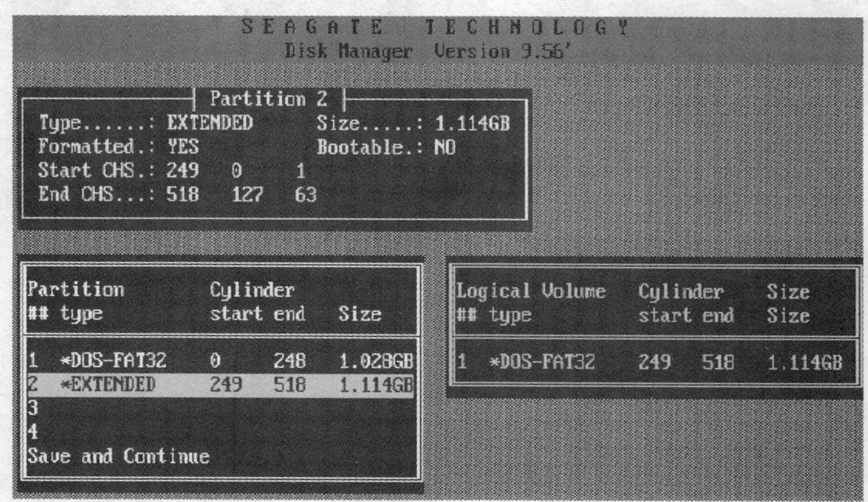

图 4—8

（9）完成分区数值的设定后，会显示最后分区详细的结果。此时如果对分区不满意，还可以通过下面一些提示的按键进行调整。“Del”键：删除分区；“N”键：

建立新的分区，如图 4—9 所示。

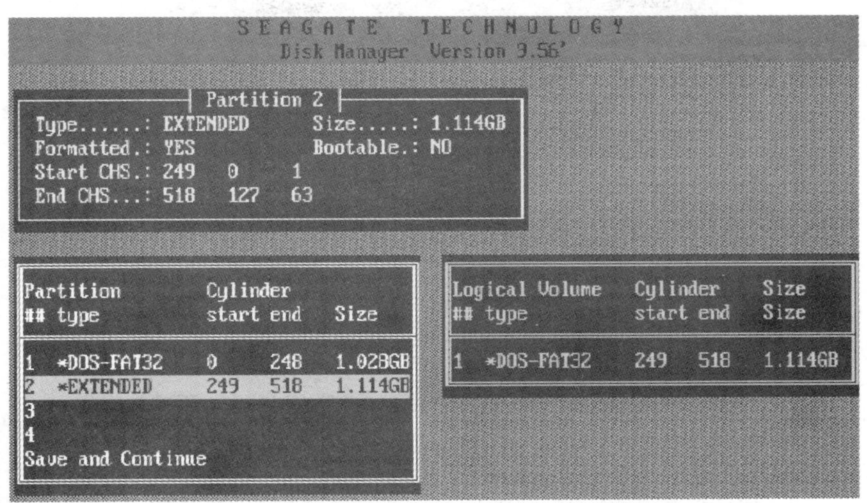

图 4—9

(10) 保存分区结果。分区完成后要选择“Save and Continue”选项保存设置的结果，此时会出现提示窗口，再次确认你的设置，如果确定按“Alt＋C”键继续，否则按任意键回到主菜单，如图 4—10 所示。

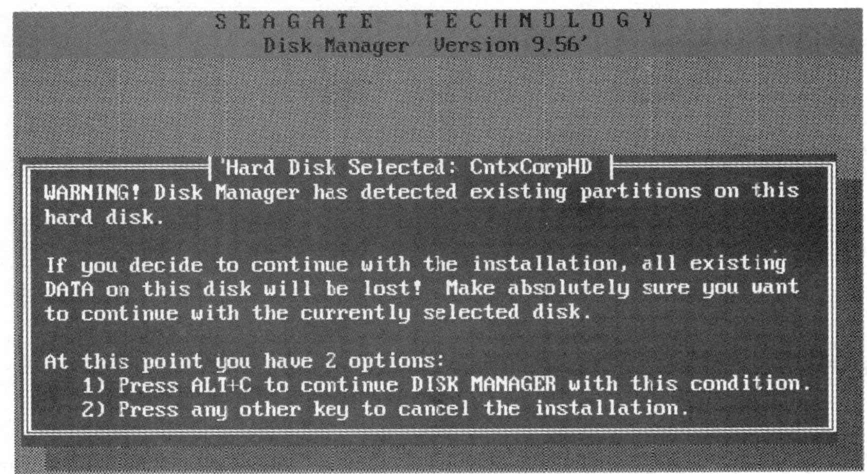

图 4—10

(11) 对硬盘进行高级格式化。选择数值完成后接下来是提示窗口，询问是否进行快速格式化，如果硬盘没有问题，建议选择“(Y)ES”即可，如图 4—11 所示。

(12) 出现访问窗口，询问分区是否按照默认的簇进行，选择“(Y)ES”即可，如图 4—12 所示。

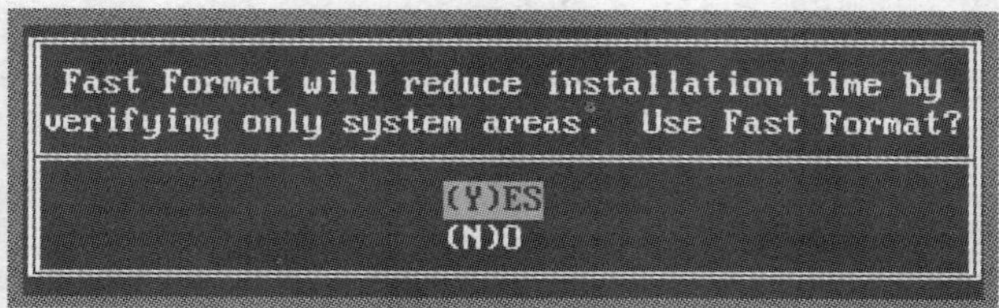

图 4—11

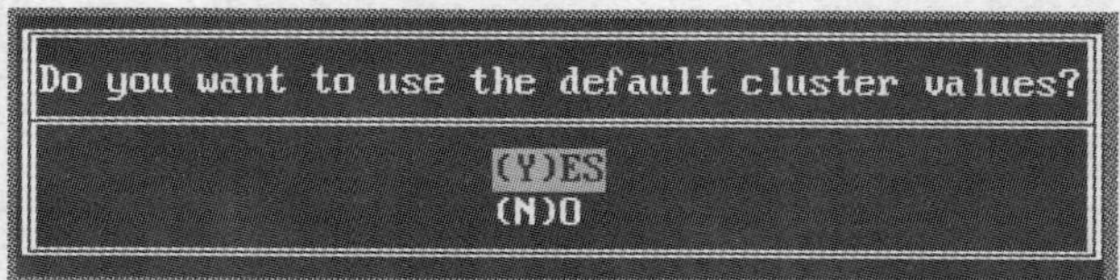

图 4—12

(13) 最终确认。选择分区正确无误后，选择"(Y)ES"并按"Enter"键继续，如图 4—13 所示。

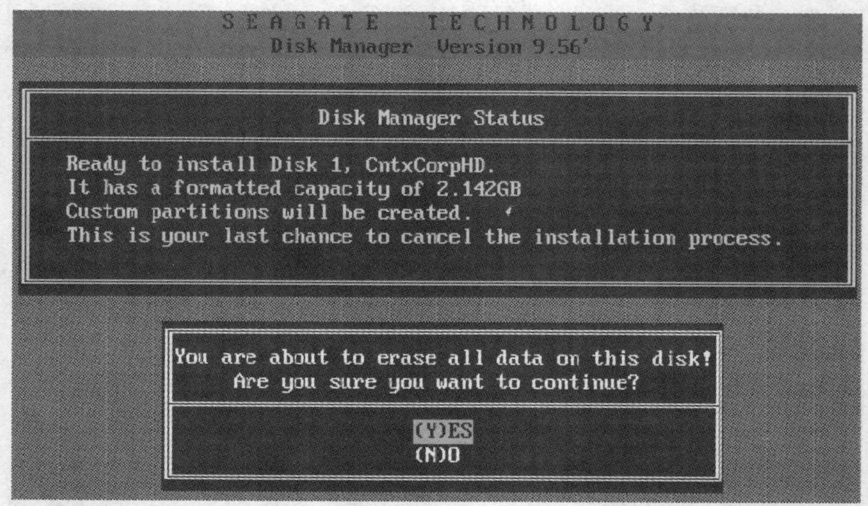

图 4—13

(14) 显示分区过程。此时 DM 开始分区的工作，速度很快，一会儿就可以完成，如图 4—14 所示。当然在这个过程中要保证系统不要断电。

(15) 完成分区工作后会出现一个提示窗口，如图 4—15 所示。按任意键继续。

(16) 出现重新启动的提示，如图 4—16 所示。虽然 DM 提示可以使用热启动的方式重新启动计算机，建议还是采用冷启动，也就是按主机上的"RESET"重新启动计算机。

S E A G A T E　T E C H N O L O G Y
Disk Manager Version 9.56'
Partition 1
Type......: DOS-FAT32　Size.....: 1.028GB
Formatted.: YES　Bootable.: YES
Start CHS.: 0　1　1
End CHS...: 248　127　63
Creating New FATs... [/]
Verifying BIOS Support...
Creating new BPB...
Creating and Writing new FATs...

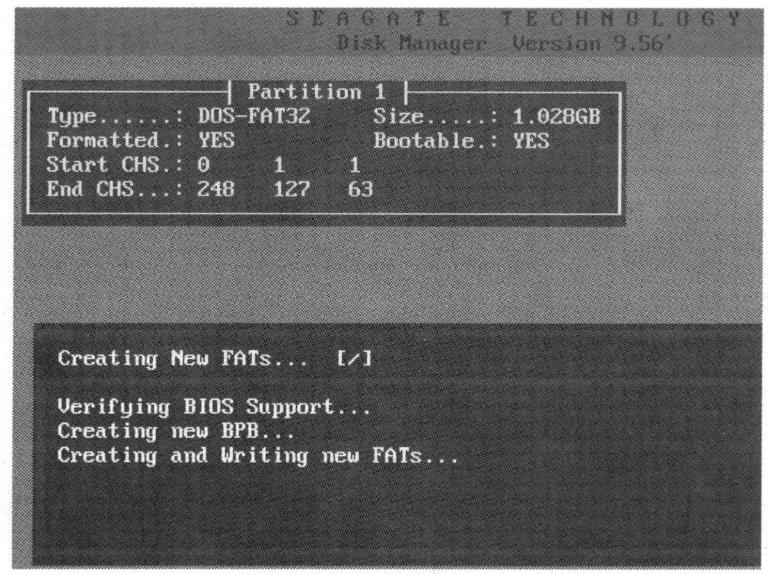

图 4—14

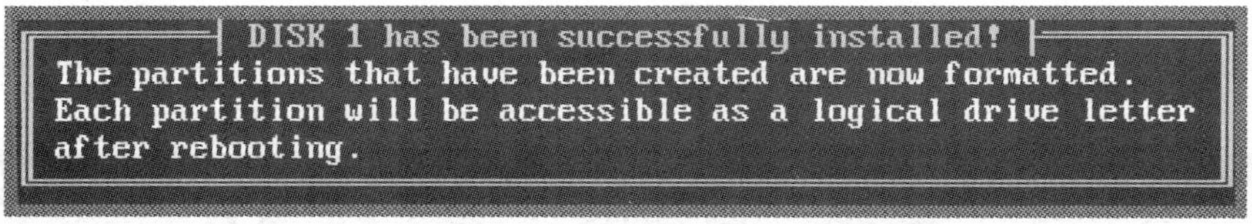

DISK 1 has been successfully installed!
The partitions that have been created are now formatted.
Each partition will be accessible as a logical drive letter
after rebooting.

图 4—15

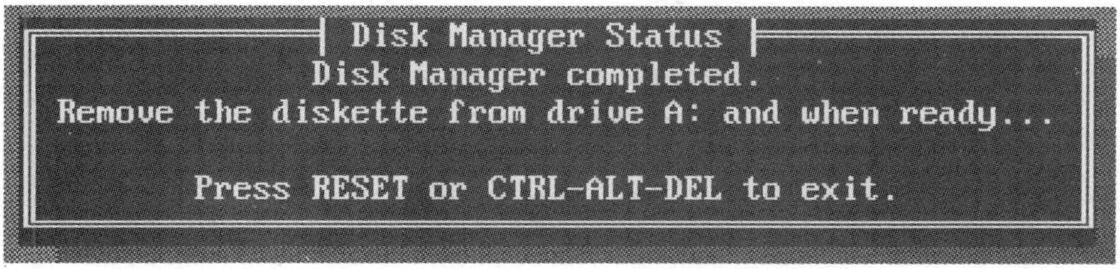

Disk Manager Status
Disk Manager completed.
Remove the diskette from drive A: and when ready...
Press RESET or CTRL-ALT-DEL to exit.

图 4—16

至此，就完成了硬盘分区工作，步骤很多，但熟悉之后操作起来就容易了。当然 DM 的功能还不仅仅如此，开始进入的是其基本的菜单，DM 还有高级菜单，只需要在主界面中按“Alt＋M”键进入其高级菜单，就会发现里面多出了一些选项，如果有兴趣可以课后慢慢研究。

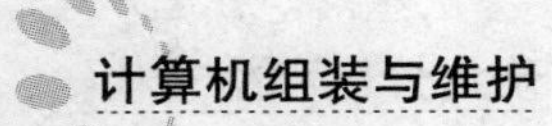

4.2　使用 Partition Magic 管理硬盘

Partition Magic 是大名鼎鼎的诺顿公司推出的磁盘分区管理软件，Partition Magic 8.05 以后的版本又叫 Power Quest，简称为 PQ。Partition Magic 可以在不损失硬盘中已有数据的前提下对硬盘进行重新分区、格式化分区、复制分区、移动分区、隐藏/重现分区、从任意分区引导系统、转换分区结构属性等，功能十分强大，可以说是目前在管理硬盘这方面表现最为出色的工具。

Partition Magic 对硬盘操作具有一定的危险性，万一使用过程中发生了问题，如断电、死机、强行关机等，可以使用附带的小工具“diskgen.exe”帮助恢复受损的分区表。

4.2.1　Partition Magic 的使用

1. Partition Magic 的安装

(1) 双击“setup”安装文件，出现如图 4—17 所示的对话框。

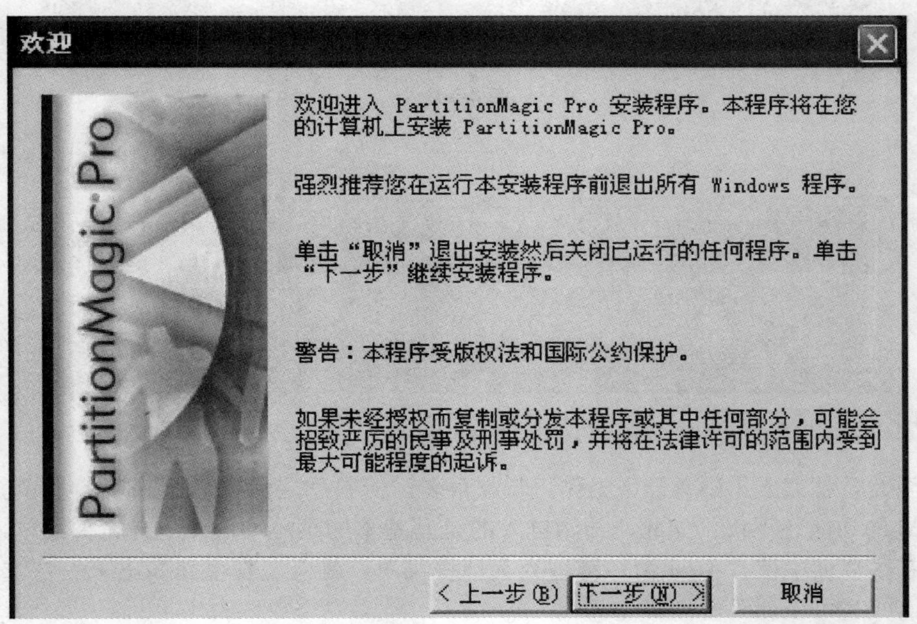

图 4—17

（2）单击“下一步”按钮，出现如图 4—18 所示的对话框，单击“是”按钮继续。

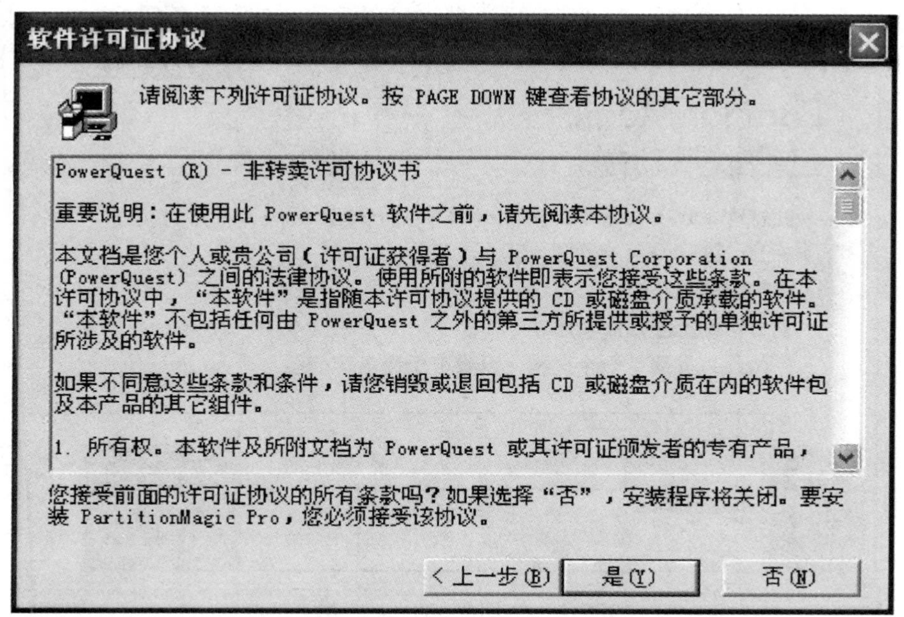

图 4—18

（3）选择安装路径。如果对安装路径没有异议，单击“下一步”按钮继续，如图 4—19 所示。

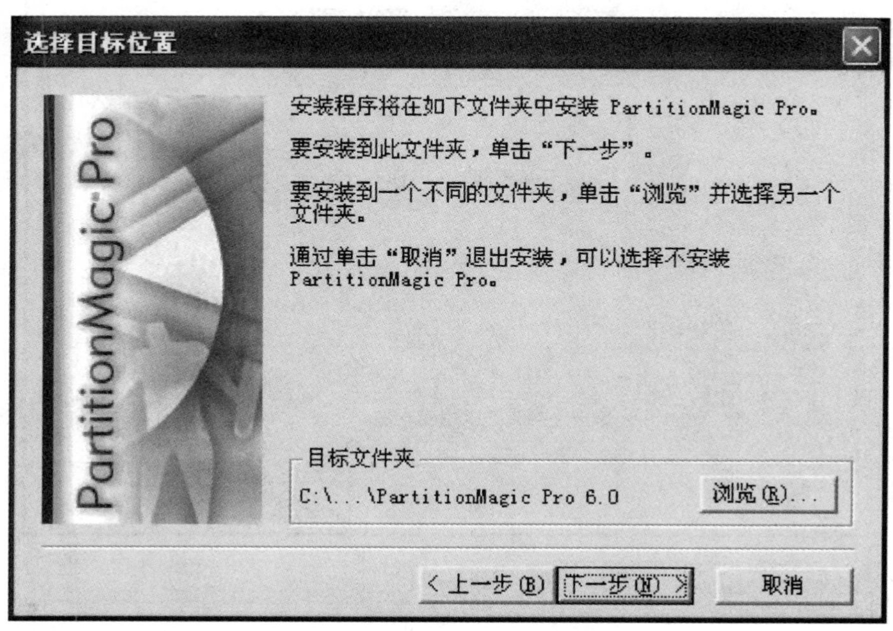

图 4—19

（4）显示安装进度，如图 4—20 所示。

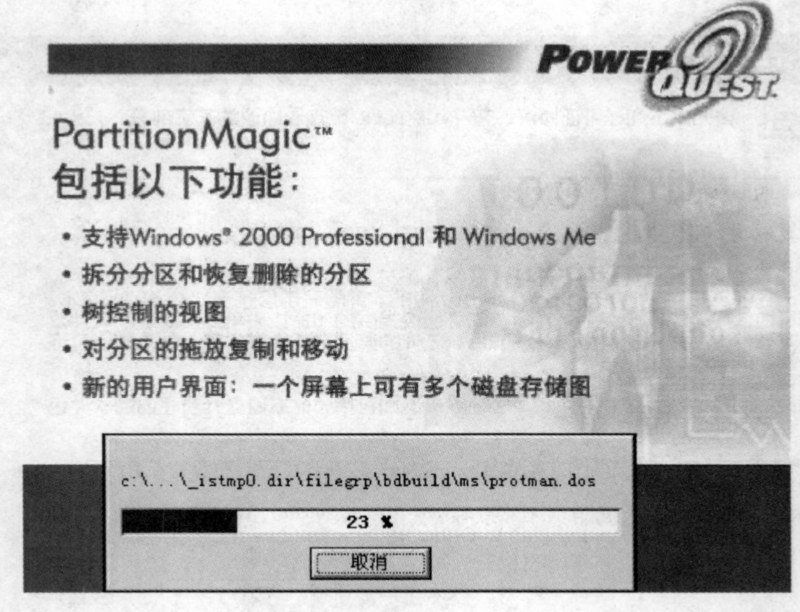

图 4—20

（5）单击“完成”按钮完成安装，如图 4—21 所示。

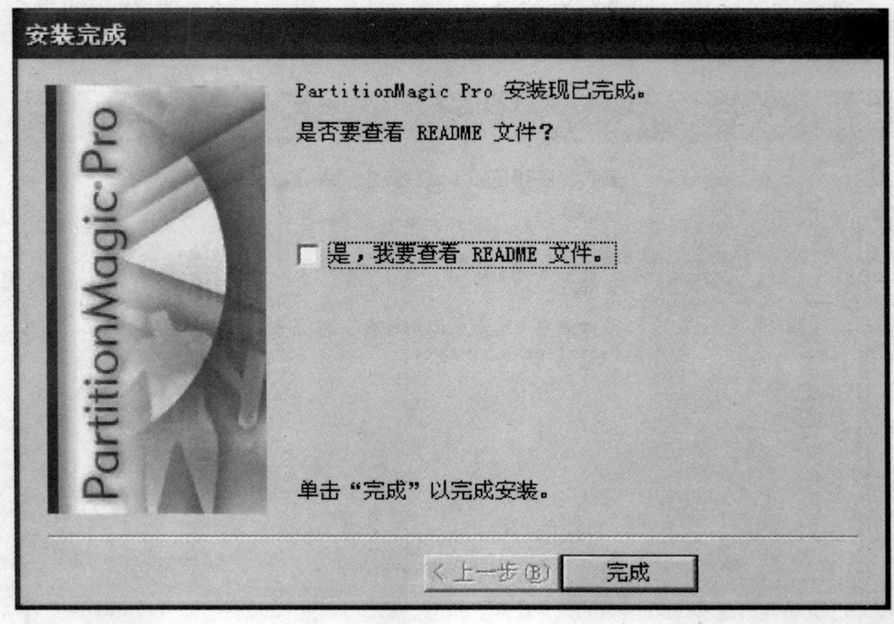

图 4—21

2. 使用 Partition Magic 调整分区容量

由于原来分区时欠考虑、应用中有新的需要或要安装新的操作系统，就会出现某个分区容量不够的情况，特别是 C 盘常常会被剩余空间不足所困扰，这时就可以用 Partition Magic 调整分区容量。

(1) 启动 Partition Magic。选择"开始"→"所有程序"→"Partition Magic"，如图 4—22 所示。

图 4—22

(2) 在 Partition Magic 界面中看到硬盘没有调整前的分区情况，如图 4—23 所示。调整分区时首先从当前分区中划分一部分空间。方法很简单，只要在分区列表中选中当前分区并单击右键，在右键菜单栏中选择"调整容量/移动分区"选项。

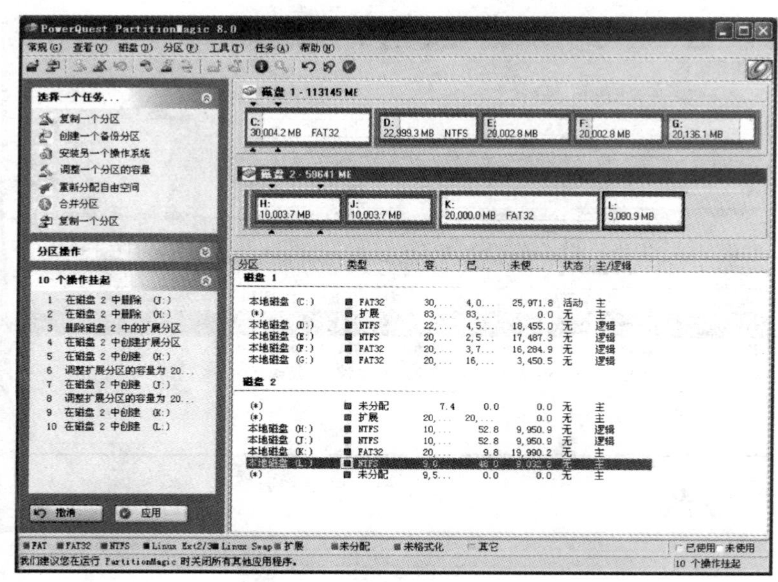

图 4—23

(3) 选择硬盘和分区。在 Partition Magic 界面左边任务栏中选择"调整一个分区的容量"(见图 4—24)，会弹出"调整分区容量向导"，单击"下一步"按钮，先选择要调整分区的硬盘驱动器，然后进入下一步选择要调整容量的分区，如图

4—25 所示。

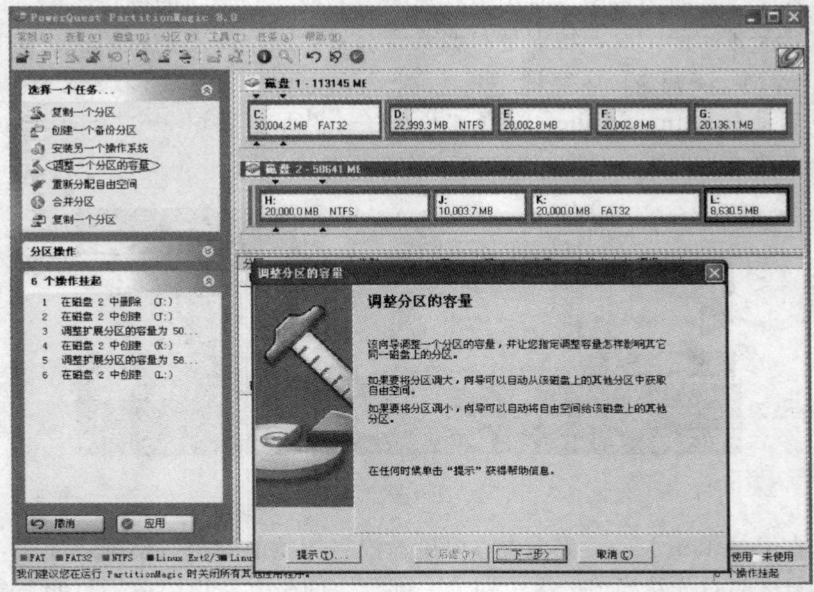

图 4—24

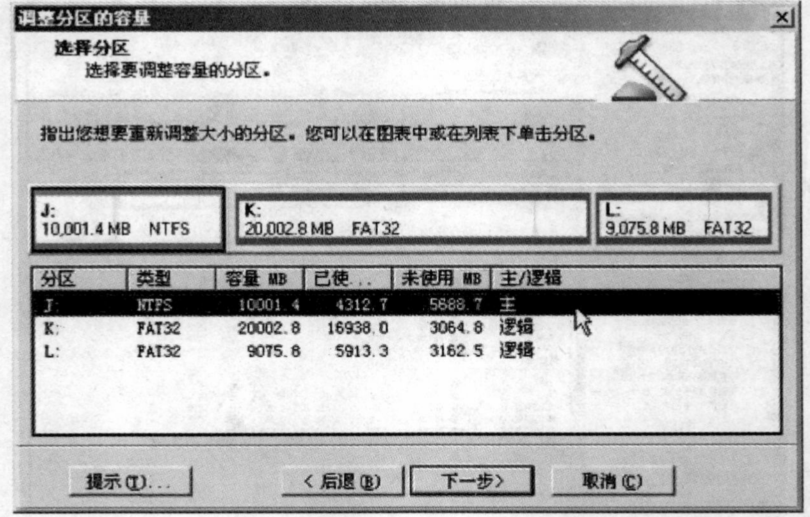

图 4—25

（4）调整分区的大小。在“调整分区的容量”对话框（见图 4—26）中会显示出当前硬盘容量的大小以及允许的最小和最大容量。可在“分区的新容量”处的数值框中输入改变后的分区大小。注意：最大值不能超过上面提示中所允许的最大容量。然后在下一个对话框中选择要减少哪一个分区的容量来补充给所调整的分区。

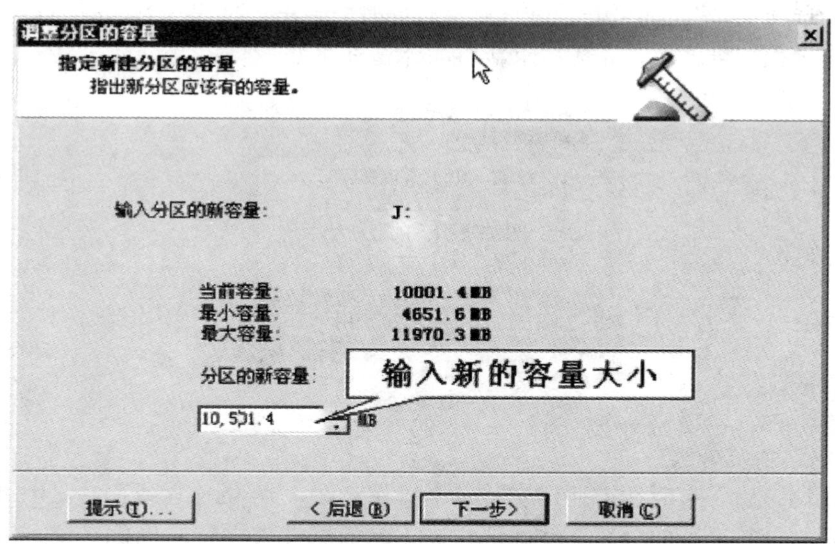

图 4—26

最后需要确认在分区上所做的更改。在“调整分区的容量”对话框（见图 4—27）中会出现调整之前和之后的对比，在核对无误后就可以单击“完成”按钮回到主界面。

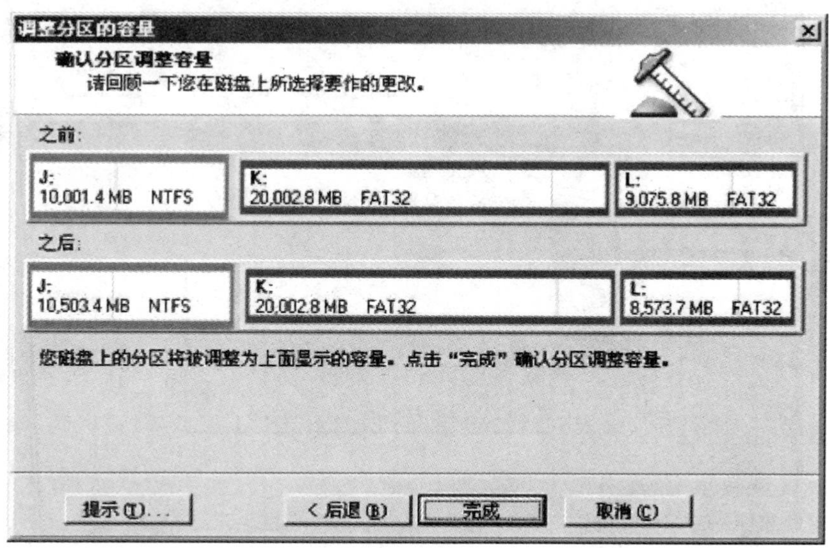

图 4—27

（5）执行操作。以上的操作还只是对分区调整做了一个规划，要想让它起作用还要选择左边栏下部的“应用”按钮（见图 4—28），此时会弹出一个“应用更改”

对话框，选择“是”，即可开始进行调整，此时会弹出“过程”对话框，其中有三个显示操作过程的进度条，完成后重新启动计算机即可。

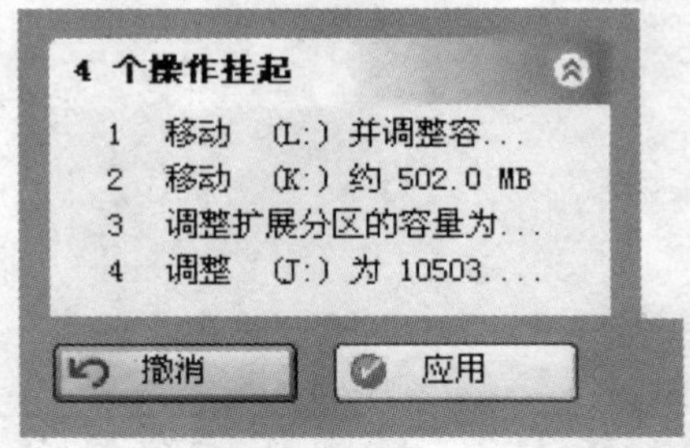

图 4—28

3. 创建系统分区

分区调整后，有时还需要多安装一个操作系统，在 Partition Magic 中可以为该系统重新划分一个新的分区，并确保它有正确的属性来支持该操作系统。下面以安装 Windows XP 系统为例，来看看如何为操作系统划分分区。

(1) 安装一个新的操作系统。首先单击左侧菜单栏中的“选择一个任务”选项，然后在该对话框中单击“安装另一个系统”按钮，之后会弹出一个安装向导对话框(见图 4—29)，单击“下一步”按钮继续。

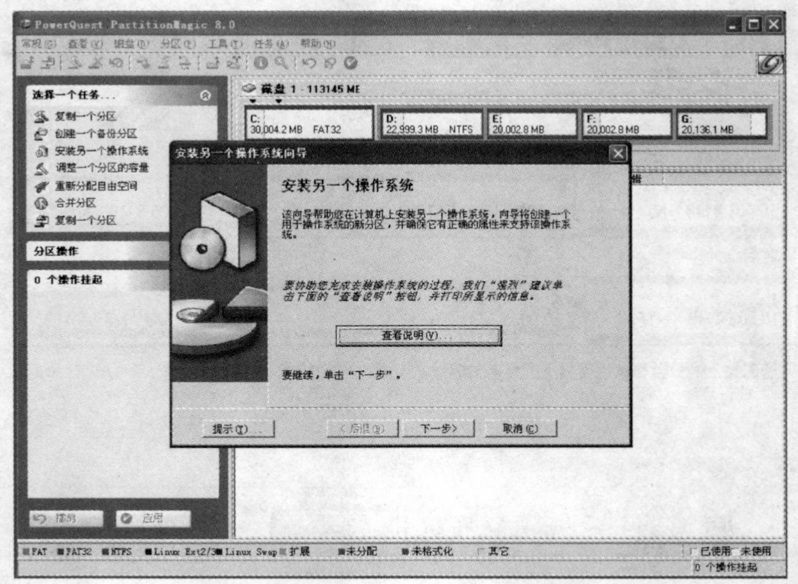

图 4—29

(2) 选择操作系统。进入到“选择操作系统”对话框中之后，需要在多种操作系统类型中先选择所需要安装的操作系统类型，比如 Windows XP (见图 4—30)，然后再单击“下一步”按钮继续。

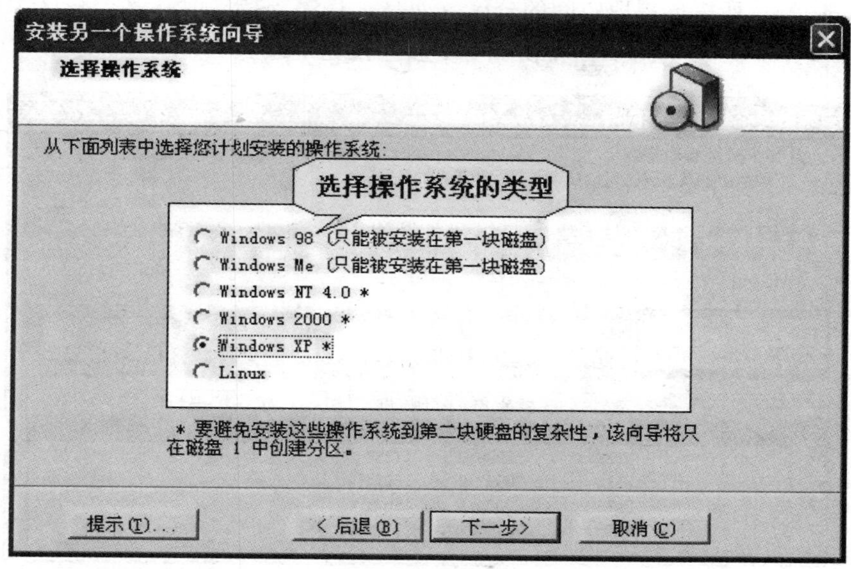

图 4—30

（3）选择创建位置。在“创建位置”对话框中选择新分区所在位置，如：“在 C：之后但在 D：之前”等，这样就可以在 C 盘和 D 盘之间直接创建一个新的系统分区（见图 4—31）。单击“下一步”继续。

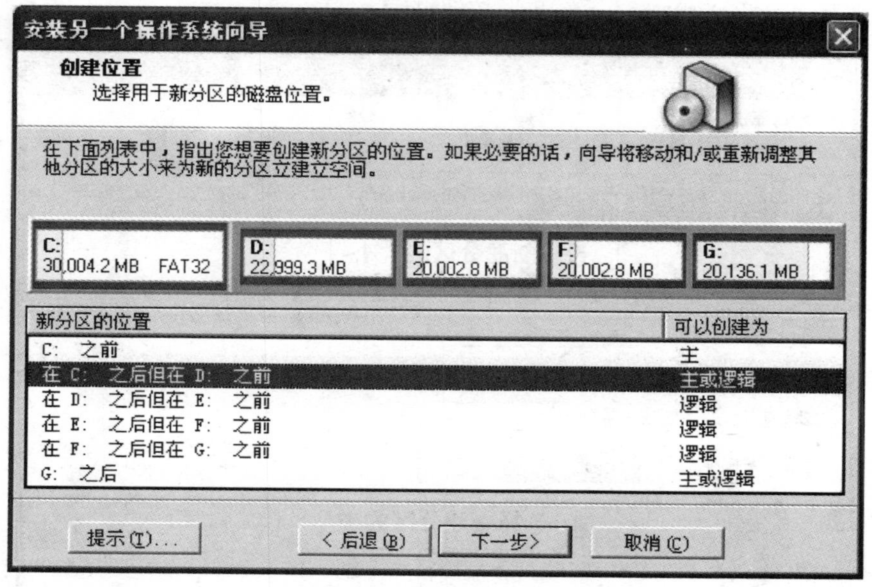

图 4—31

（4）提取空间。进入到“从哪个分区提取空间”对话框之后，我们需要在下面的复选框中勾选所需要提取空间的分区，而且，程序支持同时从多个分区中提取空间（见图 4—32）。选择好后，单击“下一步”按钮继续。

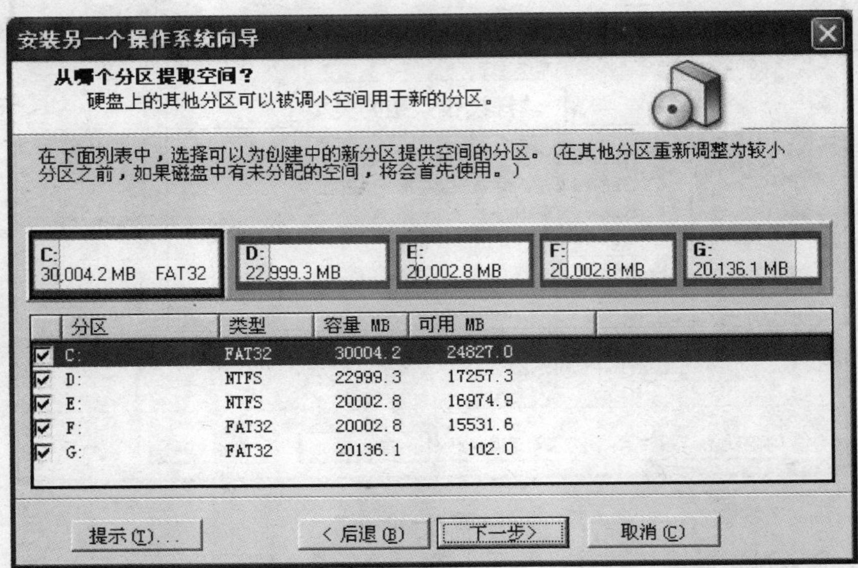

图 4—32

（5）分区属性。在“分区属性”对话框中对分区的大小、卷标、类型等项进行设置（见图 4—33）。单击“下一步”按钮继续。

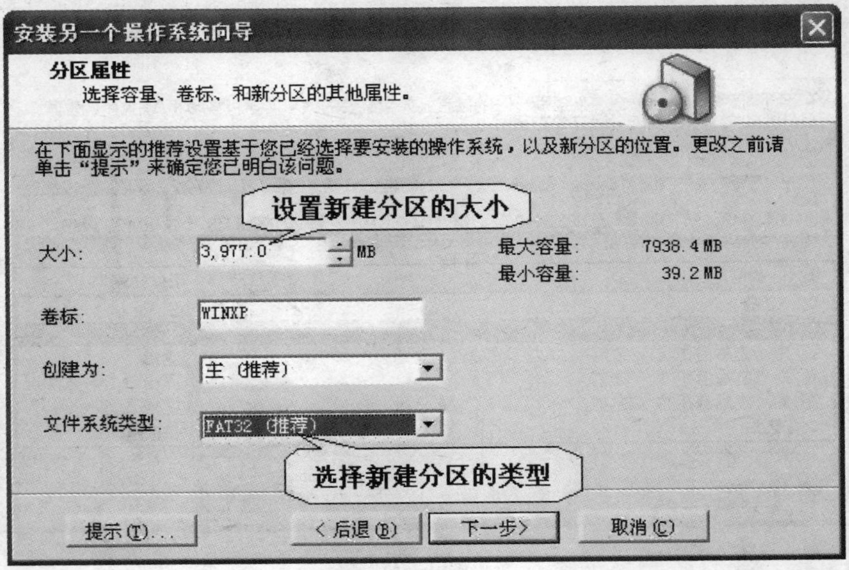

安装另一个操作系统向导
分区属性
选择容量、卷标、和新分区的其他属性。
在下面显示的推荐设置基于您已经选择要安装的操作系统，以及新分区的位置。更改之前请单击“提示”来确定您已明白该问题。
设置新建分区的大小
大小: 3,977.0 MB
最大容量: 7938.4 MB
最小容量: 39.2 MB
卷标: WINXP
创建为: 主（推荐）
文件系统类型: FAT32（推荐）
选择新建分区的类型
提示(T)...
＜后退(B)
下一步＞
取消(C)

图 4—33

4. 合并、分割分区

如果原来的硬盘分区较小，不能适应现在的应用需求了，可以使用 Partition Magic 将两个较小的分区合并成一个大的分区。如果分区过大，也可以用 Partition Magic 将它分割成几个较小的分区。这些操作除了可以通过选择左边栏中的命令并根据操作向导进行操作外，还可直接选择欲操作的分区，通过右键的快捷菜单来进行。

（1）合并分区。在 Partition Magic 主界面中选中要合并的分区，然后单击鼠标右键，在弹出的快捷菜单中选择“合并”命令，会打开“合并邻近的分区”对话框（见图 4—34）。先在“合并选项”栏中选择要合并的分区，然后在“文件夹名称”处指定用于存放合并分区数据的文件夹名称（如果要把两个分区合并成为一个分区，参加合并的其中一个分区的全部内容会被存放到另一个分区的指定的文件夹下面）。最后单击“确定”按钮。

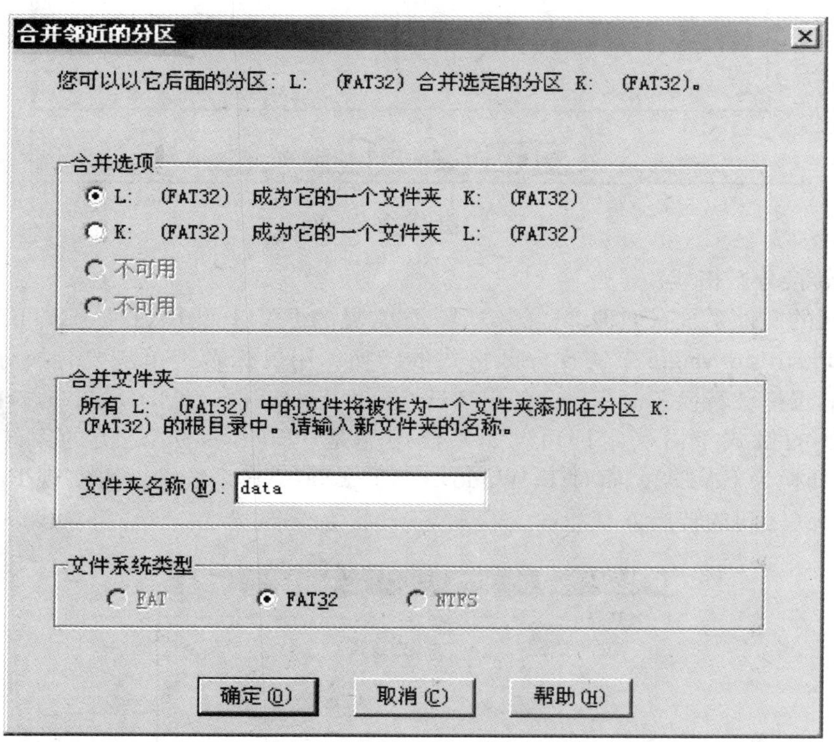

图 4—34

（2）分割分区。分割操作与合并类似，先选择分割的分区，单击鼠标右键，然后在弹出的快捷菜单中选择“分割”命令，打开“分割分区”对话框（见图 4—35）。先在数据选项卡中指定好新建分区的卷标、盘符，然后移动想要存放到新分区的文件夹，可以双击左侧的文件夹把它放在新建的分区中，最后在“容量”选项卡中设定新建分区的容量。完成后单击“确定”按钮。

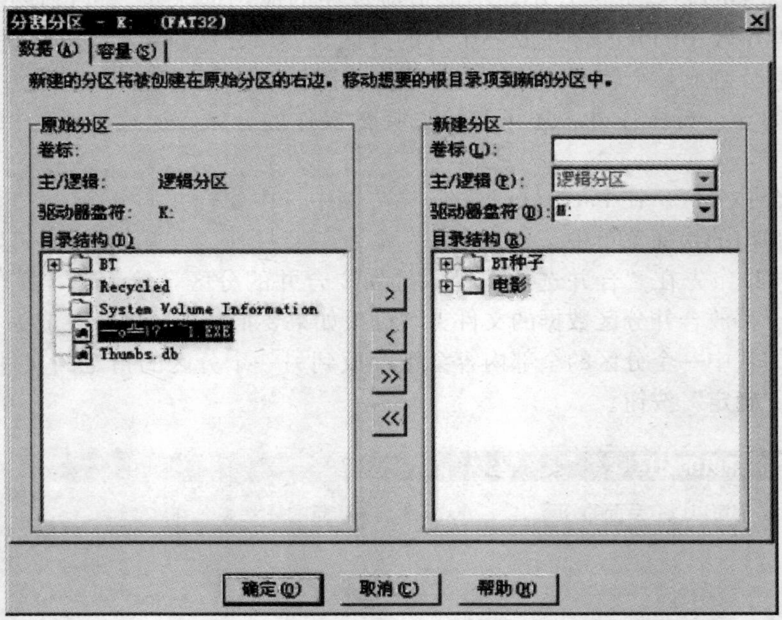

图 4—35

5. 转换分区格式

分区的文件系统有多种多样的类型，如常见的 FAT16、FAT32、NTFS 等，可以使用 Partition Magic 来实现分区格式的转换。用鼠标右键单击要转换分区的盘符，然后选择“转换”命令，会弹出“转换分区”对话框（见图 4—36），在其中选择要转换的格式单击确定即可。如果使用的是 Windows 98 之类的系统只能把 FAT16 转换为 FAT32，而对于 Windows NT/2000/XP 系统中，可实现 FAT32 与 NTFS 格式之间的转换。

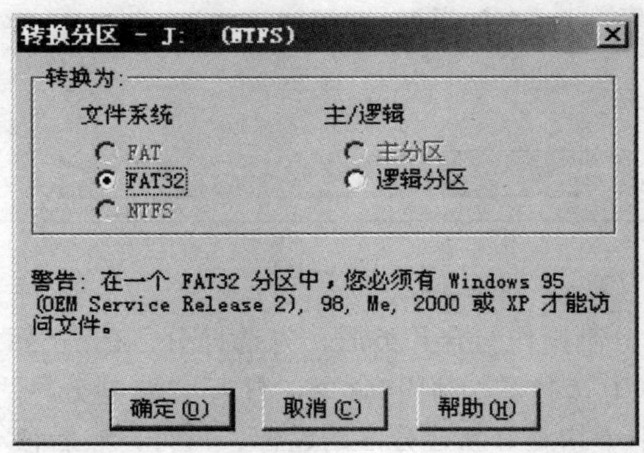

图 4—36

以上是 Partition Magic 最常用的应用，除此之外，在 Partition Magic 还可用来复制分区、格式化分区，操作方式基本都差不多。

4.2.2　Partition Magic 的错误信息

1. 其他错误

（1）＃3 内存不足。当调整大小、移动或复制非常大的分区（60 GB 以上）或在加载 EMM386 的 DOS 中处理较小的分区时，便可能会发生这个错误。解决方法：EMM386 会限制程序所能够存取的内存数量。若要解决这个问题，请修改 CONFIG. SYS 文件，将 EMM386 这行加上批注。

注意：DOS 运行下的 Partition Magic 可执行文件在计算机地址空间最前面的 640 KB（传统内存）中，至少需要占 585 KB 的内存以及 8 MB 的总内存才能够执行。如果遇到这种情况，需要重新开机到"a：\"下，输入"Lock _ c"：，并从救援磁盘执行 Partition Magic，就可以解决这个问题。

（2）＃8 无法配置/取消配置 DOS 实模式内存。DOS 运行下的 Partition Magic 可执行文件在 DOS、Windows 3. x、Windows 95 及 Windows 98 下执行时，在计算机地址空间最前面的 1 MB 中需要占用部分内存（Partition Magic 使用 DOS 扩展程序）。如果没有足够的可用内存，Partition Magic 便无法存取硬盘。解决方法：请参见 DOS 手册，只要释放内存以便在 DOS 下执行 Partition Magic 即可。

（3）＃27 无法锁定磁盘。在多任务操作系统下，Partition Magic 必须先锁定分区，才能安全地修改它的内容。如果有其他的处理程序正在使用硬盘上的文件，Partition Magic 就无法锁定这个分区。

（4）＃29 无法锁定已经锁定的磁盘。请确认你想要修改的分区不在已经锁定的硬盘上。

（5）＃34 Beta 版已超过试用期限。Partition Magic 有时候会发行 Beta 版与试用版。这两种版本不像正式发行的版本一样安全，所以 Partition Magic 会在这种版本内设置到期日。过了预先设定的测试期间后，Beta 版或试用版就无法再使用。

（6）＃70 Windows 已删除。如果使用的是 Windows 3. x，必须建立 Partition Magic 救援磁盘，执行 DOS 运行下的 Partition Magic。

（7）＃89 在磁盘上侦测到 EZ-Drive，但是 EZ-Drive 没有在执行。

（8）＃90 在磁盘上侦测到 EZ-Drive，但是 EZ-Drive 已经损毁。

（9）＃91 在磁盘上侦测到"磁盘管理员"，但是"磁盘管理员"并没有执行。这些错误是"第一个磁头"的错误，可以通过 Partition Magic 技术支持部门的帮助来解决这些问题。在与技术支持部门联络之前，请先在 DOS 提示符号输入下列命令"wrprog /bak ＞ x：head1. dat"，其中"x："是指计算机上其中一块磁盘，wrprog. exe 文件可以在 Partition Magic 产品文件夹中的 Utility \ DOS 文件夹中找到。

(10) ＃98 Windows 2000 休眠中。

(11) ＃99 Windows Me 休眠中。“休眠”会将系统的 RAM 储存至文件，然后使用“高级电源管理”将系统关闭。随后当计算机被唤醒时，就会将这个休眠文件读到 RAM 中，从它休眠前停止的地方继续执行。休眠的系统会假设当它被唤醒时，系统仍处于休眠发生时的相同状态。对系统硬件所做的任何变更（包括磁盘及磁盘分区）都可能导致无法预期的结果。若要避免这个错误，请依照正常方式关闭计算机，然后再重新启动。

2. 磁盘存取错误

磁盘存取错误，通常是由于硬件问题所造成。有些问题可能很容易就能解决，另外有一些问题可能必须更换硬盘才能解决。Partition Magic 在进行任何变更前会尽可能侦测出主要的错误，让你能够在更换硬盘之前先将数据备份起来。

(1) ＃45 数据中有 CRC 错误。当 Partition Magic 或其他任何程序从硬盘中读取信息时，会先检查每一个扇区中所包含的 CRC（周期性循环检查）信息。如果程序执行 CRC 测试但是结果与扇区中所储存的值不同时，就代表发生 CRC 错误。这通常有两种含义：

1) 正在读取的文件因为某些因素已损毁。

2) 储存文件的某一个扇区损坏，致使其中的一部分文件损毁。解决方法就是进行表面测试，确实地将所有损坏的扇区都标示为损坏，然后重新安装相关的软件，确保系统上的文件均未损毁。另外，也可以尝试使用 IRE 参数来执行 Partition Magic。

(2) ＃48 找不到扇区。当系统无法读取或写入某个特定的扇区时，便可能会报告这个错误。产生这个错误的原因很多。如果遇到这个错误时，请确定 BIOS 可以支持操作系统及系统上的硬盘。同时，也要针对磁盘执行一次彻底的扫描，避免将数据写入损坏的扇区。

(3) ＃49 写入错误。

(4) ＃50 读取错误。Partition Magic 无法写入或读取硬盘上某个特定的扇区。可能的原因包括：

1) 如果计算机发出声音或是在屏幕中央显示出黑色方块，表示已启用了计算机 BIOS 中的病毒保护功能。这时就要关闭 BOIS 中的病毒或开机扇区防护功能。

2) 防毒应用程序（TSR 或 DLL）正在使用中。使用 Partition Magic 前，必须先关闭防毒应用程序。

3) 硬盘上有损坏的扇区（这种问题通常只会发生在旧型的硬盘上）。扫描硬盘的表面，确认是否有损坏的扇区。如果硬盘上有损坏的扇区，建议更换硬盘。

4) 使用 PC - Tools 设置磁盘映射，如果这种情况下关闭磁盘映射选项。

3. 分区表错误

(1) ＃100 分区表损坏。主要开机记录（MBR）最多只能包含一个扩展分区，而每个扩展分区开机记录（EPBR）最多只能包含一个指向其他 EPBR 的连接。当分区表违反上述规则时，就会发生这个错误。这时，必须重新建立没有错误的分区表来解决这个问题。

（2）＃104 分区中没有扇区。所有分区都应该含有扇区。使用 Partition Magic 之前，请先删除分割扇区。

（3）＃105 分区起始于错误的边界。硬盘分区表包含错误的值。Partition Magic 预期分区应于正确的磁柱边界内起始与结束。如果不是的话，磁盘可能已有部分损毁。在这种情况下，如果 Partition Magic 进行任何修改，可能会造成数据遗失。因此，Partition Magic 会拒绝识别硬盘上的任何分区。

（4）＃106 分区并未从第一个扇区开始，请参阅错误＃105。

（5）＃107 分区在磁盘结尾之后开始。如果分区错误延伸到超出硬盘的实体结尾位置时，就会发生这个错误。如果硬盘曾在不同的计算机上使用，曾搭配不同的硬盘控制器或是已经变更 BIOS 设置值，也可能会发生这个问题。

（6）＃108 分区没有在磁柱结尾结束，请参阅错误＃105。

（7）＃109 分区在磁盘结尾之后结束，请参阅错误＃107。

（8）＃110 分区表扇区数目不一致，硬盘分区表包含两个不一致的硬盘扇区数目描述。如果 DOS 和另一个操作系统都使用该硬盘的话，这个错误就非常严重。因为 DOS 会使用其中一个描述，而另一个操作系统可能使用另一个描述，一旦分区快接近溢满状态时，便可能发生数据遗失。

（9）＃111 逻辑分区在扩展分区以外开始。EPBR 分区表相当特殊，因为它通常只有两个有效项目：一个是针对逻辑分区，另一个则是指向下一个 EPBR 的指示。对于某些公用程序（例如 IBM 的 Boot Manager）而言，这些项目的顺序是非常重要的，因为这些公用程序会预期第一个项目是逻辑项目，而第二个项目则是指向下一个 EPBR 的指示。如果 Partition Magic 侦测到 EPBR 项目没有依照顺序，将会提示你修正这个错误。如果你选择修正这个错误，Partition Magic 将会自动重新调整 EPBR 项目的顺序。

（10）＃112 逻辑分区在扩展分区以外结束，请参阅错误＃111。

（11）＃113 分区重叠，硬盘分区表包含错误的值。如果数据分区重叠，写入其中一个分区可能会损毁另一个分区中的数据。这个错误有时是由于 OS/2 Fdisk 的错误所致。如果扩展分区中仍有可用的空间，OS/2 的 Fdisk 程序会允许建立一个与扩展分区重叠的主要分区。随后会在重叠的主要分区所占据的空间中，建立一个逻辑分区。

如果主要分区与扩展分区的结尾重叠，但并未与扩展分区内的任何逻辑分区重叠，这个问题可以借由修正分区表解决。注意：只有专业人员才可尝试这项修复，不正确的修正可能会损毁硬盘上的所有资料。

（12）＃116 分区表开头与起始位置不一致。硬盘分区表包含两个不一致的分区起始扇区描述。如果工作系统所报告的硬盘规格与写入分区表时所使用的规格不同，就会发生这个错误。

（13）＃117 无法识别分区的磁盘驱动器字符。在 OS/2 下，Partition Magic 必须能够找出每一个分区的磁盘驱动器字符，才能进行修改。OS/2 无法找出每一个分区的磁盘驱动器字符的原因有许多种。例如，系统上的某个驱动程序可能会变更预设的磁盘驱动器字符，或者分区可能没有序号。

当在 Windows 下运行 Partition Magic 时，也可能会出现这个错误。解决的方法是：在 DOS 或从 MS-DOS 模式下执行 Partition Magic（在 Windows 95 或 Windows 98 中）。当在 DOS 或从 MS-DOS 模式执行 Partition Magic 时，并不需要找出每一个分区的磁盘驱动器字符。因此，如果这个错误信息是唯一的问题，Partition Magic 可以顺利执行。

（14）＃120 逻辑磁盘链不兼容。在某些操作系统下，如果逻辑分区未以预期的顺序链接时，就会出现这个错误。DOS、OS/2、Windows 95、Windows 98 和 Windows NT 要求逻辑分区必须以升幂顺序链接，其他操作系统则无此项要求。例如，某些版本的 Linux Fdisk 公用程序会以建立逻辑分区的顺序，将它们链接在一起。这个错误信息显示是一种非常危险的情况，在这种情况下，使用 DOS Fdisk 可能会导致一个或多个分区遗失。遇到这种情况，可以备份数据并重新建立分区。当然，可能需要使用建立分区时使用的相同分区程序，然后才能删除这些分区。而且，建议使用 DOS Fdisk 或 Partition Magic 来重新建立分区。

（15）＃121 无法读取硬盘的第一个扇区。硬盘的第一个扇区（磁柱 0、磁头 0、扇区 1）包含主要开机记录及主要分区表。Partition Magic 在读取第一个扇区时发生错误，无法变更这块硬盘。解决这个错误的信息的方法请参阅错误＃50。

（16）＃122 在目前或新的分区区域中找到损坏的扇区，由于新的或目前的分区区域中有损坏的扇区，所以无法安全地移动分区。当看到这个错误信息时，移动工作在造成任何损毁前已经终止，请尝试将分区移到其他位置。在继续进行之前，请先对硬盘进行表面扫描，如果硬盘中有损坏的扇区，建议更换硬盘。

思考与练习

1. 使用 Windows XP 磁盘管理查看当前计算机硬盘有哪些分区及分区大小是多少？

2. 当前流行的硬盘分区工具软件有哪些？

3. 练习使用 DM 软件进行硬盘分区格式化。

4. 练习使用 Partition Magic 软件对硬盘进行分区、格式化分区、从任意分区引导系统、转换分区格式等操作。

第5章　操作系统的安装

人们在日常生活中离不开计算机，计算机中必不可少的就是操作系统。计算机系统组件和外围设备本身只不过是一堆电子和机械零件，要让这些零件相互配合执行具体任务，需要一类特殊的计算机程序，称为操作系统。操作系统（operating system，OS）的作用就相当于用户应用程序与硬件之间的转换器。用户通过字处理程序、电子表格、计算机游戏或即时消息程序等应用程序与计算机系统进行交互。

现在流行的操作系统主要有 Windows 操作系统和 Linux 操作系统。

Windows 操作系统是软件巨头 Microsoft 公司从 1983 年开始开发研制的，是目前世界上用户最多、兼容性最强的操作系统。Windows 操作系统最初的研制目标是在 MS-DOS 的基础上提供一个多任务的图形用户界面。现在新的版本是 Windows 7。

Linux 的源代码的开放性，使 Linux 成为一套免费使用和自由传播的类 UNIX 操作系统，Linux 系统是由全世界各地的成千上万的程序员设计和实现的，其目的是建立不受任何商品化软件的版权所制约的，全世界都能自由使用的 UNIX 兼容产品。Linux 操作系统支持很多种文件系统，包括 Windows 的 FAT32 和 NTFS。

本章我们主要学习 Windows 操作系统的安装。

5.1　Windows 操作系统

使用 Windows 操作系统前首先要进行安装，可以到市场上购买一张 Windows 操作系统安装光盘就可以进行安装了。不同版本 Windows 操作系统的安装过程大致相同，现以 Windows XP 操作系统为例进行介绍。

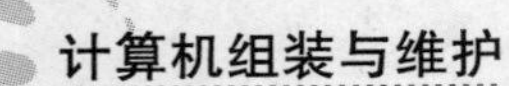

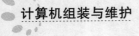

5.1.1 安装前的准备

在开始安装前，需确定最符合用户要求的分区结构。将硬盘划分为多个分区是有助于保护数据的一种技巧。在全新安装情况下，许多人都倾向于为数据和操作系统分别创建独立的分区。这样就能在升级操作系统时减小数据丢失的风险，同时也简化了数据文件的备份和恢复。

另外，还需要确定要使用的文件系统。文件系统是操作系统用于跟踪文件的方法。目前存在许多不同的文件系统类型。常用的文件系统包括 FAT 16/32、NTFS、HPFS。每种操作系统都设计为使用一种或多种文件系统，而且每种文件系统类型都有自己的优点。因此，应该慎重考虑所选操作系统支持的文件系统类型及其各自的优点，本章使用 NTFS 文件系统。

采用常规的方法安装 Windows XP，通常需要 1 个小时以上。好在微软从 Windows 2000 开始就设计了全自动安装功能，大大节省了安装的时间。

在安装系统之前，首先需要在 BIOS 中将光驱设置为第一启动项。进入 BIOS 的方法随 BIOS 的不同而不同，一般来说有在开机自检通过后按“Del”键等。进入 BIOS 以后，找到“Boot”选项，然后在列表中将第一启动项设置为“CD-ROM”即可（见图 5—1）。关于 BIOS 设置的具体步骤，已介绍过，不再冗述。保存后启动出现如图 5—2 所示的界面，按任意键从光盘引导机器。

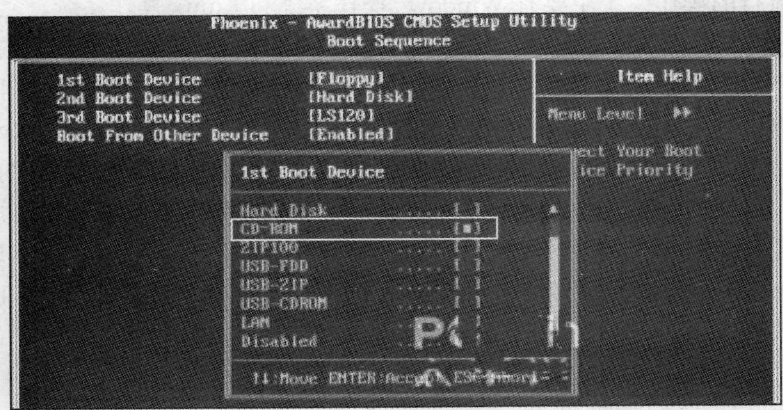

图 5—1

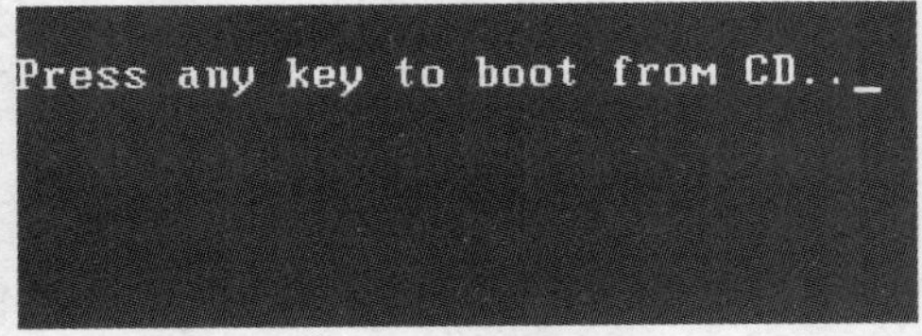

图 5—2

5.1.2　Windows XP 操作系统的安装

1. Windows XP 操作系统的安装过程

（1）选择系统安装分区。从光驱启动系统后，就会看到如图 5—3 所示的 Windows XP 安装欢迎页面。按“Enter”键继续进入下一步安装进程。

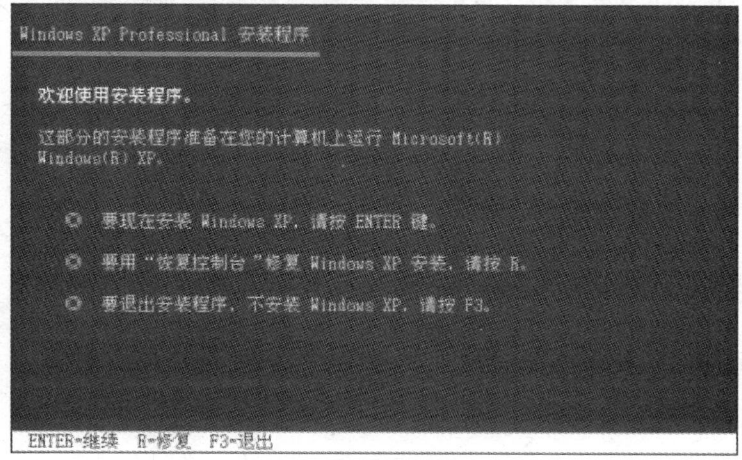

图 5—3

（2）接受许可协议。进入到 Windows 许可协议的界面，如图 5—4 所示。按“F8”键继续。

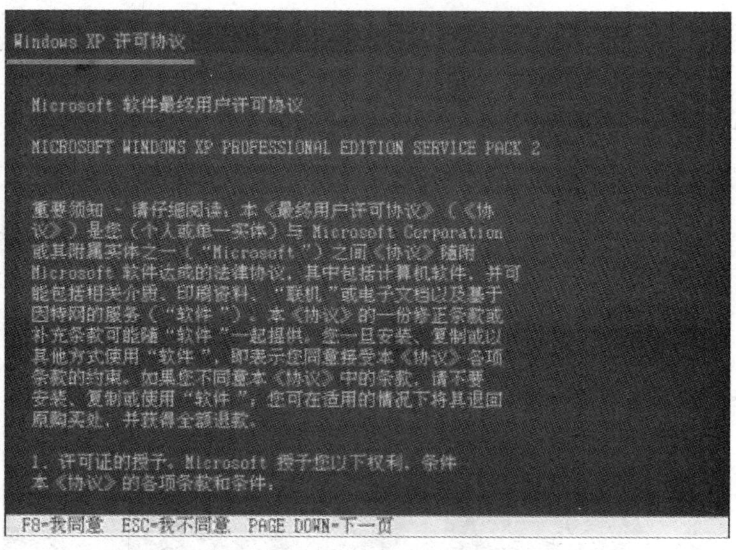

图 5—4

（3）进行硬盘分区。如果在安装前，没有进行硬盘分区，这时首先要进行分区。按“C”键进入硬盘分区划分的界面，如图 5—5 所示。如果在安装前硬盘已经分好区的话，那就不用再进行分区了。

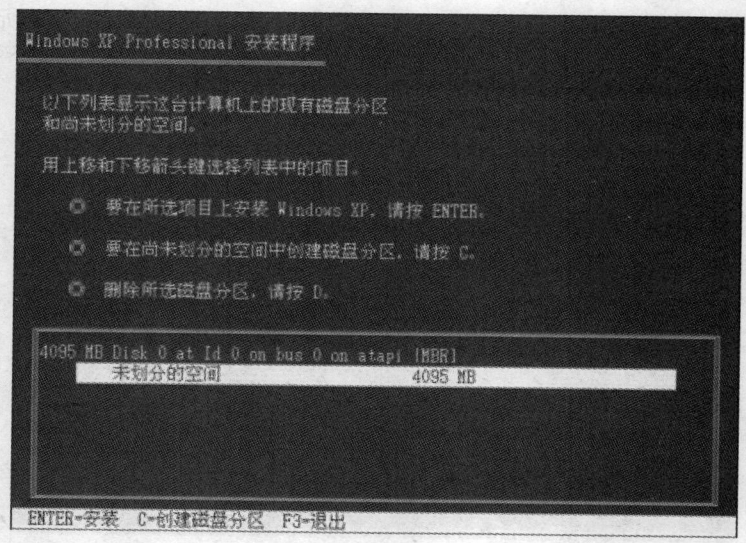

图 5—5

（4）确定分区的大小。这里为方便起见，把整个硬盘分成一个区（见图 5—6）。当然在实际使用过程中，应当按照需要把一个硬盘划分为若干个区，根据要求输入分区的容量值，以 MB 为单位。关于安装 Windows XP 系统的分区大小，如果没有特殊用途，以 10G 为宜。

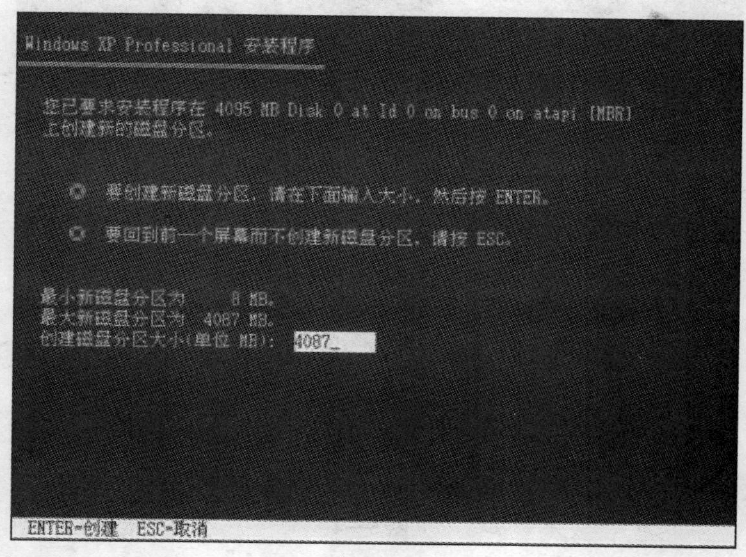

图 5—6

(5) 分区结束后，就可以选择要安装系统的分区了，即要把 Windows 操作系统安装到这个分区上。选择好某个分区以后，按“Enter”键即可进入下一步（见图 5—7）。

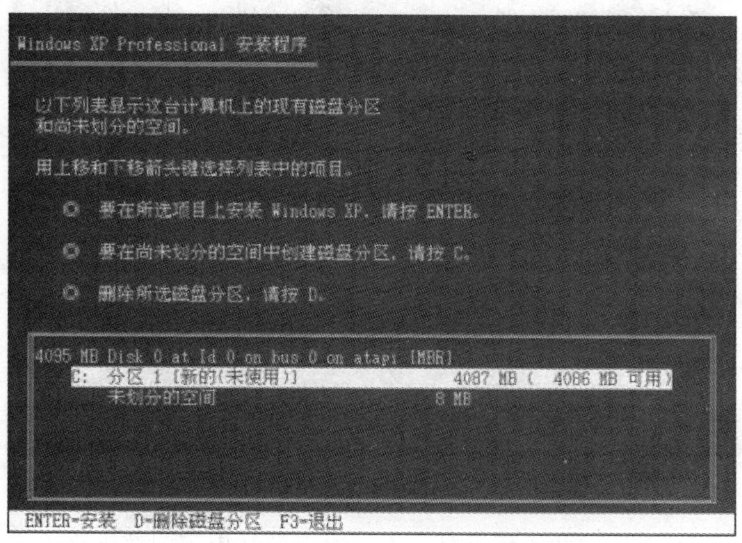

图 5—7

(6) 选择文件系统并格式化硬盘。在选择好系统的安装分区之后，就需要为系统选择文件系统了。在 Windows XP 中有两种文件系统供选择：FAT32、NTFS。从兼容性上来说，FAT32 稍好于 NTFS；而从安全性上来说，NTFS 要比 FAT32 好很多，这里选择 NTFS 文件系统（见图 5—8），按“Enter”键继续。

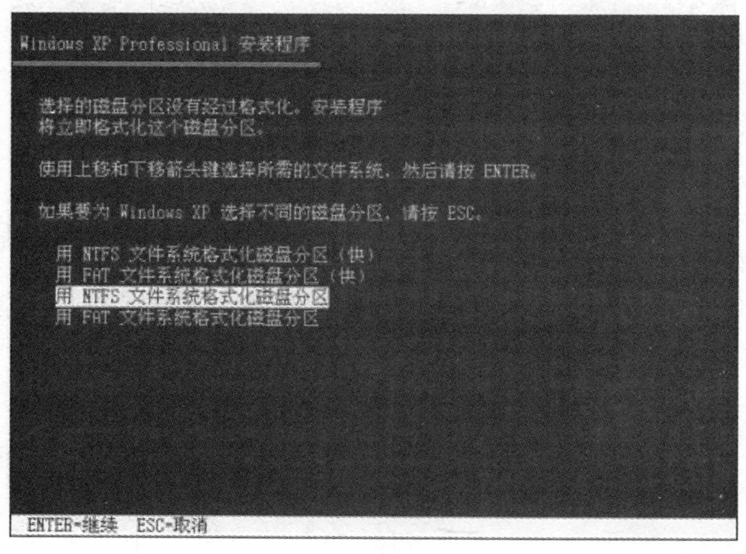

图 5—8

（7）格式化完成后，接下来就是复制文件，准备安装系统了（见图 5—9）。

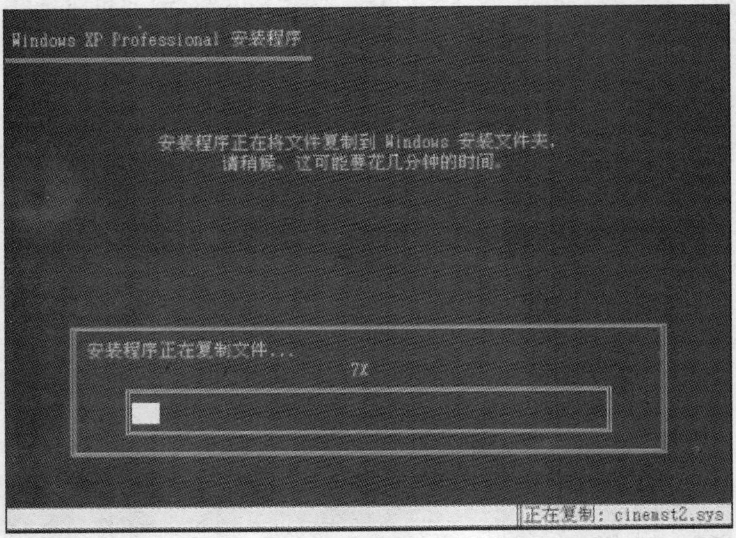

Windows XP Professional 安装程序
安装程序正在将文件复制到 Windows 安装文件夹，
请稍候。这可能要花几分钟的时间。
安装程序正在复制文件...
7%
正在复制：cinemst2.sys

图 5—9

Windows XP 系统安装前的设置工作到这里就结束了，接下来将进入 Windows XP 系统安装时的设置。

Windows XP 采用的是图形化的安装方式，在安装界面中，左侧标识为真正进行的内容，右侧则是用文字列举相对于以前版本来说 Windows XP 所具有的新特性，如图 5—10 所示。

Windows XP
收集信息
动态更新
准备安装
完成安装
安装程序大约会在以
下时间内完成
39 分钟
令人耳目一新的新版面

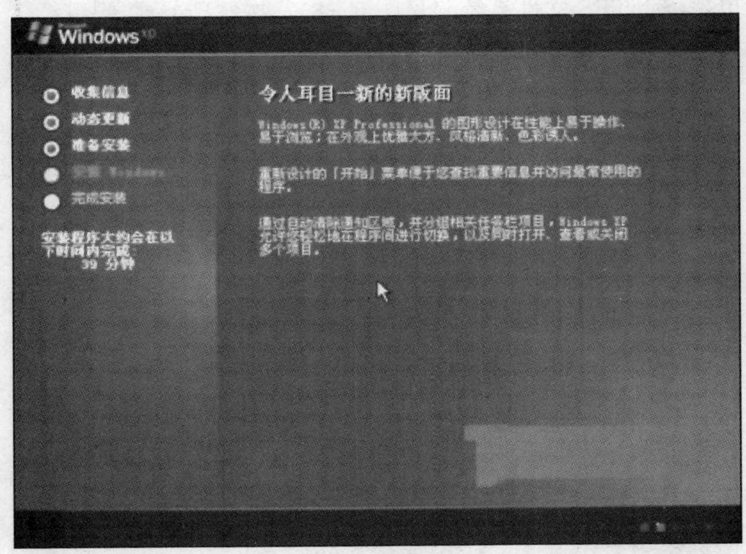

图 5—10

（8）区域和语言选项。Windows XP 支持多区域以及多语言，所以在安装过程中，第一个要进行的设置就是区域和语言。如果没有特殊需要的话，直接单击“下一步”按钮即可，如图 5—11 所示。

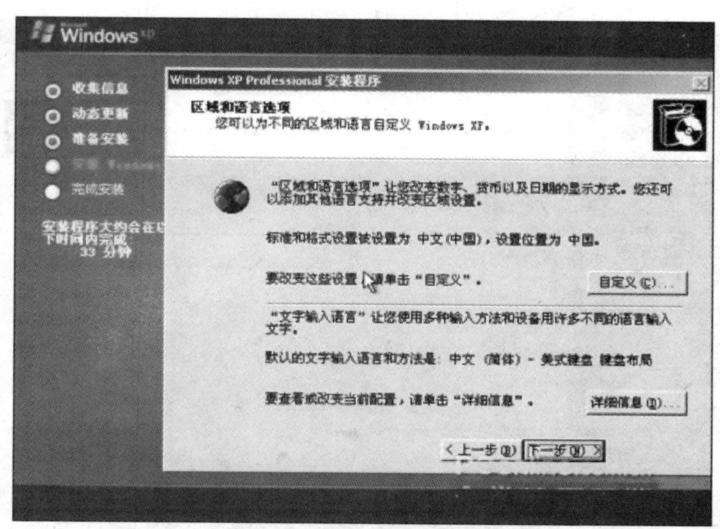

图 5—11

如果需要特别设置，单击图 5—11 中的“自定义”按钮即可进入“区域和语言选项”对话框。Windows XP 内置了各个国家的常用配置，所以只需要选择某个国家，即可完成区域的设置（见图 5—12）。而语言的设置，主要涉及默认的语言以及输入法的内容，单击“语言”选项卡即可进行相应设置。

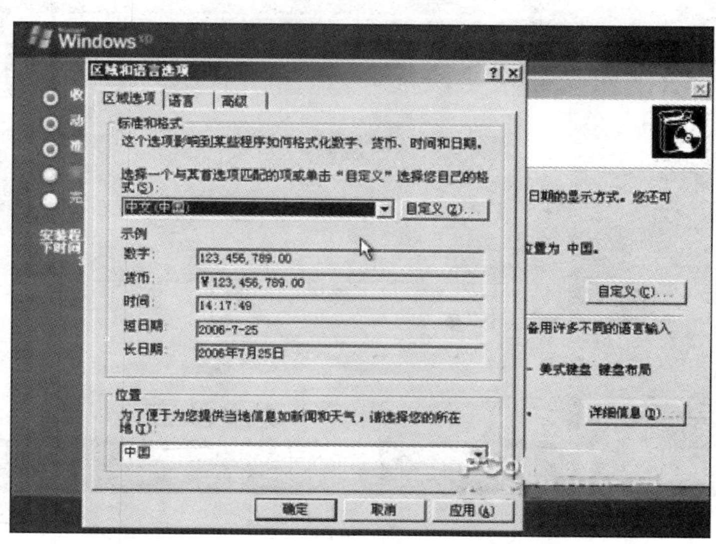

图 5—12

(9) 输入个人信息。个人信息包括：姓名和单位（见图 5—13）。对于企业用户来说，这两项内容可能会有特殊的要求；对于个人用户来说，在这里可填入任意的内容，单击“下一步”按钮继续。

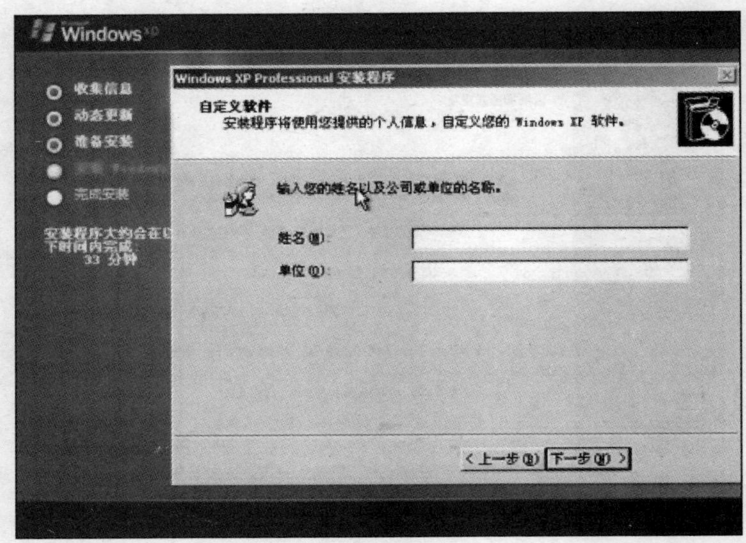

图 5—13

(10) 输入序列号。在系统光盘的包装盒上找到序列号并填入对应的框中（见图 5—14），填好之后，单击“下一步”按钮继续。

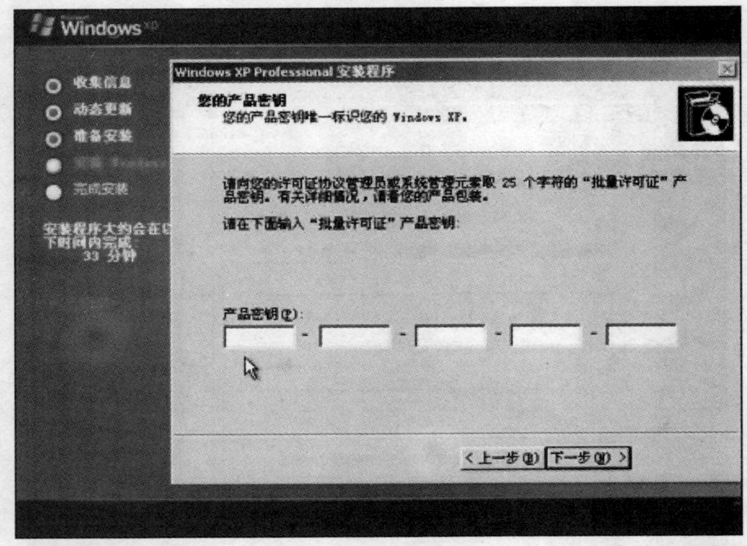

图 5—14

(11) 设置计算机名和系统管理员密码。在安装过程中 Windows XP 会自动设置一个系统管理员账户，在这里，就需要为这个系统管理员账户设置密码（见图 5—15）。由于系统管理员账户的权限非常大，所以这个密码尽量设置的复杂一些。设置完成后，单击“下一步”按钮即可。

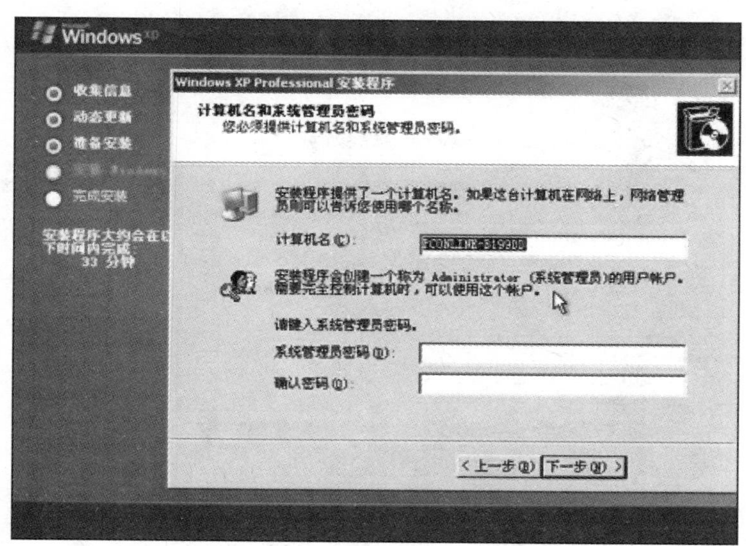

图 5—15

(12) 设置日期和时间。填写好日期后直接单击“下一步”按钮就可以了，如图 5—16 所示。

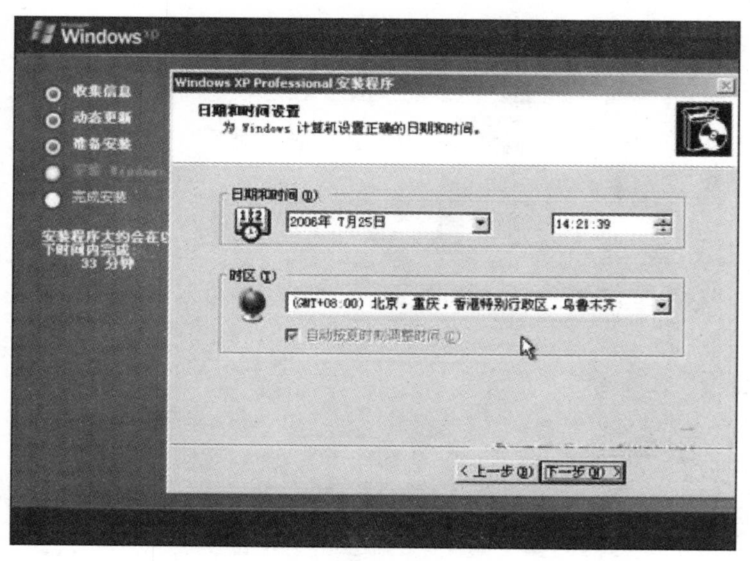

图 5—16

（13）设置网络连接。网络是 Windows XP 系统的一个重要组成部分，也是目前日常生活离不开的。在安装过程中就需要对网络进行相关的设置（见图 5—17）。如果通过 ADSL 等常见的方式上网，选择“典型设置”即可。

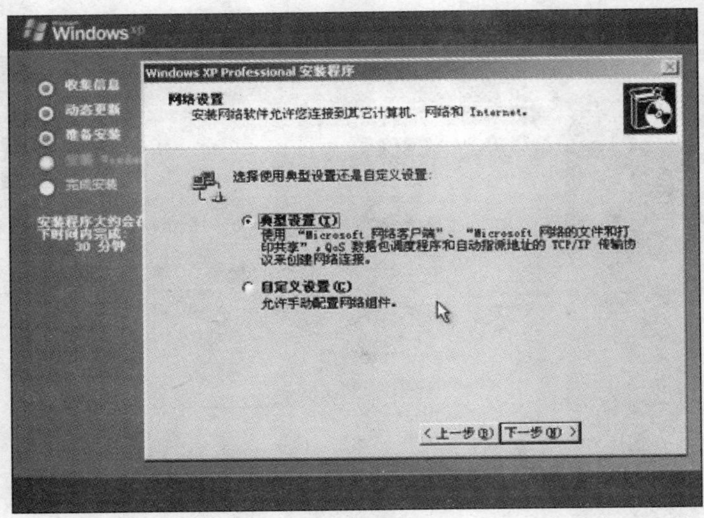

图 5—17

（14）工作组或计算机域。在网络设置部分还需要选择计算机的工作组或者计算机域（见图 5—18）。对于普通的用户来说，在这一步直接点击“下一步”就可以了。在 Windows XP 安装过程中需要设置的部分到这里就结束了，接下来将进行安装后的设置。

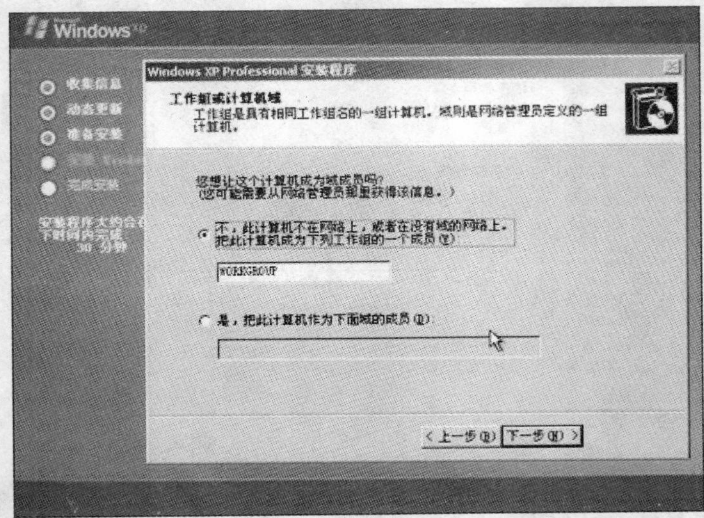

图 5—18

2. Windows XP 操作系统安装后的设置

经过系统安装前的准备，安装过程中的设置之后，Windows XP 系统的安装部分就结束了，需要进行系统安装后的设置。

（1）调整屏幕分辨率。在安装完成后，Windows XP 会自动调整屏幕的分辨率（见图 5—19），单击“确定”按钮即可。

图 5—19

正如图 5—20 所示对话框中所说的，能够看清楚对话框中文字的话，那就单击“确定”按钮，不然单击“取消”按钮。

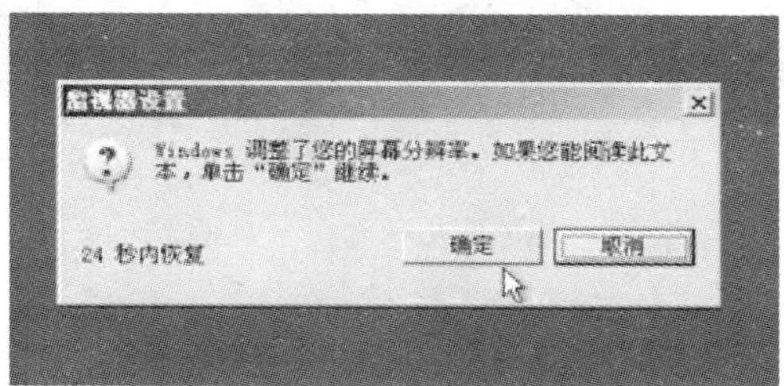

图 5—20

在屏幕分辨率设置结束后，就可以看到 Windows XP 的欢迎页面了（见图 5—21）。

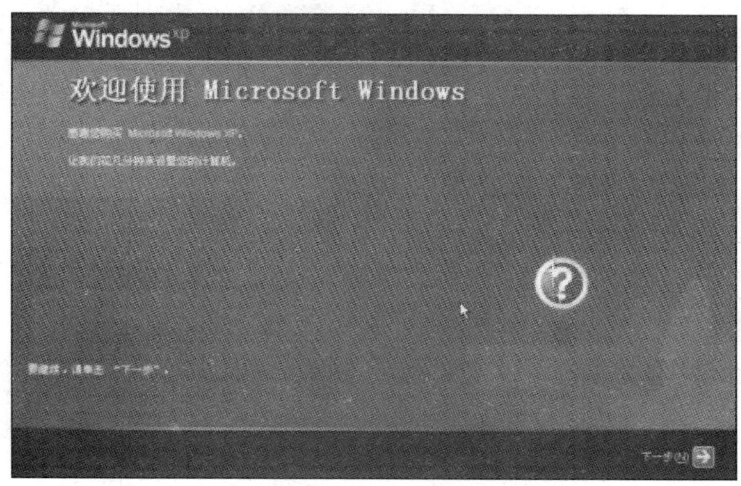

图 5—21

（2）设置自动保护。Windows XP 具有较高的安全性，它提供了一个简单的网络防火墙以及系统自动更新功能。在这里建议选择“开启自动保护”（见图 5—22），单击“下一步”按钮。

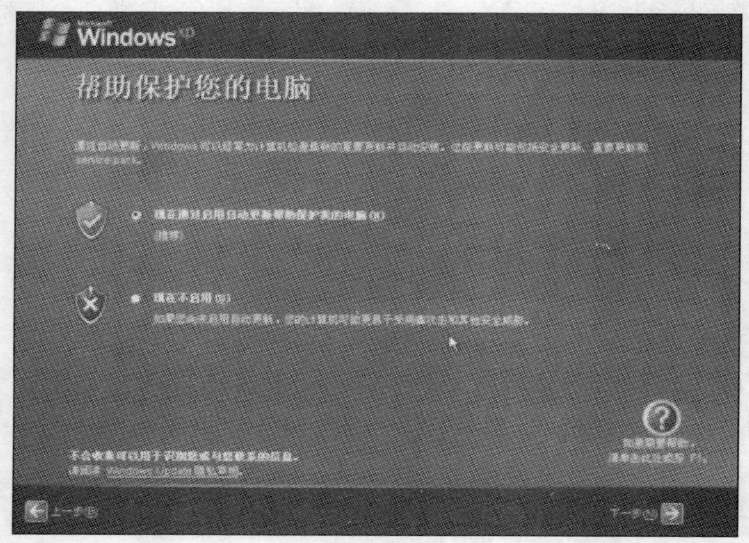

图 5—22

（3）设置网络连接。如果是一般家庭用户选择“数字用户线（DSL）”即可；如果是局域网用户，那就选择“局域网 LAN”（见图 5—23）。单击“下一步”按钮。

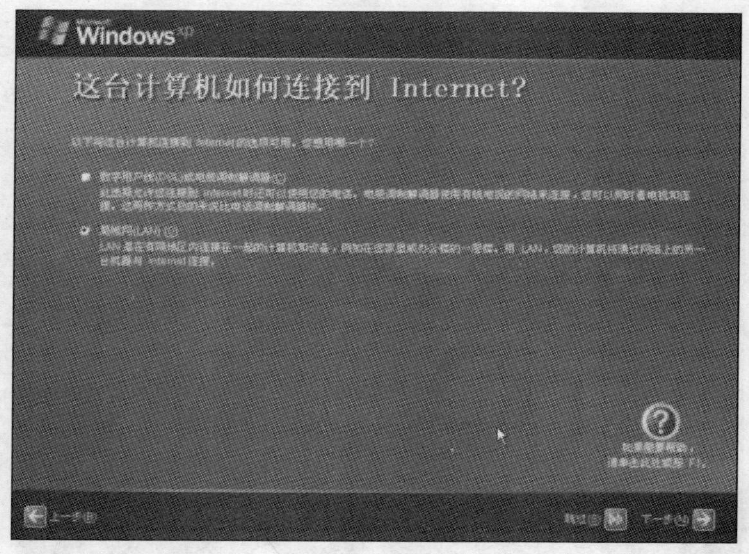

图 5—23

选择了局域网后，就需要对 IP 地址以及 DNS 地址等项目进行配置，这里要按照具体的网络配置填入相应的内容（见图 5—24）。关于 IP 地址以及 DNS 地址等项目具体参数可与当地网络管理员联系。

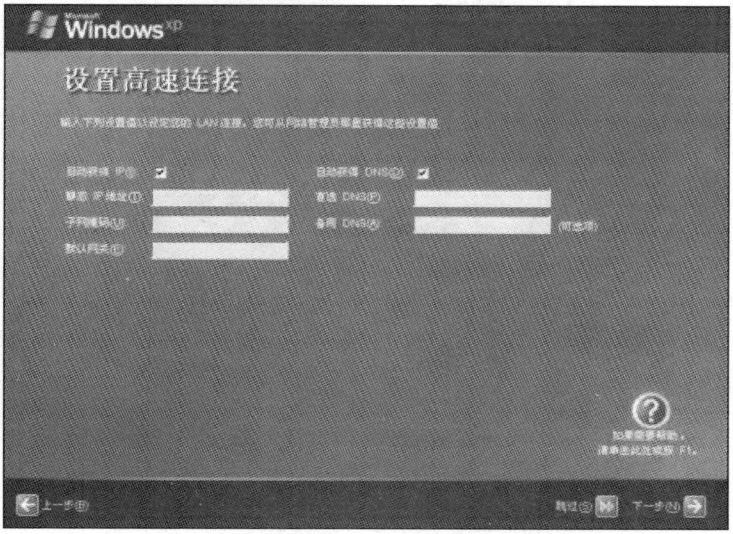

图 5—24

（4）与 Microsoft 注册。在这里可以选择是否在 Microsoft 上注册（见图 5—25）。这里的注册并不是 Windows XP 的激活，所以是否注册都无关紧要。

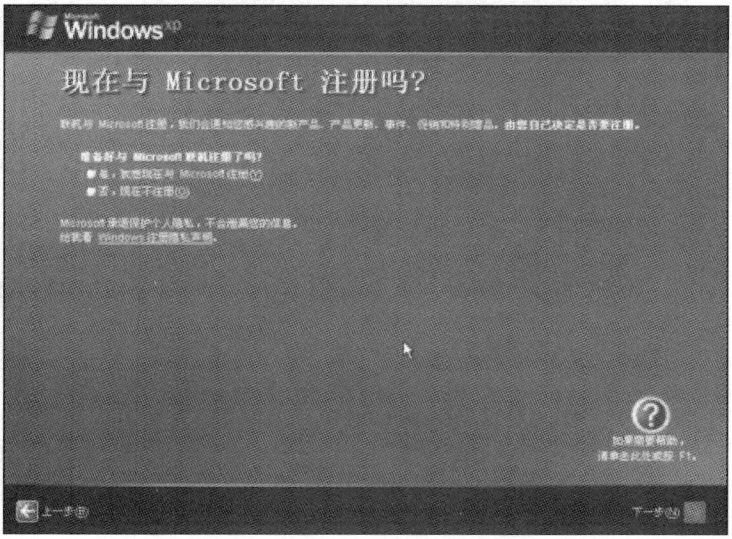

图 5—25

（5）创建用户账号。如图 5—26 所示，这里可以任意为账号命名。

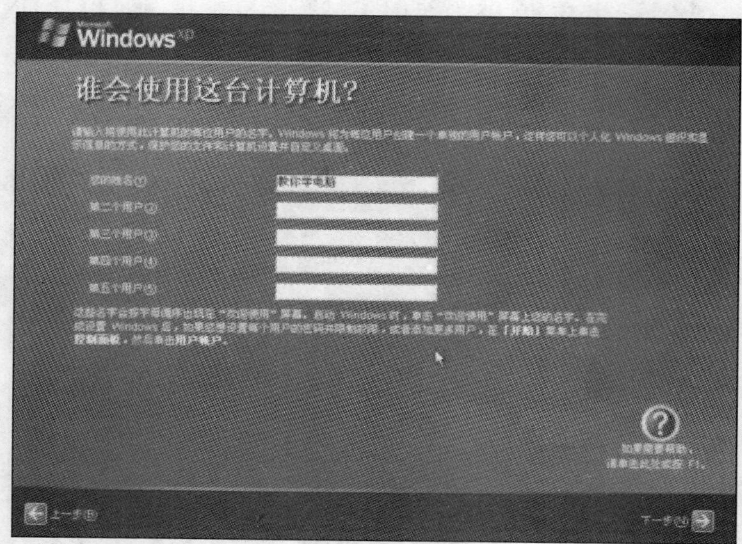

图 5—26

进行完以上步骤之后，就完成了 Windows XP 系统的安装，进入到系统当中，如图 5—27 所示。

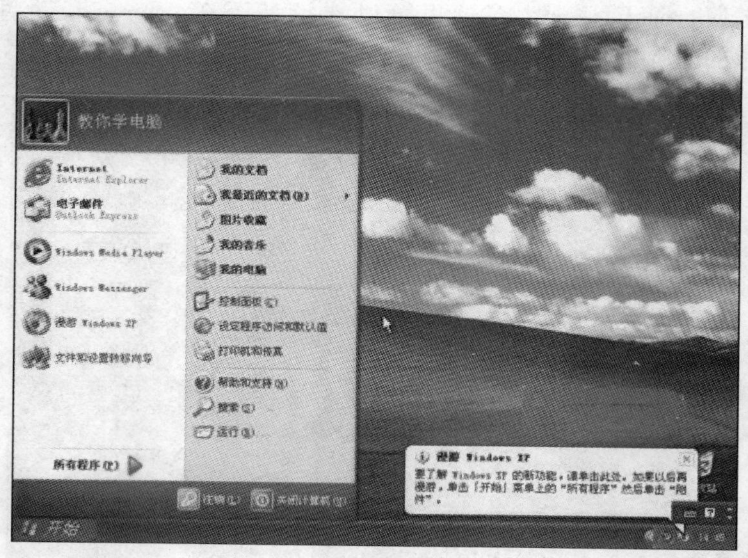

图 5—27

5.2 安装操作系统补丁程序

5.2.1 补丁程序的简介

操作系统或应用程序安装后，通过最新补丁保持其更新是一项重要的维护操作。

补丁是可以更正操作系统或应用程序的问题或增强其功能的程序代码段。它们通常由制造商提供，用于修复已知的漏洞或报告的问题。

计算机应该不断使用最新的补丁进行更新。但补丁可能会对其他系统功能的运行带来负面影响。在应用补丁前，应该清楚地了解其影响。在软件制造商的网站上通常可以找到此类信息。

补丁的方式不尽相同，具体取决于操作系统和用户的需求。

5.2.2 操作系统补丁程序的安装方法

还是以 Windows XP 操作系统为例，介绍安装操作系统补丁程序的方法。

1. 自动更新

操作系统可以配置为在无须用户干预的情况下，自动连接到厂商网站、检查是否有需要安装的操作系统更新，下载并安装更新。更新时间可以安排在计算机开机但并未使用的时候。单击“开始”按钮，然后选择“控制面板”选项，如图 5—28 所示。

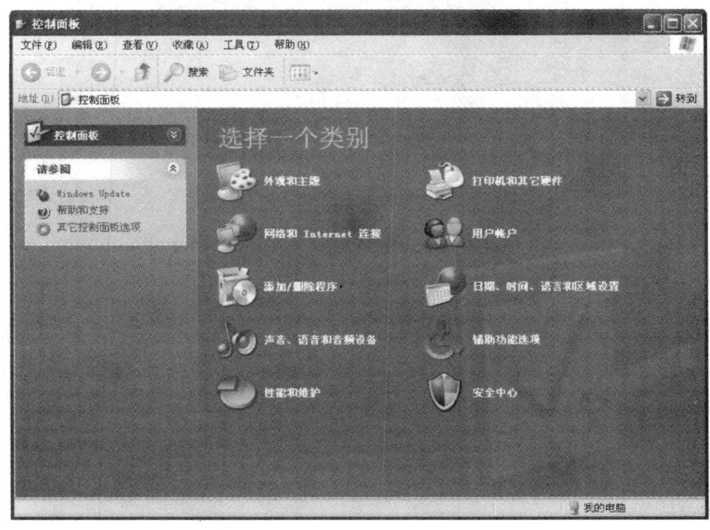

图 5—28

选择“安全中心”选项，出现如图 5—29 所示的界面。

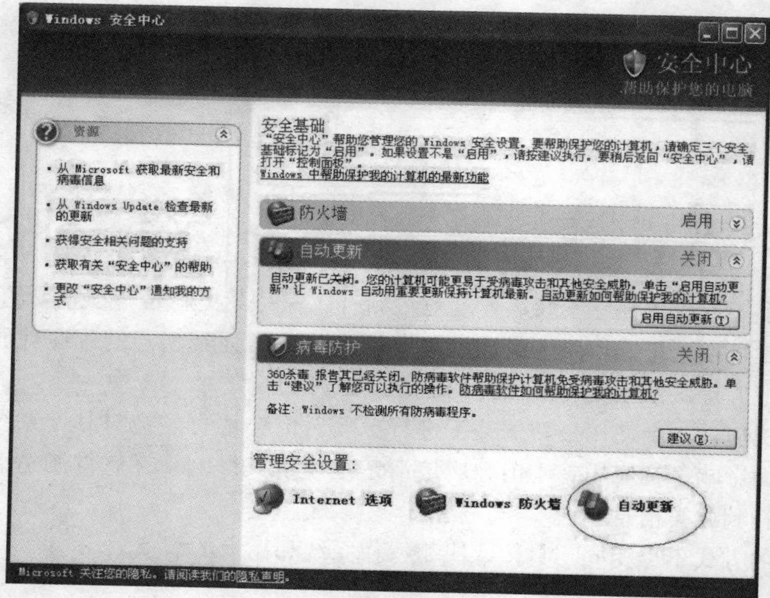

图 5—29

选择“自动更新”选项，出现如图 5—30 所示的对话框。

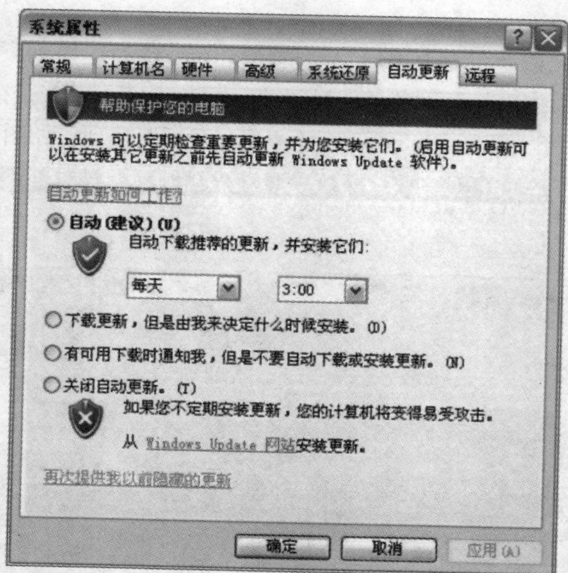

图 5—30

选择“自动（建议）（U)”选项，单击“确定”按钮即可。

2. 询问许可

一些用户希望自己决定应用哪些补丁，那么在如图 5—30 所示的对话框中选择“有可用下载时通知我，但不要自动下载或安装更新。(N)”。通常，选择此方式的用户了解补丁可能对系统性能造成的影响。

3. 手动更新

如果更新需要替换系统中的主要代码段，则应手动更新。此类重大更新通常称为服务包，旨在更正应用程序或操作系统的问题，有时则是为了添加一些功能。这些服务包一般需要最终用户手动连接到网站，下载更新并安装（见图 5—31）。此外，也可以用厂商提供的 CD 进行安装。

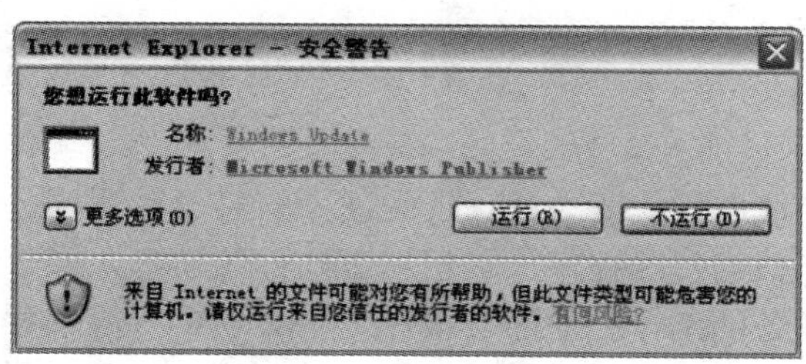

图 5—31

5.2.3　应用程序的更新

应用程序也需要补丁和更新。补丁通常由制造商发布，用于修复应用程序中检测到的漏洞，这些漏洞可能导致可怕的后果。

浏览器、字处理程序、办公软件以及数据库应用程序等常常是网络攻击的目标。这些应用程序经常需要更新，以便修改完善可能存在安全漏洞的代码。制造商也会开发出可以改进产品功能的更新并免费提供。

应用程序的补丁一般都可通过制造商的网站获取。安装过程可能需要安装更新的权限并需要确认存在必要的支持软件。此外，安装过程中可能还会安装所需的配套程序，Web 更新可以自动通过互联网下载到系统中并进行安装。

思考与练习

1. 简述如何安装 Windows XP 操作系统。
2. 操作系统需要一定数量的硬件资源，主要包括哪些方面？

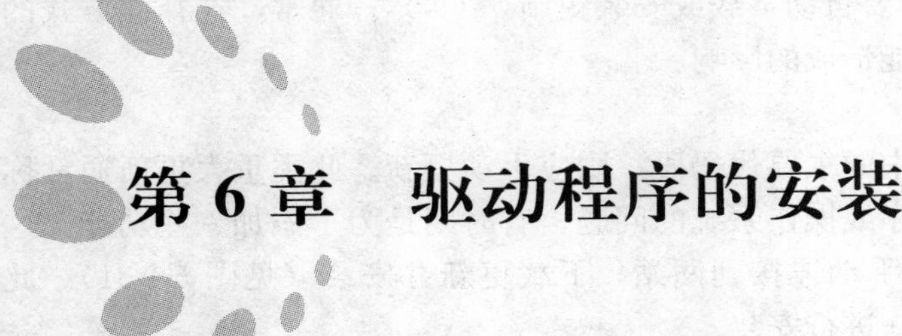

第 6 章 驱动程序的安装

操作系统安装完成以后，要为计算机的硬件安装驱动程序。驱动程序是一种可以使计算机和设备通信的特殊程序。它相当于硬件的接口，操作系统只能通过这个接口才能控制硬件设备的工作。硬件与软件之间必须要有应用程序来提供底层硬件信息的交流，这个交流软件就是平时所说的驱动程序。换句话说，驱动程序就是提供硬件与软件之间相互交流的“通讯员”。某设备的驱动程序未能正确安装，便不能正常工作。正因为这个原因，驱动程序在系统中所占的地位十分重要。硬件设备的驱动程序的安装顺序大致为主板驱动程序、显卡驱动程序、声卡驱动程序。

一般情况下 Windows XP 系统所带的驱动程序都能够把计算机的组件驱动，但也有一些公司的产品硬件不能驱动，造成这些硬件不能正常工作，这时就要为这些组件（如显卡、声卡、网卡等）安装驱动程序。

这一章我们学习如何为计算机的显卡、网卡、声卡等安装驱动程序。

6.1 显卡、网卡、声卡驱动程序的安装

当 Windows XP 系统安装完成以后，用户首先要清楚计算机的所有硬件是否都能够正常工作，可以通过系统属性就能够很轻松看到这一切。在设备列表中，如果设备图标上有“?”或者“!”，则说明当前设备工作不正常，一般情况下要为这个设备安装驱动程序。

6.1.1 查看不正常工作的设备

（1）双击“我的电脑”图标，进入如图 6—1 所示的界面，单击“查看系统信息”选项。

图 6—1

（2）在“系统属性”对话框中选择“硬件”选项卡，如图 6—2 所示。

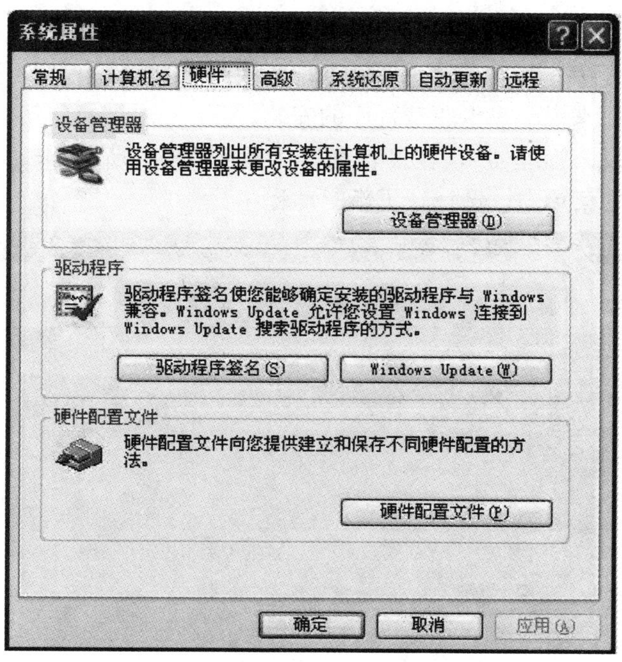

图 6—2

(3) 单击“设备管理器”按钮，查看“设备管理器”界面中出现计算机的设备列表，如图 6—3 所示。

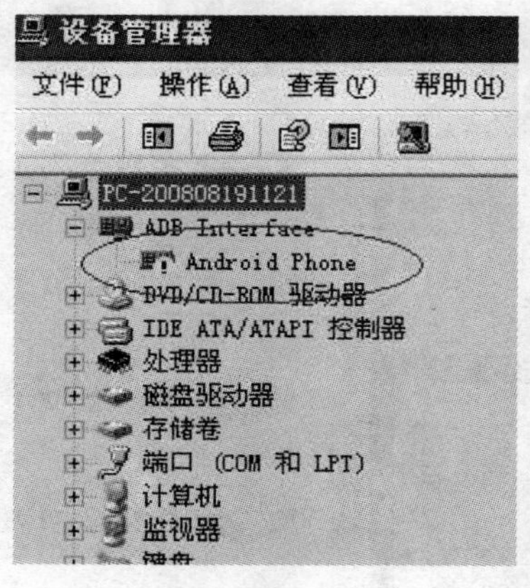

图 6—3

在设备列表中，如果设备图标上有“?”或者“!”，则说明当前设备工作不正常，一般情况下都是驱动程序不正确造成的。图 6—3 中的 Android Phone 设备，图标上有一个“!”，就是一个工作不正常设备，需要为它安装驱动程序。

6.1.2 显卡驱动程序的安装

在购买显卡时，都带有一张驱动程序光盘。显卡的驱动程序就在这张光盘的目录中，除了驱动程序外，现在的许多显卡都还附带一些设置程序。这里以显卡 Win Fast 700AGP 为例来说明显卡驱动程序的安装。

(1) 打开“设备管理器”，在设备列表中找到相应的显示卡。如图 6—4 所示，在右击设备弹出的菜单中，选择“更新驱动程序”。

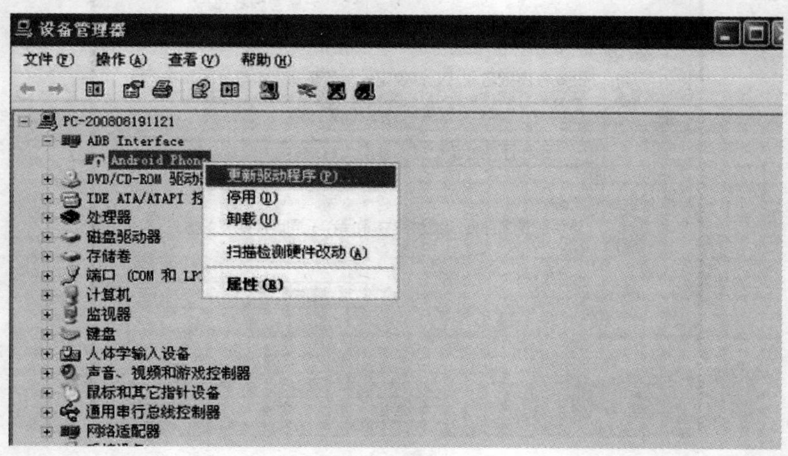

图 6—4

（2）指定驱动程序的位置。将驱动程序的光盘放入光驱中，选择“从列表或指定位置安装（高级）（S）”，单击“下一步”按钮继续，如图 6—5 所示。

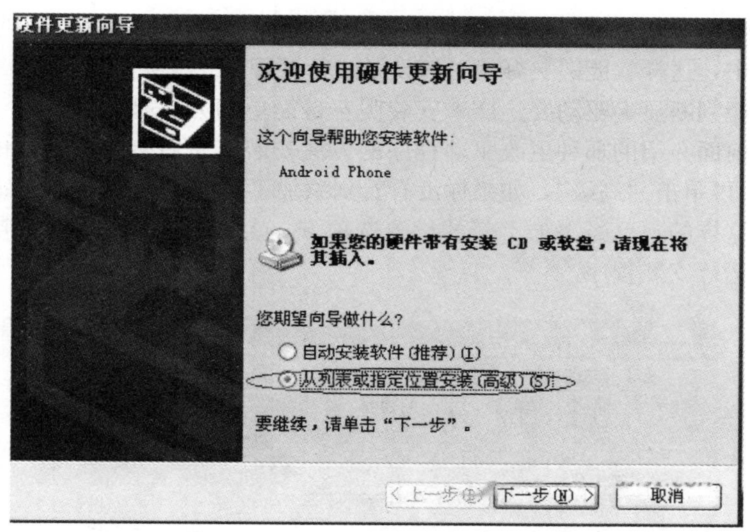

图 6—5

（3）去掉“搜索可移动媒体”前的钩，在“搜索中包括这个位置”前打钩，然后在图中红色区域单击“浏览”按钮，选择到光盘中找到相应的文件夹，如图 6—6 所示。

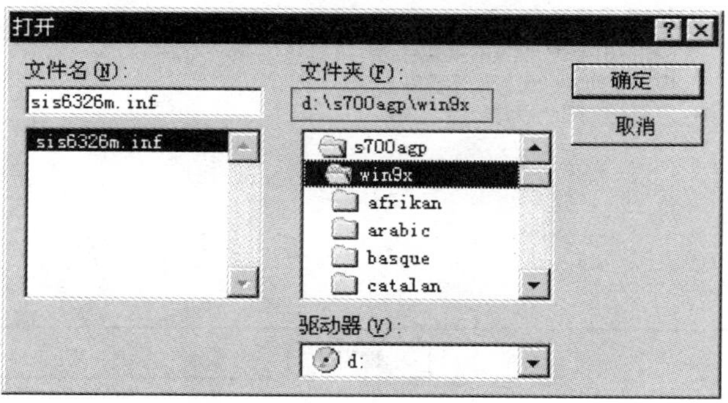

图 6—6

（4）选择完文件夹之后，单击“确定”按钮。安装完成后重新启动计算机，如图 6—7 所示。

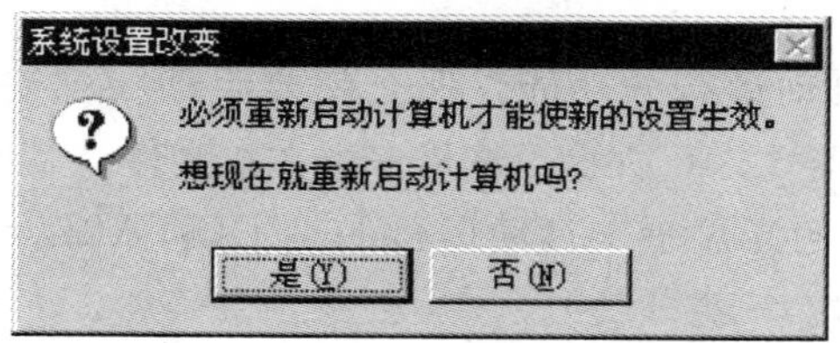

图 6—7

6.1.3 通过显卡驱动光盘中的 INSTALL. exe 文件安装驱动程序

通过 INSTALL. exe 文件安装驱动程序同时，还能够把设备附带一些设置程序安装到系统中，这样就能够更好地对该设备进行管理。

怎么才能判断显卡驱动要这样来安装呢？最简单的办法是看说明书，另一种方法就是先按前面介绍的那种更改驱动程序的方法安装，然后打开显示器的属性，打开“设置”，再单击“高级”，如果你没有看到添加了新的设置选项卡（如图 6—8），如果看到像这样的，已经添加了新的设置选项卡，就不用再运行安装程序了，否则说明还需要运行安装程序。

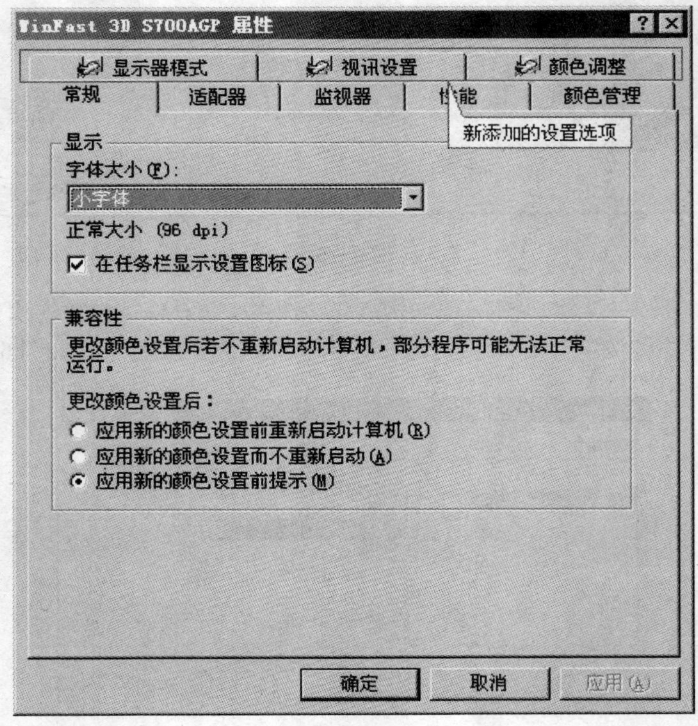

图 6—8

安装过程如下：

(1) 双击光盘的图标，这是一个可自动运行的光盘，安装程序自动地运行，如图 6—9 所示。

如果光驱取消了自动运行的功能，那么就要手动找到安装程序来运行。打开 Autorun. inf 文件，如图 6—10 所示。这是一个文本文件，其中有一行写着“OPEN＝INSTALL. exe”，说明光盘每次自动运行的是 INSTALL. exe 这个程序，所以我们只要运行 INSTALL. exe 就可以了。

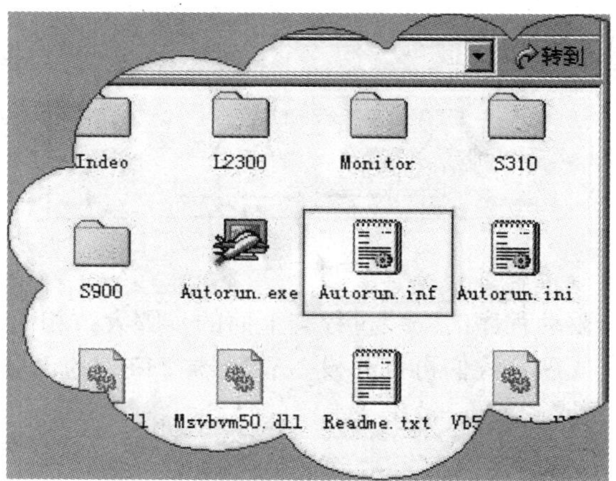

图 6—9

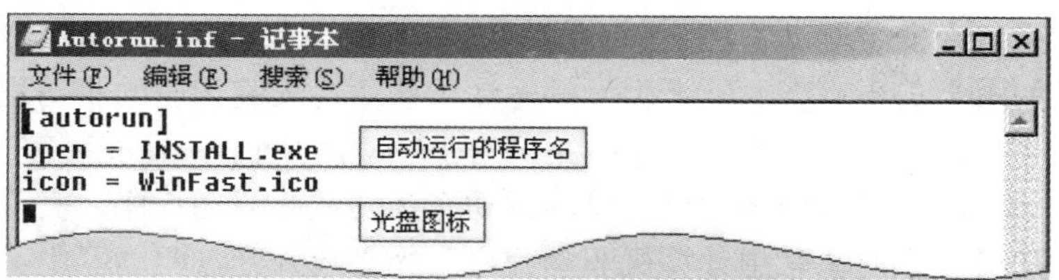

图 6—10

（2）运行 INSTALL. exe 程序，如图 6—11 所示。

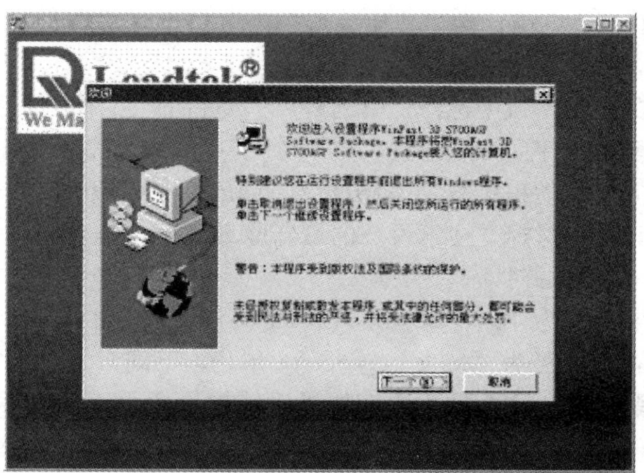

图 6—11

（3）安装完成后重新启动计算机（见图 6—12）。

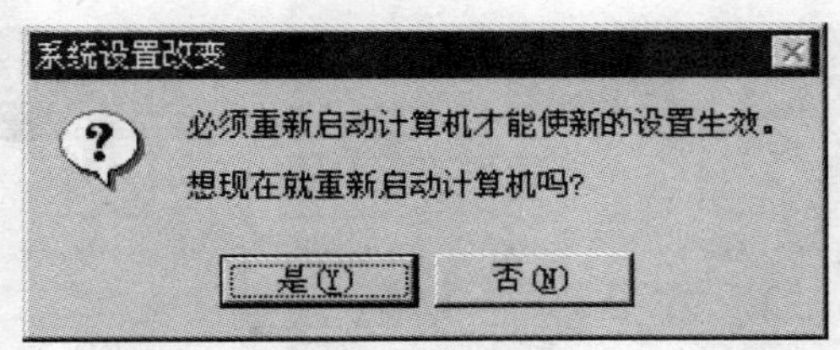

图 6—12

其他品牌的显卡驱动程序的安装过程与上面的步骤大致相同。

驱动程序安装完成后，我们再打开设备管理器窗口中的设备列表，就会发现原来设备图标上的“!”或“?”就消失了。

6.1.4 声卡、网卡驱动程序的安装

声卡、网卡驱动程序的安装与显示卡驱动程序的安装相似，如是集成在主板上的声卡或网卡，在安装驱动程序之前，最好先看清楚主板上的它们的芯片型号，或者看主板说明书上关于声卡、网卡型号的标注，然后再安装相应的驱动程序。

例如：有一款联想计算机，该主板集成有 10/100M 网卡，在安装完主板驱动后安装此网卡的驱动，可以使用随机提供的驱动光盘安装此驱动程序。安装步骤如下：

(1) 将随机提供的“联想计算机驱动程序”光盘放入光盘驱动器中。

(2) 打开“控制面板”，运行“系统”。

(3) 进入“设备管理器”，点击“按类型查看设备”，你会发现“pci ethernet controller”一项标记有黄色问号或惊叹号。选中该设备，然后点击“属性”；如果是 Windows 2000 操作系统，在“其他设备”中会出现标记有黄色问号或惊叹号的“以太网控制器”，同样点击“属性”。

(4) 在出现的浮动窗口中选择“驱动程序”，进而点击“升级驱动程序”一项，出现“升级设备驱动程序向导”窗口，点击“下一步”；而 Windows 2000 操作系统则是提示“重新安装驱动程序”，下面步骤与 Windows XP 相同。

(5) 请在对话框中选择“搜索设备的最新驱动程序（推荐）”，单击“下一步”，会出现如图 6—13 所示的对话框。

(6) 指定安装目录为“x：\ lx _ net \ intel \ 82562”（如果你使用的是 3.3 以上版本的驱动光盘，此路径为“x：\ lx _ net \ intel”，下同），点击“下一步”，按系统提示操作至安装结束。这个过程中，如果系统提示插入网卡的驱动盘（intel pro adapter cd-rom or floppy disk），这时只需要再次指定安装路径为“x：\ lx _ net \ intel \ 82562”即可。

(7) 重新启动计算机，安装结束。

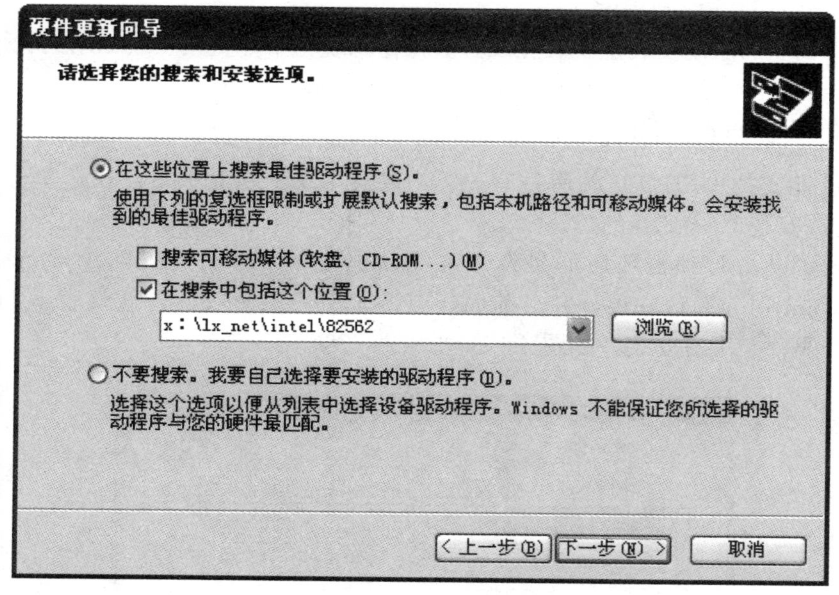

图 6—13

6.2　USB 接口驱动程序的安装

现在的主板上的 USB 接口一般都是 USB 2.0，具有 480Mbit/s 的峰值数据传输率，只有安装 USB 2.0 的驱动程序，才能达到 480Mbit/s 的数据传输率，否则只能主板提供的 USB 2.0 接口实际上在当作 USB 1.1 使用（即使外设支持 USB 2.0 标准）。但是安装 USB 2.0 驱动并没有想象中那么简单，如果安装不当，不但不能发挥 USB 2.0 的高速特性，还有可能导致 USB 接口无法使用。

主板提供 USB 2.0 接口主要有两种方式：一种是采用第三方 USB 2.0 控制芯片，较常见的是 NEC、ALi 及 VIA 的 USB 控制芯片；另一种是南桥本身直接提供 USB 2.0 接口。

USB 2.0 驱动的提供商主要有 Microsoft 与 Orange Ware 两家，主板厂商必须向这两家公司支付授权金。一般来说 Windows 2000/XP 下的 USB 2.0 驱动主要由 Microsoft 提供，而 Windows 98 下的 USB 2.0 驱动多为 Orange Ware 提供。Orange Ware 公司提供的驱动需要识别 BIOS 中的 SubVendor ID（子厂商序号）与 SubDevice ID（子产品序号），所以安装 Orange Ware 提供的 USB 2.0 驱动时，一定要升级主板厂商发布的最新版 BIOS。同时，在安装 USB 2.0 驱动之前，还需要安装芯片组的 INF 驱动程序。

USB 2.0 的驱动安装主要有在线升级操作系统与本地直接安装驱动两种形式。

6.2.1 Intel 芯片组

Intel 能支持 USB 2.0 的南桥有 ICH4 以及 ICH4 以上版本，在这里介绍的是 ICH4 南桥安装 USB 2.0 的方法。

进入“设备管理器”后如果发现在“其他设备”中有“Universal Serial Bus (USB) Controller”这一项，并且前面还有一个黄色的感叹号，这就表示 USB 2.0 控制器的驱动并没有安装，如图 6—14 所示。

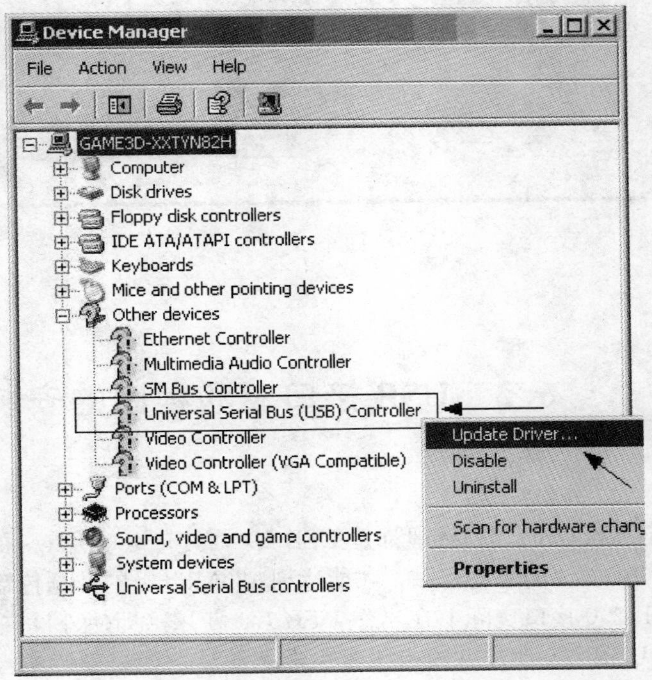

图 6—14

（1）升级操作系统。正常情况下，将 Windows XP 升级到 SP1、Windows 2000 升级到 SP4 后（或执行 Windows Update），操作系统就可以支持 USB 2.0，但有些时候在将操作系统升级后，还需要手动升级 USB 2.0 的驱动（见图 6—15）。

（2）选择自动搜寻驱动。双击“Universal Serial Bus（USB）Controller”，在弹出的窗口中选择“升级驱动”，在升级方式窗口中选择“自动搜索比当前设备使用的驱动更好的驱动程序”，系统会发现芯片组的型号和 USB 的版本号并自动升级驱动，安装结束后重新启动系统才算安装成功。此时再进入“设备管理器”就能发现“其他设备”消失了，同时在“Universal Serial Bus Controllers”下出现“Inter(r)

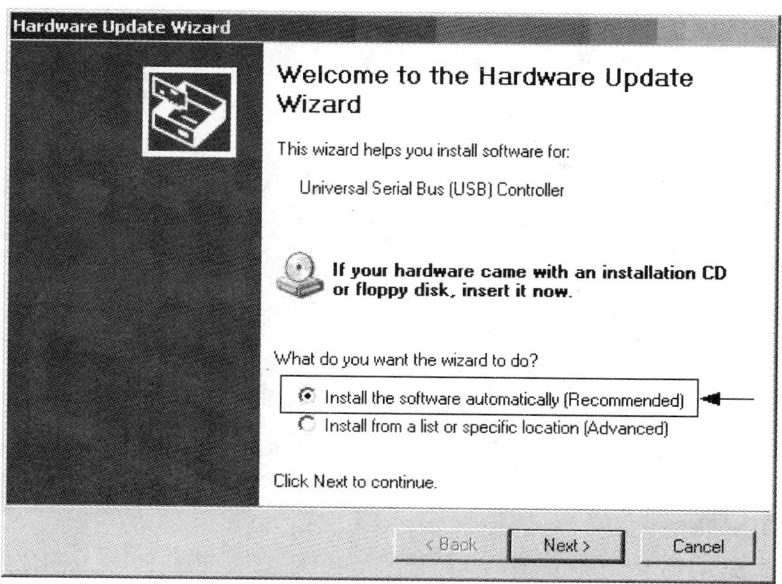

图 6—15

82801DB/DBM USB 2.0 Enhanced Host Controller-24CD”（见图 6—16）。

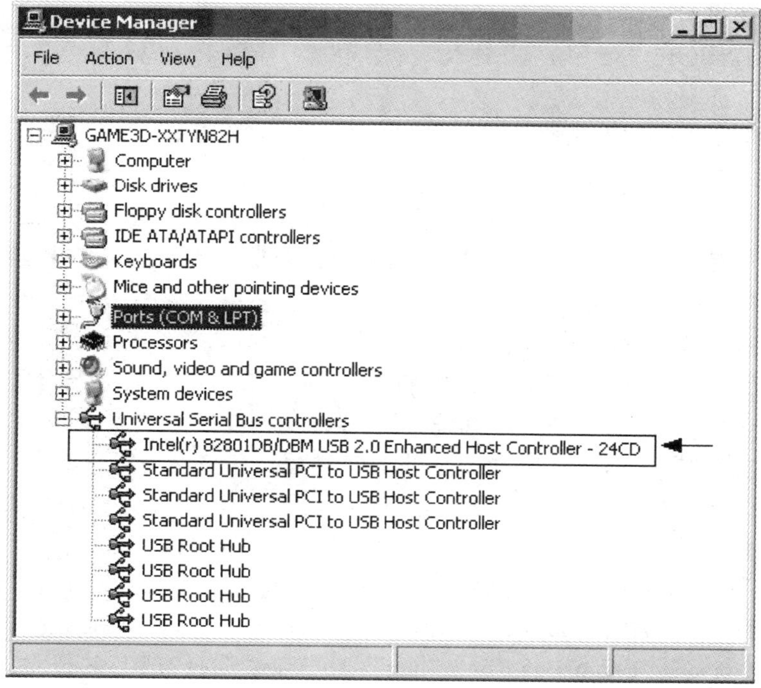

图 6—16

图 6—16 说明已经正确安装 USB 2.0 驱动程序。

注意：Windows XP 的 SP1 里包含了 Microsoft QFE（quick fix engineering）for USB 2.0 驱动，它是 SP1 支持 USB 2.0 的基础。不过，部分主板厂商给出的独立 USB 2.0 驱动是不需要 Microsoft QFE for USB 2.0 补丁的，即不需要将Windows XP 升级到 SP1 也可支持 USB 2.0，否则两者会发生冲突，从而使 USB 端口无法使用，所以在安装 USB 2.0 驱动前，一定要认真阅读附带的 readme. txt 等说明文本。

6.2.2 nForce2 芯片组

无论是 NVIDIA 的官方主页还是主板的配套驱动光盘中往往都没有 USB 2.0 驱动的身影，此外，nForce2 芯片组的 USB 2.0 接口的兼容性问题也比较突出，因此要特别注意安装的方法。

nForce2 在 Windows 2000/XP 下也需要通过升级 SP 的方式来安装 USB 2.0 驱动。升级后仍然需要在“设备管理器”中对 USB 控制器的驱动进行手动安装。安装完 USB 2.0 驱动后在“设备管理器”中将出现“Standra Enhanced PCI to USB Host Controller”选项。此时主板上的 USB 2.0 接口已经可以与采用 USB 2.0 接口的设备建立高速的连接。

如果将操作系统升级后发现微软提供的 USB 2.0 驱动存在兼容性问题，则需要按下面的方法进行安装：

（1）下载 nForce2 专用的 USB 2.0 的驱动（可通用于其他 nForce2 主板），执行安装文件。

（2）安装 nForce2 专用 USB 2.0 驱动，如图 6—17 所示。

（3）手动升级 USB 2.0 控制器驱动。重新启动后进入“设备管理器”，双击有黄色感叹号的“Universal Serial Bus（USB）Controller”，单击“升级驱动”，在弹出的对话框中选择“显示指定位置的所有驱动程序列表/不扫描系统并自己选择列表中的驱动”（见图 6—18）。

注意：接下来一定要选择其中的“NVIDIA USB 2.0 Enhanced Host Controller”选项，点击“Next”按钮后系统将完成配置工作，随后系统还会弹出找到“USB 2.0 Root Hub Device”的对话框，需要采用同样的方法安装驱动，重新启动计算机后就能完成 USB 2.0 驱动的全部安装过程。在“设备管理器”中可以看到“USB 2.0 Enhanced Host Controller”等选项，此时 nForce2 芯片组的 USB 2.0 接口兼容性最佳。

部分 nForce2 用户将 Windows XP 升级到 SP1 后发现 USB 2.0 接口的兼容性问题可以作如下处理：先下载安装 nForce2 专用版 USB 2.0 驱动，重新启动系统后在“设备管理器”→“Universal Serial Bus Controllers”下找到“Standard Enhanced PCI to USB Host Controller”，用鼠标双击此项后选择“驱动升级”，接下来采用与上面相同的步骤升级驱动，这样就能将 Microsoft 的 USB 2.0 驱动替换为 NVIDIA 专用 USB 2.0 驱动了。

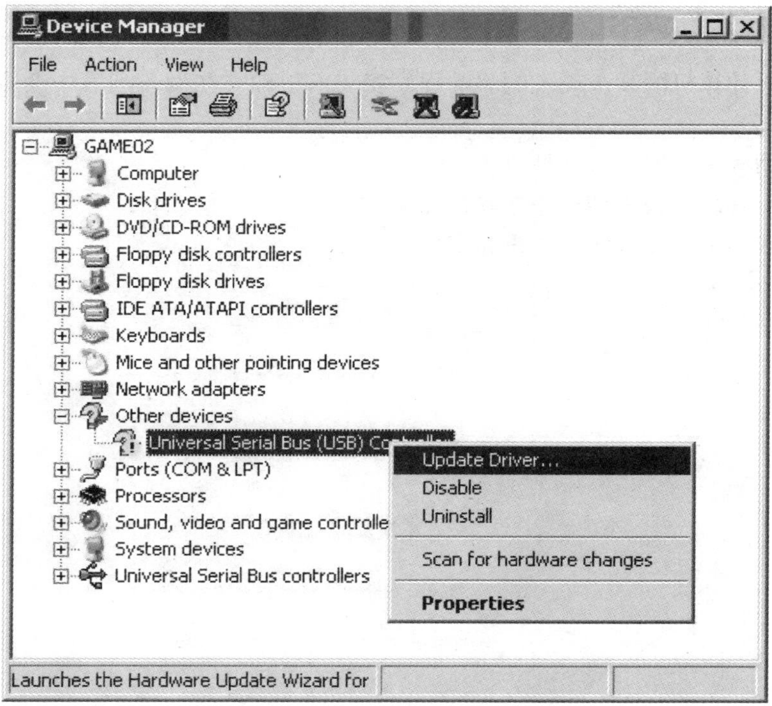
Device Manager
File Action View Help
GAME02
Computer
Disk drives
DVD/CD-ROM drives
Floppy disk controllers
Floppy disk drives
IDE ATA/ATAPI controllers
Keyboards
Mice and other pointing devices
Network adapters
Other devices
Universal Serial Bus (USB) Co
Ports (COM & LPT)
Processors
Sound, video and game controlle
System devices
Universal Serial Bus controllers
Update Driver...
Disable
Uninstall
Scan for hardware changes
Properties
Launches the Hardware Update Wizard for

图 6—17

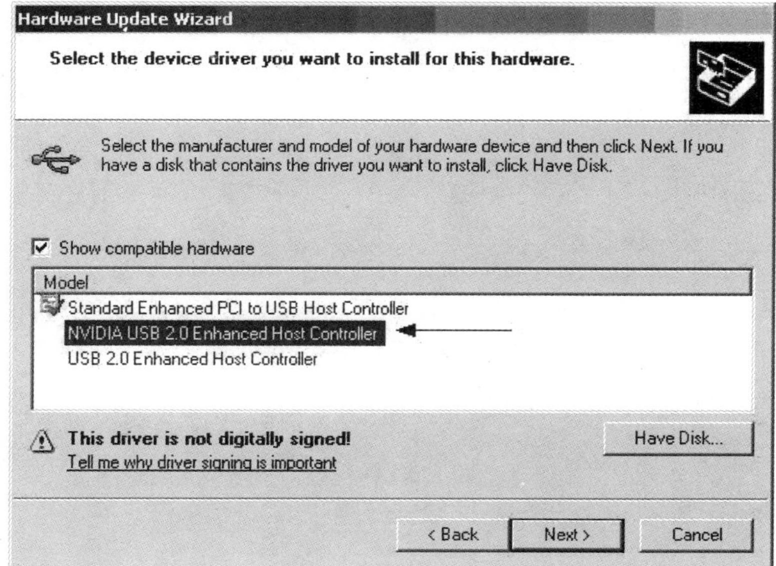
Hardware Update Wizard
Select the device driver you want to install for this hardware.
Select the manufacturer and model of your hardware device and then click Next. If you have a disk that contains the driver you want to install, click Have Disk.
Show compatible hardware
Model
Standard Enhanced PCI to USB Host Controller
NVIDIA USB 2.0 Enhanced Host Controller
USB 2.0 Enhanced Host Controller
This driver is not digitally signed!
Tell me why driver signing is important
Have Disk...
< Back
Next >
Cancel

图 6—18

思考与练习

1. 如果计算机的某个设备的驱动程序安装不正确，在设备列表中会观察到什么情况?

2. 驱动程序的安装有几种方法?

3. 如何解决设备驱动程序的硬件冲突?

4. 卸载网卡驱动程序，并重新安装。

第7章 常用应用软件的安装与使用

在日常工作和生活中，我们经常使用一些工具软件，如办公软件 Office、杀毒软件、压缩及解压缩软件、下载工具软件等。这一章我们学习这些常用应用软件的安装与使用。

7.1 压缩及解压缩软件的安装与使用

7.1.1 压缩及解压缩软件的简介

压缩及解压缩软件有很多，如 WinRAR、WinZip、WinAce、ipghost、ALZip、werZip 等，它们的功能大致相同，都能够满足我们日常的需要。

WinRAR 是目前网上非常流行和通用的压缩及解压缩软件之一，支持多种格式的压缩文件，可以创建固定压缩、分卷压缩、自释放压缩等多种形式，也可以选择不同的压缩比例，实现最大程度地减少占用体积。WinRAR 的新版本是 WinRAR 3.93。

7.1.2 WinRAR 的主要特点

（1）支持 RAR 和 ZIP 类型文件的压缩及解压缩；支持 ARJ、CAB、LZH、ACE、TAR、GZ、UUE、BZ2、JAR、ISO 类型文件的解压。

（2）具有分卷压缩功能，支持创建自解压文件，还可以制作简单的安装程序，使用方便。

（3）强大的压缩文件修复功能，最大限度地恢复损坏的 .rar 和 .zip 压缩文件中的数据。如果设置了恢复记录，甚至可以完全恢复。

（4）工业标准 AES 加密。

（5）提供固定格式的压缩算法，在很大程度上增加类似文件的压缩率。

（6）可以保存 NTFS 数据流和安全数据。

（7）与资源管理器整合，操作简单快捷。

（8）支持 Unicode 编码命名文件名，同时支持强大的常规、文本、多媒体和可执行文件压缩。

7.1.3 WinRAR 的下载和安装

1. 下载

从许多网站都可以下载这个软件，在这里给读者提供一个下载 WinRAR 的网址：http：//www.cnzz.cc/Soft/261.html。

2. 安装

（1）WinRAR 的安装十分简单，只要双击下载后的压缩包，就会出现安装界面，如图 7—1 所示。

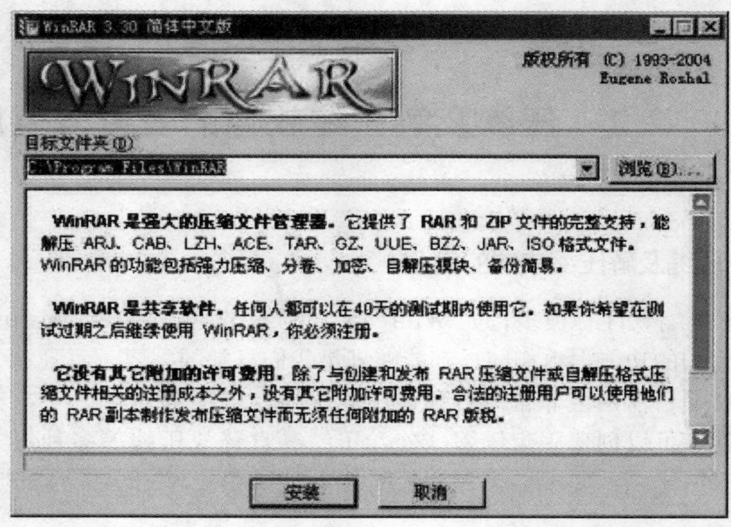

图 7—1

（2）设定目标文件夹。单击图 7—1 中的“浏览”按钮，出现“浏览文件夹”对话框，从中选择文件夹进行安装，如图 7—2 所示。选择完文件夹，单击“确认”按钮即可。

（3）设定目标文件夹之后，返回安装界面，进行关联文件的设置，如图 7—3 所示。

图 7—3 分三个部分，左上边的是“WinRAR 关联文件”，如果经常使用

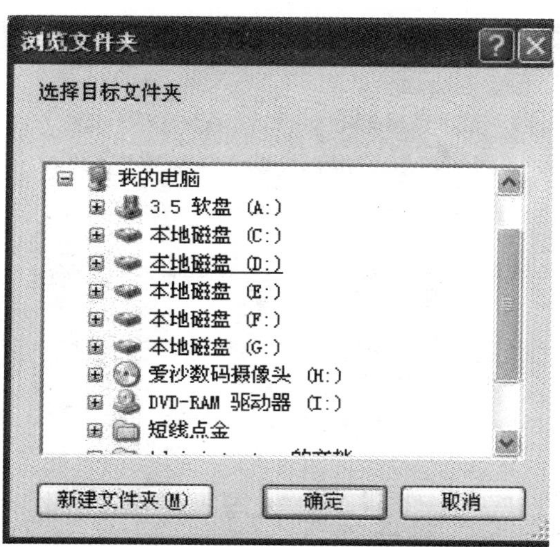

图 7—2

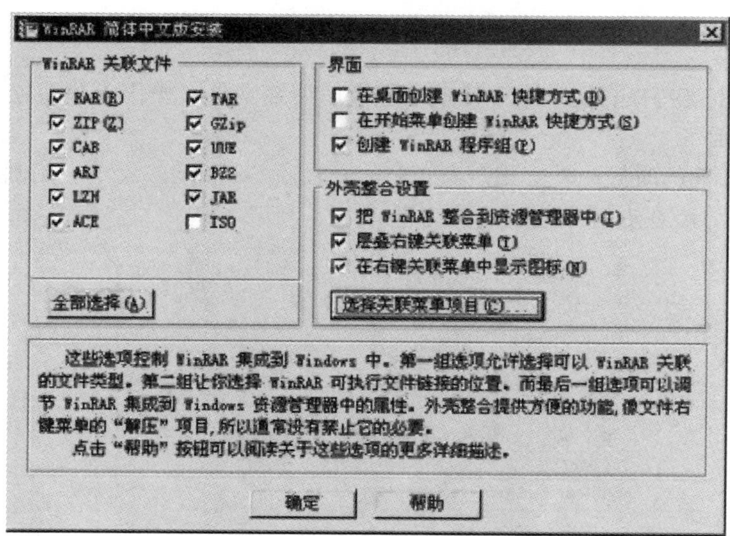

图 7—3

WinRAR 的话，可以与所有格式的文件创建联系；如果只是偶尔使用 WinRAR 的话，可以酌情选择。右上边的是“界面”和“外壳整合设置”选项，即选择 WinRAR 在 Windows 中的位置以及显示形式。根据实际情况选择后，单击“确定”按钮即可。

（4）至此 WinRAR 已经安装成功，在安装界面单击“完成”按钮即可，如图 7—4 所示。

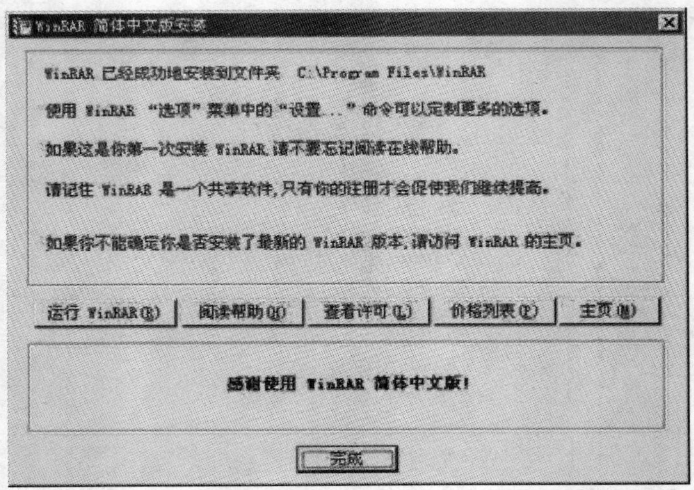

图 7—4

7.1.4 WinRAR 快速压缩及解压缩

WinRAR 支持在右键菜单中快速压缩及解压缩文件，操作十分简单。

1. 快速压缩

当右击文件的时候，就会出现菜单栏，如图 7—5 所示。菜单中用圆圈标注的部分就是 WinRAR 在右键中创建的快捷键。

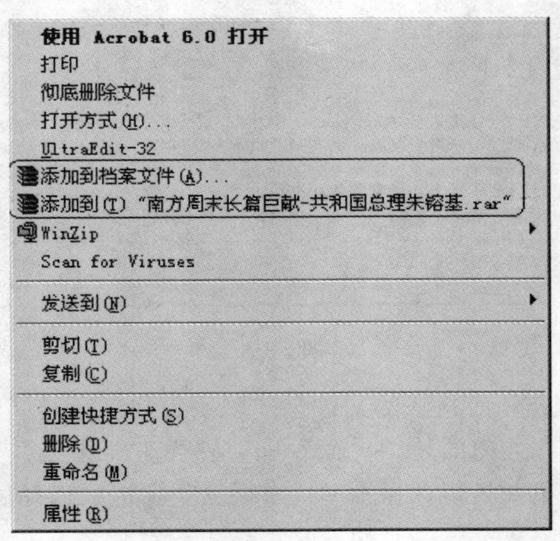

图 7—5

选择"添加到档案文件（A)"选项，这样就会出现"压缩文件名和参数"对话框，如图 7—6 所示。界面中主要有“压缩文件名（A）”、“压缩文件格式”、“压缩方式（C）”等内容如果对上述内容没有异议，单击“确定”按钮即可完成快速压缩。

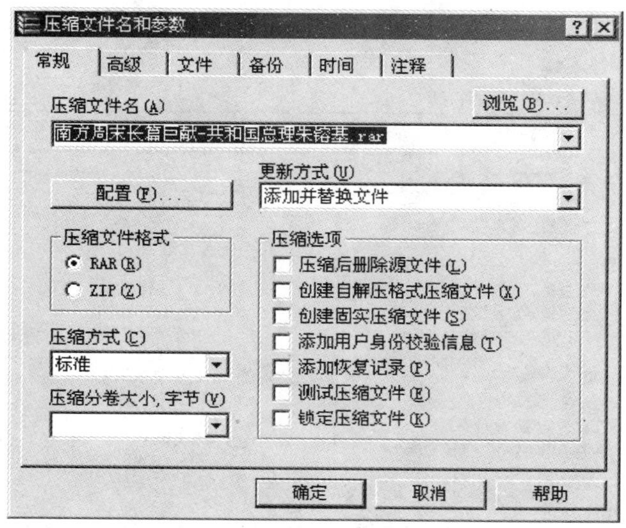

图 7—6

2. 快速解压缩

当右击压缩文件的时候，也会出现菜单栏，如图 7—7 所示。菜单中用圆圈标注的部分就是 WinRAR 在右键中创建的快捷键。

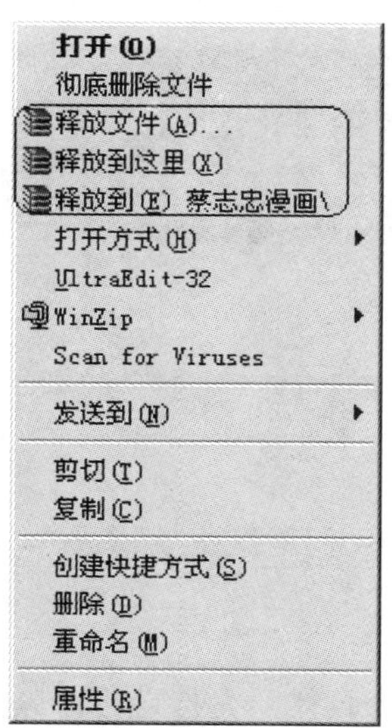

图 7—7

选择“释放文件（A)”后出现“解压路径和选项”对话框，如图 7—8 所示。“目标路径”处选择解压缩后的文件将被安排的路径和名称。如果没有什么问题，单击“确定”按钮就可以解压缩了。

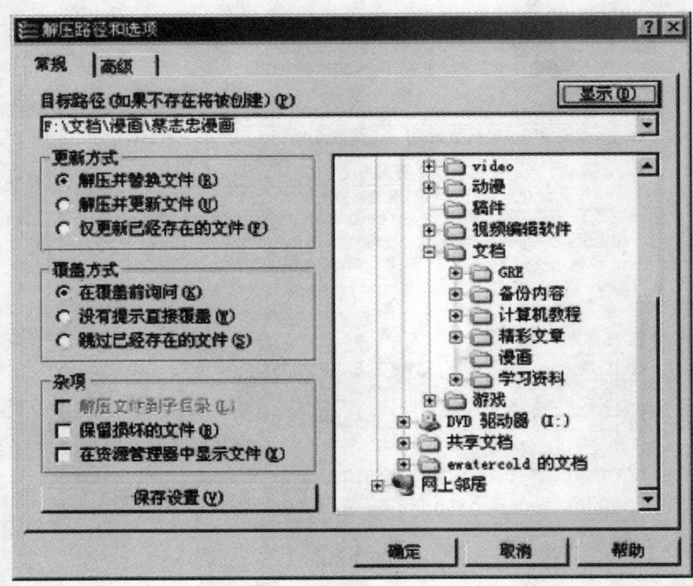

图 7—8

3. 常规压缩及解压缩

常规压缩及解压缩可以通过 WinRAR 的主界面进行，如图 7—9 所示。

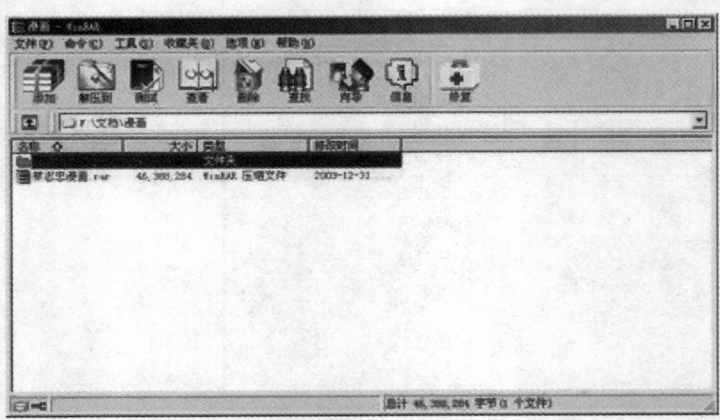

图 7—9

当在下面的窗口中选好一个具体的文件后，可以通过工具栏的按钮进行相应的操作。

“添加”按钮就是我们已经熟悉的压缩按钮，当单击它的时候就会出现前面出现

过的图 7—6 的界面，后面的具体操作相同在此就不多说了。

“查看”按钮的功能是显示文件中的内容代码等。

“删除”按钮的功能十分简单，就是删除选定的文件。

“修复”按钮是允许修复文件的一个功能。修复后的文件 WinRAR 会自动为它起名为 _ reconst. rar，所以只要在“被修复的压缩文件保存的文件夹”处为修复后的文件找好路径就可以了，当然也可以自己命名。

“解压到”按钮是将文件解压缩，单击它后出现的界面就是前面出现过的图 7—7，后面操作步骤相同，不再冗述。

“测试”按钮是允许对选定的文件进行测试，会告诉用户是否有错误等测试结果。

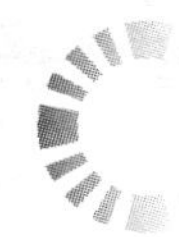

7.2　杀毒软件的安装与使用

病毒是现在网络社会令人头痛的问题，即使操作系统和应用程序应用了所有最新的补丁和更新，仍然容易遭到攻击。任何连接到网络的设备都可能会遭受病毒的攻击，这些攻击会损坏操作系统代码、影响计算机性能、更改应用程序和毁坏数据。

感染病毒后，计算机可能出现的症状有：

（1）计算机工作不正常。

（2）程序自行启动或关闭。

（3）电子邮件程序开始外发大量电子邮件。

（4）CPU 使用率非常高。

（5）有未知或大量进程运行。

（6）计算机速度显著下降或崩溃（见图 7—10）。

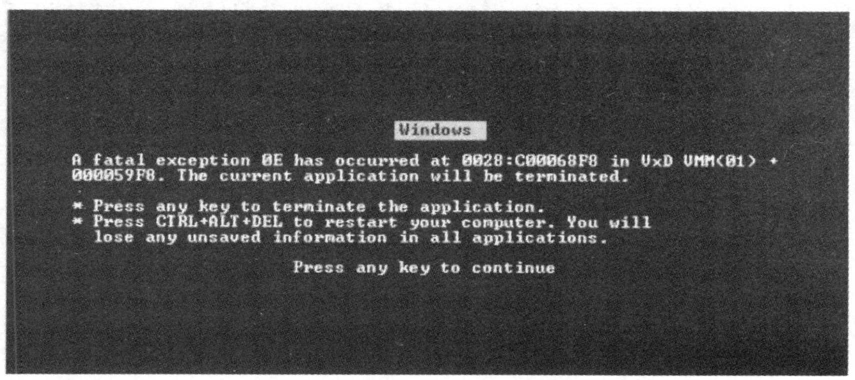

图 7—10

杀毒软件可预防病毒感染，并能检测和删除病毒。连接到网络的所有计算机都应安装杀毒软件。市面上有许多杀毒软件，可根据自己的需求进行选择。

杀毒软件一般具有以下功能：

（1）电子邮件检查。扫描传入和传出的电子邮件，识别可疑的附件。

（2）驻留内容动态扫描。在访问可执行文件和文档时对它们进行检查。

（3）计划扫描。可根据计划按固定的间隔运行病毒扫描以及检查特定的驱动器或整个计算机（见图 7—11）。

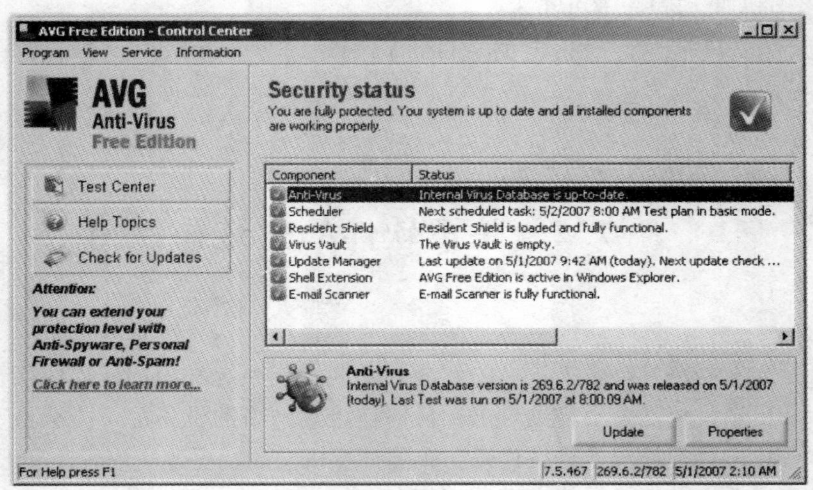

图 7—11

（4）自动更新。检查和下载已知的病毒特征码和样式，并可设为定期检查更新。

杀毒软件需了解病毒的情况才能将病毒删除。因此，在识别病毒后，应该向网络管理员报告情况或任何疑似病毒的行为，这一点非常重要。通常，可根据公司的网络安全策略来提交事件报告。

网上流行的免费杀毒软件很多，但都有一个使用期限的问题，使用期到后就失效了。所以最好使用付费杀毒软件，通过网络或手机定期付费，为计算机系统提供一个安全的保障。

国产杀毒软件有江民、瑞星、金山毒霸等，国外产品有 Avast!、NOD32、Antivir、诺顿等。下面我们以江民杀毒软件 KV2006 为例进行讲解。

7.2.1 KV2006 的安装

江民杀毒软件 KV2006 采用最新 64 位技术编程，基于 AMD、Intel 64 位 CPU 全面优化，运行速度更快，杀毒效率更高。

（1）KV2006 的安装界面，如图 7—12 所示。KV2006 安装界面为清新的蓝色，提示信息美观清晰，安装方便。

图 7—12

(2) 完成安装。像安装其他程序或软件一样，设置一些内容，单击几下“下一步”按钮，即可安装成功。安装完成后可直接设置立即升级以及全程扫描。按需设置，一步到位，如图 7—13 所示。

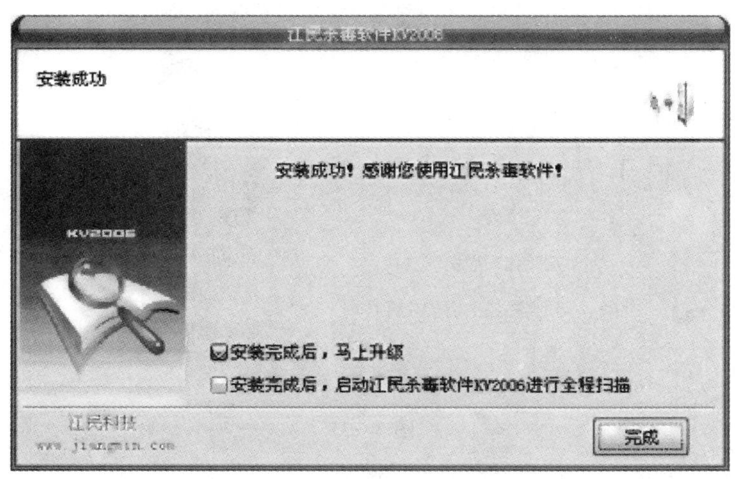

图 7—13

7.2.2　KV2006 的使用

(1) 启动 KV2006 杀毒软件。KV2006 在计算机系统启动时自动加载，界面如图 7—14 所示。

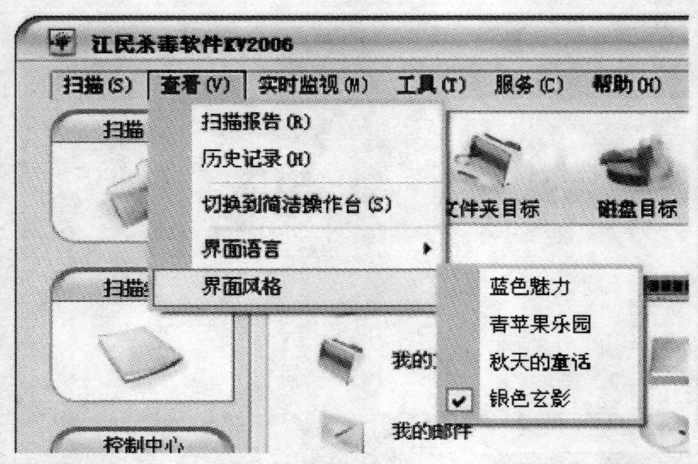

图 7—14

（2）扫描病毒。在扫描时，设置扫描速度为“自动调整”状态，扫描速度自动降速并释放系统资源（见图 7—15）；如果是待机状态则选择全速扫描。扫描速度的选择能够方便用户，不与用户抢资源，不干扰用户对计算机的正常使用。

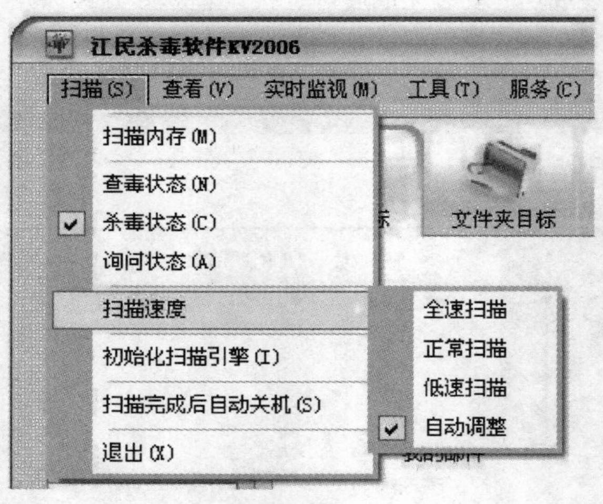

图 7—15

（3）未知病毒检测（见图 7—16）。KV2006 的未知病毒检测工具是非常简单易用的程序检测工具，可以有效查出计算机中的可疑程序，识别、清除新病毒，保护计算机安全。

KV2006 的未知病毒检测综合了病毒的共同特征，基于病毒行为去检测和处理病毒。可检测到绝大部分未知病毒和可疑程序，并提供多种处理和清除办法。

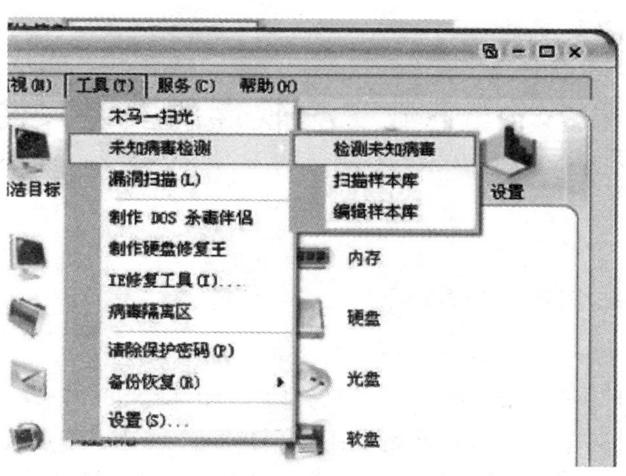

图 7—16

（4）移动设备自动查毒。

现在 U 盘、移动硬盘、MP3 的使用让病毒蔓延，移动设备自动查毒（见图 7—17），对病毒传播起到了很大的抑制作用。

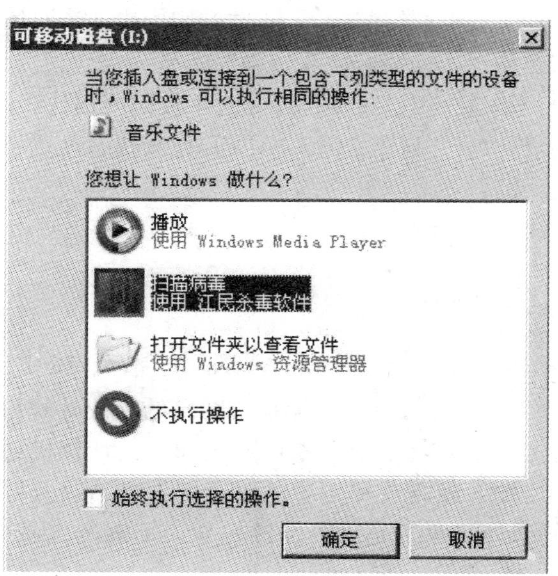

图 7—17

除此之外，KV2006 还有增强漏洞扫描、系统启动前杀毒、垃圾邮件过滤、恶意网址过滤等功能，在这里不再过多讲解。

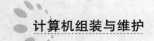

7.3 下载工具软件的安装与使用

7.3.1 下载工具软件的简介

下载工具是一种可以更快地从网上下载资源的软件。

用下载工具下载东西之所以快是因为它们采用特殊的技术，一是“多点连接（分段下载）”技术，它充分利用网络上的多余带宽；二是“断点续传”技术，随时接续上次中止部位继续下载，有效避免了重复劳动，大大节省了用户的连线下载时间。

国内比较知名的下载软件有如下几种：

（1）Netants（网络蚂蚁）——国内老品牌。

（2）Flashget（网际快车）——经典之王，应用广泛。

（3）Net Transport（网络传送带）——首开国内影音流媒体下载之先河。

（4）Thunder（迅雷）——后起之秀，霸气十足。

（5）BitComet —— 这个工具也很不错，对于校园网很快。

（6）Emule（电驴）—— 这个工具对 ADSL 比较快，设置了代理更快。

（7）腾讯超级旋风。

（8）比特精灵（Bit Spirit）。

7.3.2 BitComet 的简介

BitComet 俗称 BT，BT 实际上是 BitTorrent 的缩写。BitTorrent 是一种文份发分协议，即 pnp 下载。pnp 中的两个 p 都是指网民的个人计算机，在网上抽象为一个点；n 是无限的意思。pnp 就是说个人计算机和个人计算机通过网络连接，多对多连接的意思。BT 这种下载方式和传统的单单依靠网站服务器作为下载源的方式不同，它采用的是每个计算机都是服务器的思想，下载的人越多，共享的人越多，下载的速度也越快。

7.3.3 迅雷 5 软件的安装

本书我们以迅雷 5 为例进行讲解。

使用迅雷软件前，可以到迅雷官方网站上去下载，其他网站上也可以下载该软件，如图 7—18 所示。

下载迅雷5
版本：迅雷V 5.0.0.68
文件大小：2.7M
操作系统：Winxp/Win2000/Win98
点击这里高速下载 迅雷 V5.0.0.68
A
1．全新的多资源超线程技术；
2．强大的任务管理功能，多种管理模式；
3．智能磁盘缓存技术，高速下载硬盘保护；
4．智能信息提示，根据操作提供操作建议；
………… 了解更多

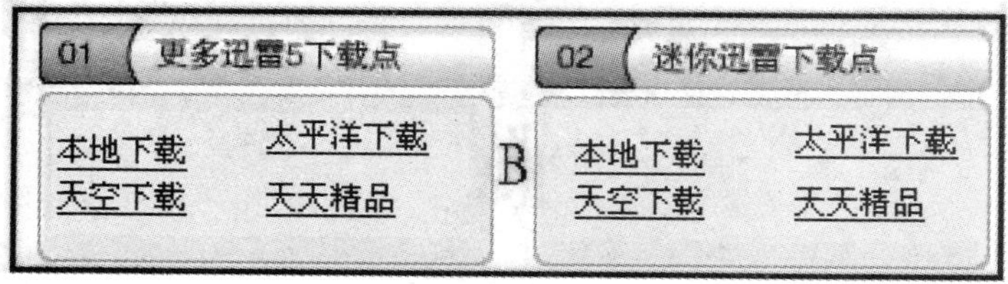

图 7—18

（1）双击迅雷客户端文件，如图 7—19 所示。

图 7—19

（2）在“安全设置警告”对话框中，单击“是”按钮继续，如图 7—20 所示。

（3）进行安装向导，单击“下一步”按钮继续，如图 7—21 所示。

（4）单击“浏览”按钮选择安装文件的目标位置，选择好之后，单击“下一步”按钮继续，如图 7—22 所示。

（5）在“准备安装”对话框中，单击“安装”按钮即可，如图 7—23 所示。

（6）正在安装，如图 7—24 所示。

（7）单击“完成”按钮即可完成安装，如图 7—25 所示。

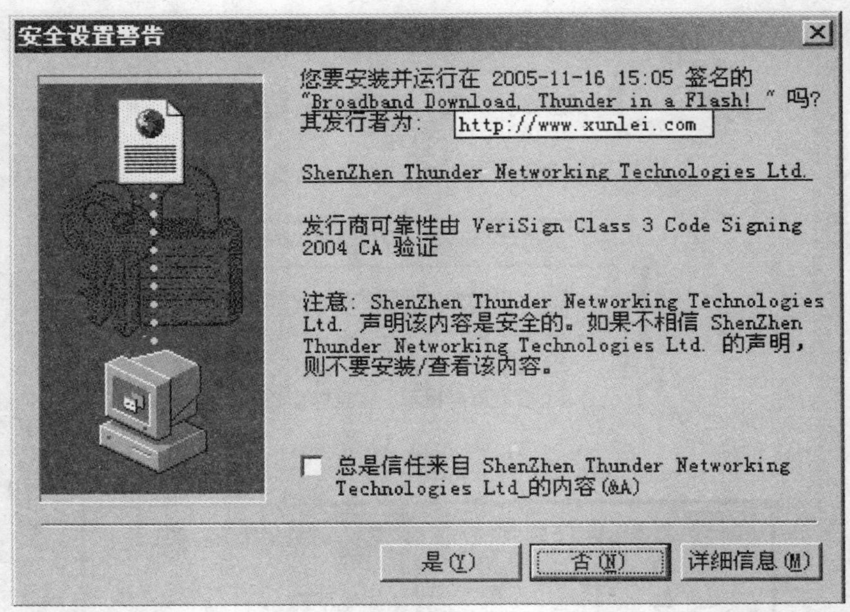
安全设置警告
您要安装并运行在 2005-11-16 15:05 签名的
"Broadband Download, Thunder in a Flash!" 吗?
其发行者为: http://www.xunlei.com
ShenZhen Thunder Networking Technologies Ltd.
发行商可靠性由 VeriSign Class 3 Code Signing 2004 CA 验证
注意: ShenZhen Thunder Networking Technologies Ltd. 声明该内容是安全的。如果不相信 ShenZhen Thunder Networking Technologies Ltd. 的声明，则不要安装/查看该内容。
总是信任来自 ShenZhen Thunder Networking Technologies Ltd 的内容(&A)
是(Y)
否(N)
详细信息(M)

图 7—20

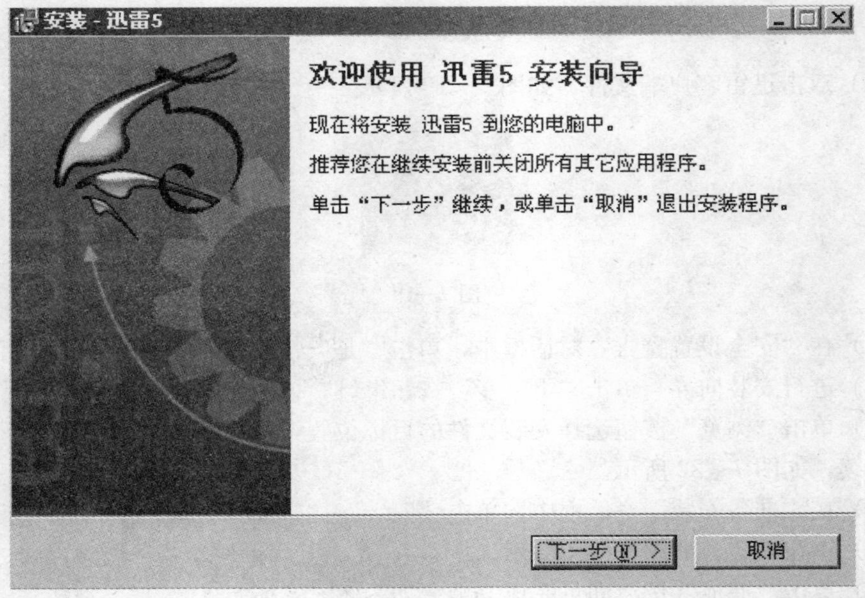
安装 - 迅雷5
欢迎使用 迅雷5 安装向导
现在将安装 迅雷5 到您的电脑中。
推荐您在继续安装前关闭所有其它应用程序。
单击"下一步"继续，或单击"取消"退出安装程序。
下一步(N) >
取消

图 7—21

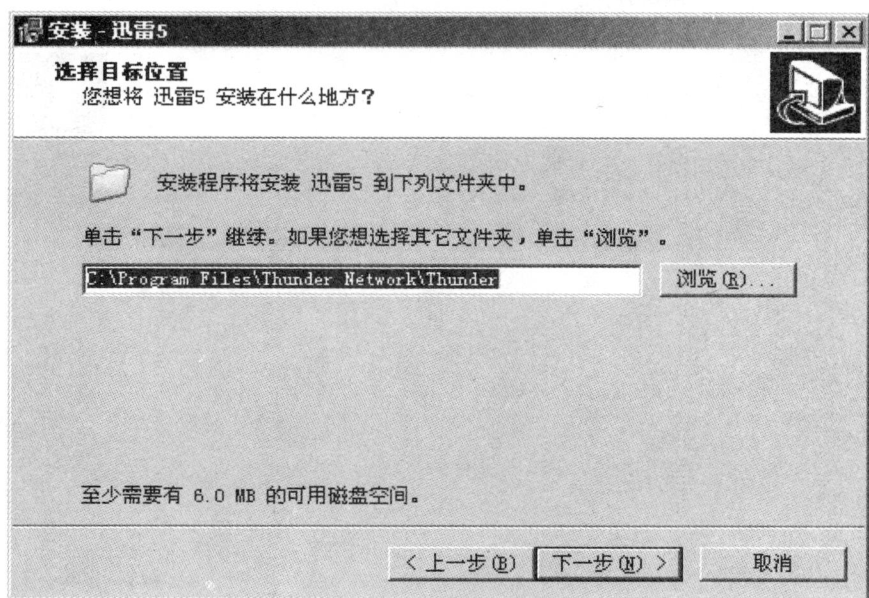
安装 - 迅雷5
选择目标位置
您想将 迅雷5 安装在什么地方？
安装程序将安装 迅雷5 到下列文件夹中。
单击“下一步”继续。如果您想选择其它文件夹，单击“浏览”。
C:\Program Files\Thunder Network\Thunder
浏览(R)...
至少需要有 6.0 MB 的可用磁盘空间。
< 上一步(B)
下一步(N) >
取消

图 7—22

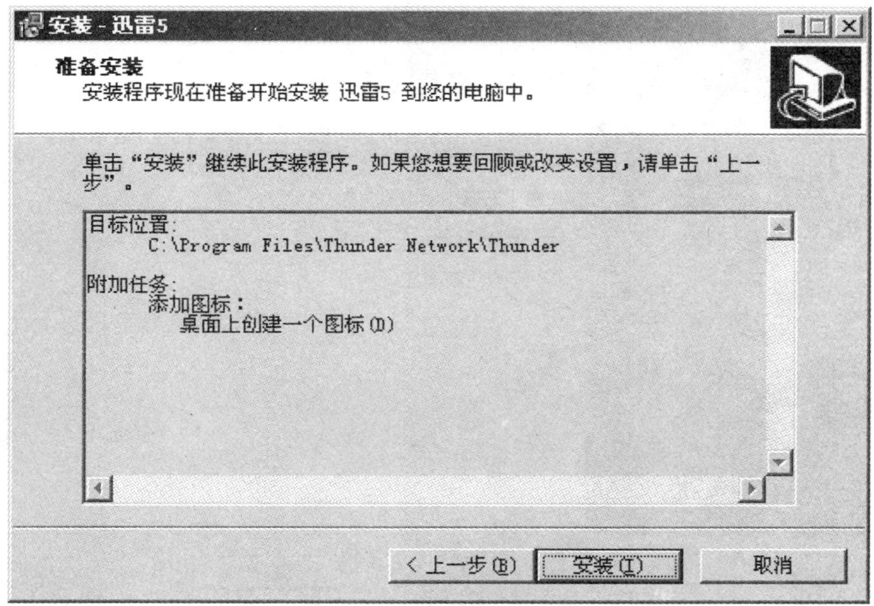
安装 - 迅雷5
准备安装
安装程序现在准备开始安装 迅雷5 到您的电脑中。
单击“安装”继续此安装程序。如果您想要回顾或改变设置，请单击“上一步”。
目标位置:
C:\Program Files\Thunder Network\Thunder
附加任务:
添加图标：
桌面上创建一个图标(D)
< 上一步(B)
安装(I)
取消

图 7—23

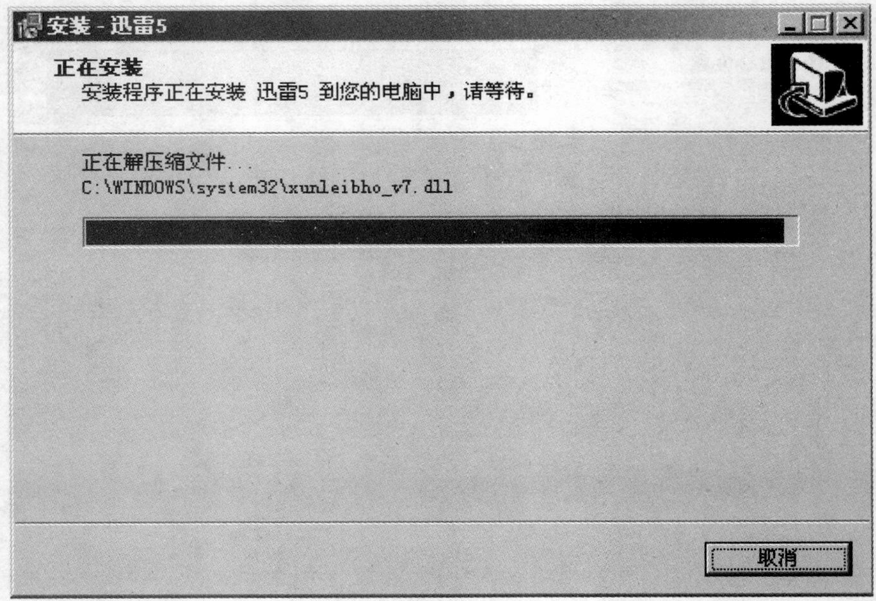
安装 - 迅雷5
正在安装
安装程序正在安装 迅雷5 到您的电脑中，请等待。
正在解压缩文件...
C:\WINDOWS\system32\xunleibho_v7.dll
取消

图 7—24

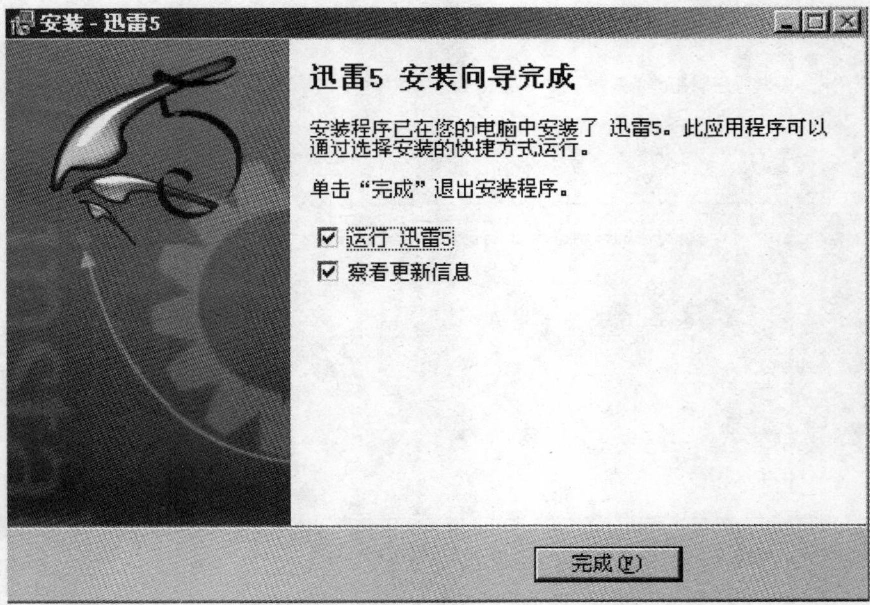
安装 - 迅雷5
迅雷5 安装向导完成
安装程序已在您的电脑中安装了 迅雷5。此应用程序可以通过选择安装的快捷方式运行。
单击“完成”退出安装程序。
运行 迅雷5
察看更新信息
完成(F)

图 7—25

7.3.4　使用“迅雷”下载资料

(1) 找到资源所在的“下载地址”。

用鼠标右击下载地址，在菜单栏中选择“使用迅雷下载”选项，如图 7—26 所示。

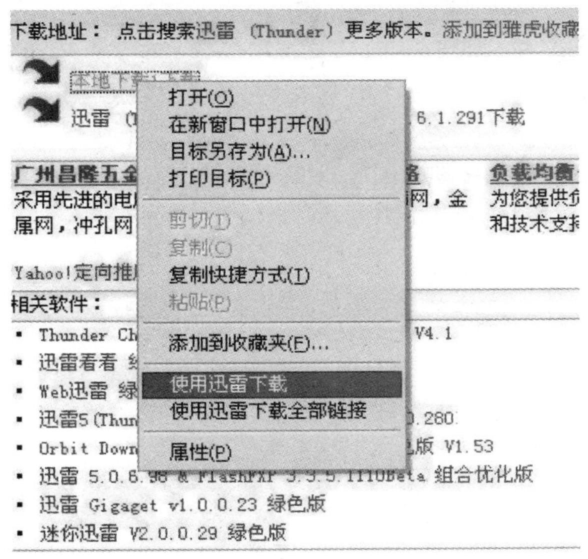

图 7—26

也可以右击“下载地址”在弹出的菜单栏中选择“属性”选项，如图 7—27 所示。然后用鼠标复制地址栏里面的地址，如图 7—28 所示。

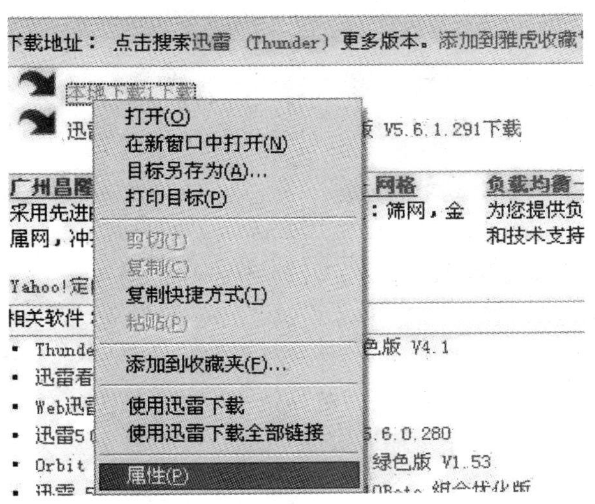

图 7—27

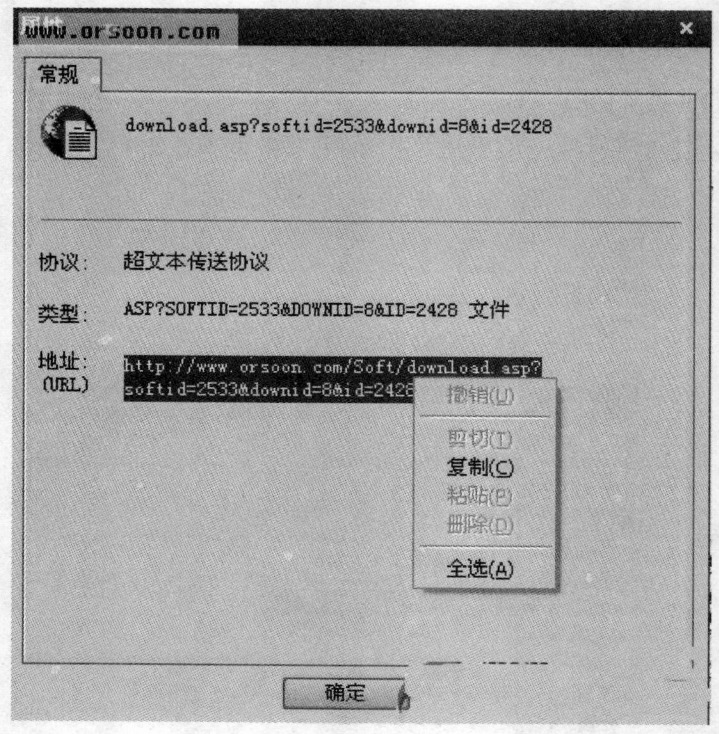

图 7—28

（2）打开“迅雷”软件，按“新建”按钮，就会跳出一个“建立新的下载任务”对话框，把刚才复制的“下载地址”粘贴到“网址（URL)”的框里，如图 7—29 所示。单击“确定”按钮就开始下载了。

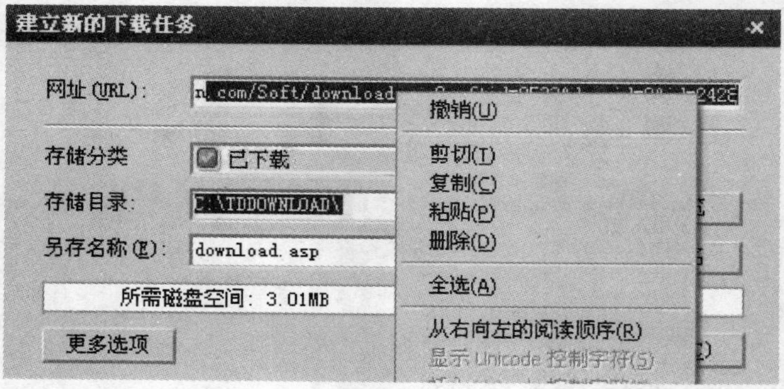

图 7—29

思考与练习

1. 感染病毒后，计算机可能出现的症状有哪些？
2. 杀毒软件具有哪些功能？
3. WinRAR 压缩及解压缩软件的主要特点和功能有哪些？
4. 什么是 BT 下载？
5. 使用 WinRAR 压缩及解压缩软件压缩文件。

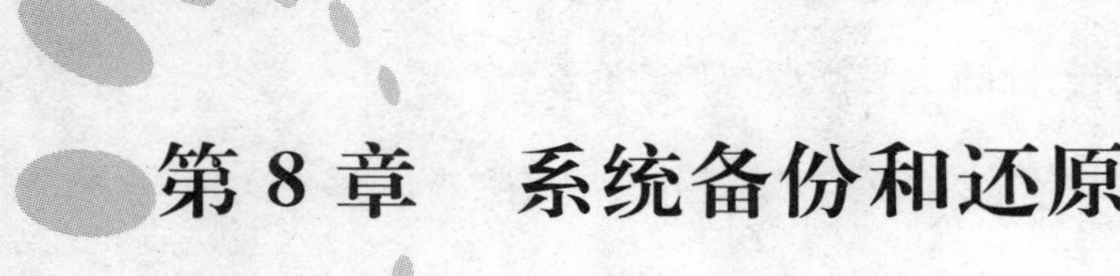

第 8 章　系统备份和还原

在计算机的使用过程中，操作系统可能会由于各种原因而造成损坏，安装操作系统又是一件很麻烦的事情，并且安装完操作系统后还要安装驱动程序和应用软件，工作量很大。使用 Ghost 将操作系统、驱动程序、应用软件等备份，当操作系统损坏时，能够快速恢复就可以解决重新安装的问题。本章主要讲述了如何利用 Ghost 软件对操作系统进行备份和还原。

8.1　Ghost 简介

Ghost 软件是美国赛门铁克公司推出的一款出色的硬盘备份和还原工具，可以实现对硬盘分区或者整块硬盘的备份和还原。Ghost 软件分为两个类型，一类是在 DOS 下面运行的，通常名字为 Ghost 后面带上版本号，比如 Ghost 8.0、Ghost 11.2 等。另一类是在 Windows 环境下运行的，名字通常为 Ghost 32。两者的界面基本一致，可以实现的功能也基本相同，但是 Windows 环境运行下的 Ghost 不能恢复 Windows 操作系统所在的分区，因此在这种情况下需要使用 DOS 环境运行的 Ghost，所以在使用 Ghost 软件备份恢复系统时要尽量用 DOS 环境下运行的 Ghost。下面我们就以 Ghost 11.2 为例来叙述 Ghost 的使用过程。

8.2　Ghost 软件界面介绍

首先要准备一张带有 Ghost 软件的启动盘，用它来启动计算机，然后启动里面的 Ghost 软件。Ghost 软件启动后，会出现如图 8—1 所示的界面。单击“OK”按钮后，就可以看到 Ghost 的主菜单，如图 8—2 所示。

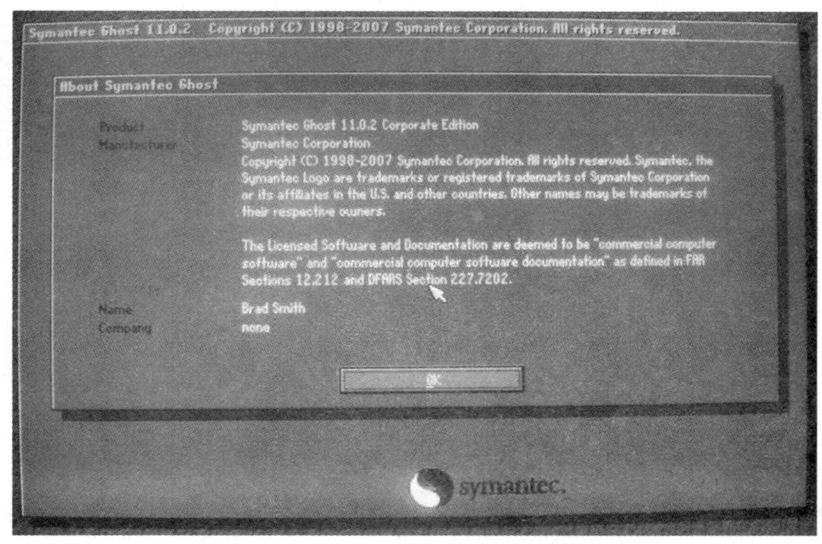

图 8—1

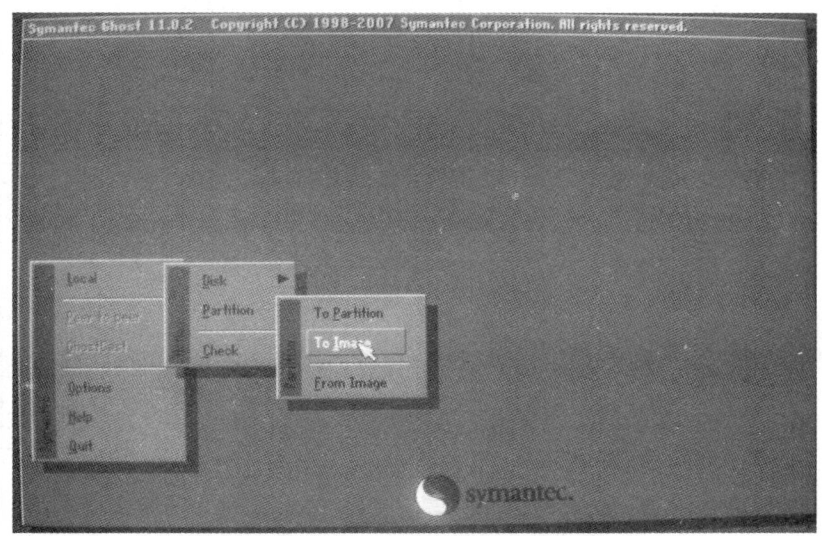

图 8—2

在主菜单中，有以下几项：

Local：本地操作，对本地计算机上的硬盘进行操作。

Peer to peer：通过点对点模式对网络计算机上的硬盘进行操作。

Ghost Cast：通过单播/多播或者广播方式对网络计算机上的硬盘进行操作。

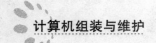

Option：使用 Ghost 时的一些选项。

Help：帮助。

Quit：退出 Ghost。

值得注意的是，当计算机上没有安装网络协议的驱动时，Peer to peer 和 Ghost Cast 选项是不可用的。图 8—2 中这两项为灰色显示，说明该计算机没有安装相应的驱动。在日常维护计算机时通常只用第一项即“Local”这一项。

8.3 使用 Ghost 对分区进行操作

8.3.1 备份系统

在日常维护计算机时，通常都是在安装好操作系统、驱动程序和常用的应用软件后，把系统所在的分区备份成一个镜像文件存放在其他分区，一旦操作系统出现问题，可以用原先备份好的那个镜像文件来还原系统，系统被还原后就恢复到备份前的状况。首先我们先来说一下怎样对系统分区进行备份。

启动 Ghost 之后，选择“Local”→“Partion”→“ To Image” 即可进行分区备份即把相应分区（一般都是系统所在的那个分区）的内容复制到一个镜像文件中。操作步骤如下：

(1) 执行“Local”→“Partion”→“To Image”，如图 8—3 所示。

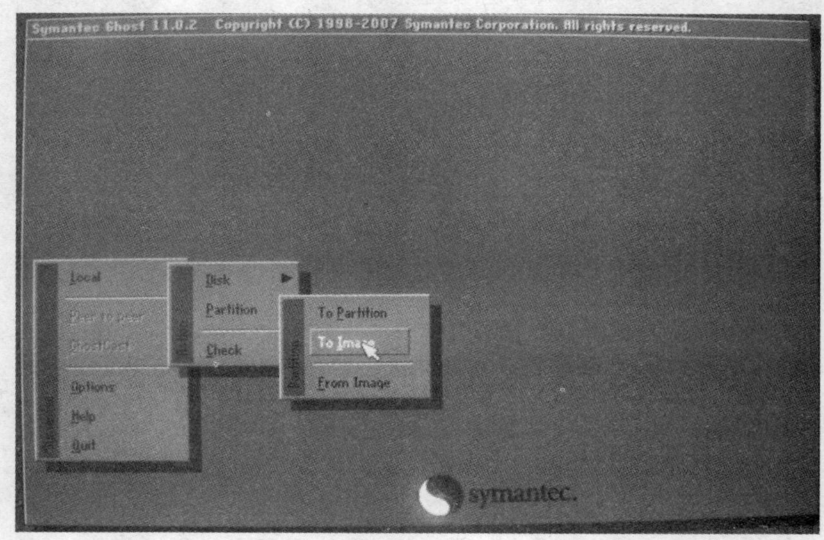

图 8—3

（2）选择要备份的那个分区所在的硬盘，如图 8—4 所示。

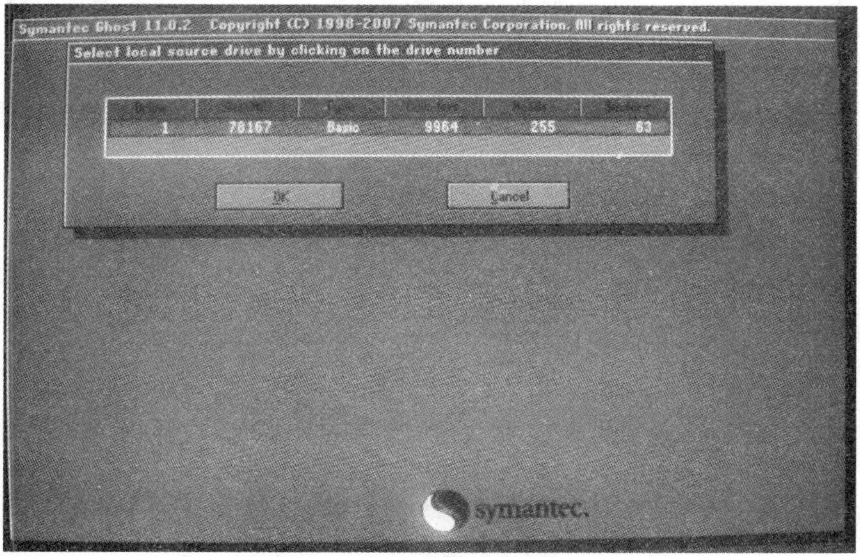

图 8—4

（3）选择要备份的分区，如图 8—5 所示。

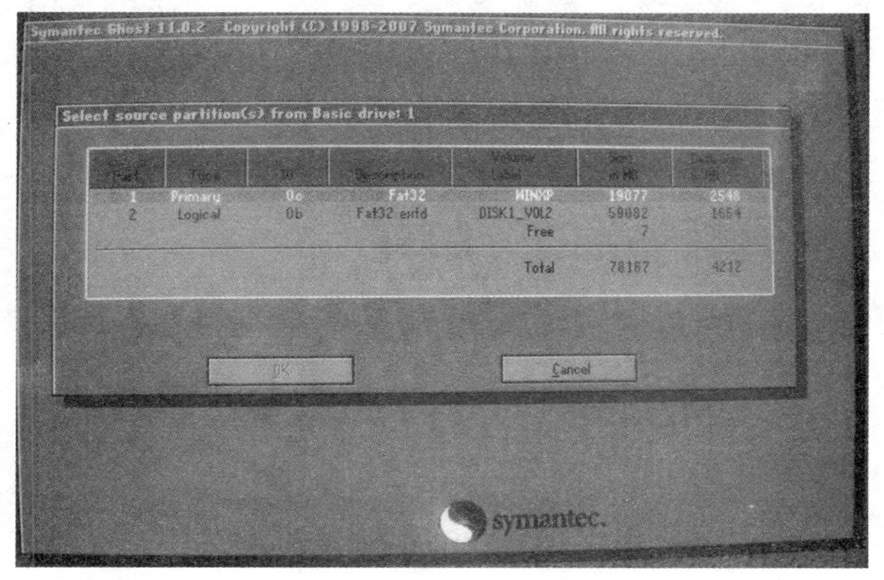

图 8—5

（4）选择镜像文件存放的位置，如图 8—6 所示。

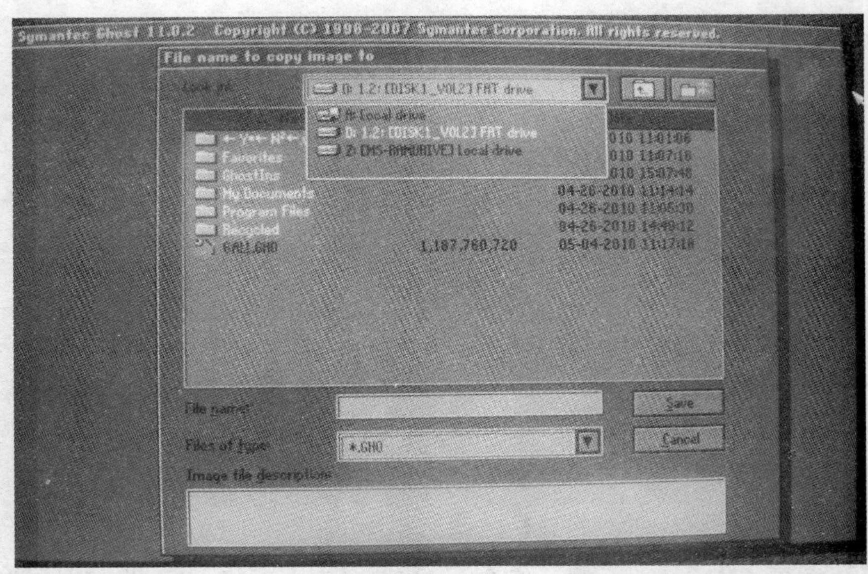

图 8—6

(5) 为镜像文件起个名字，如图 8—7 所示。

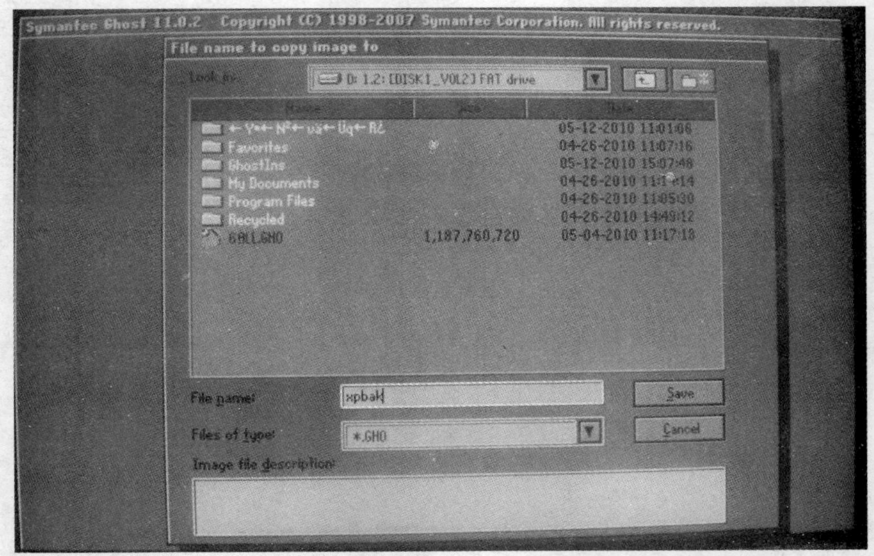

图 8—7

(6) 选择压缩比，如图 8—8 所示。“No” 为不压缩；“Fast” 为低压缩；“High” 为高压缩。注意：压缩比越高，备份出来的镜像文件就越小，但是备份的速度就越慢。这一项通常选择 “Fast”。

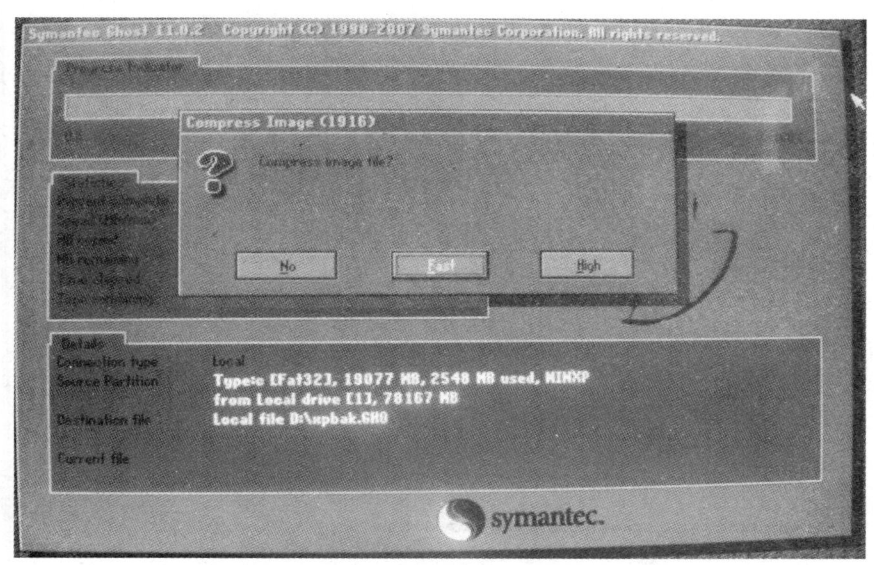

图 8—8

（7）进行备份，如图 8—9 所示。

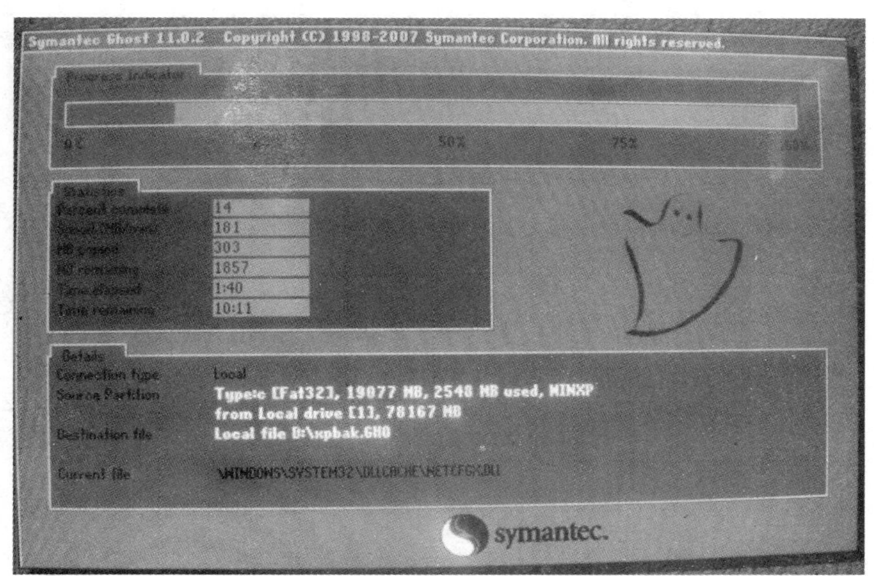

图 8—9

（8）备份完成。如图 8—10 所示，备份完成后，重启计算机或者关机。

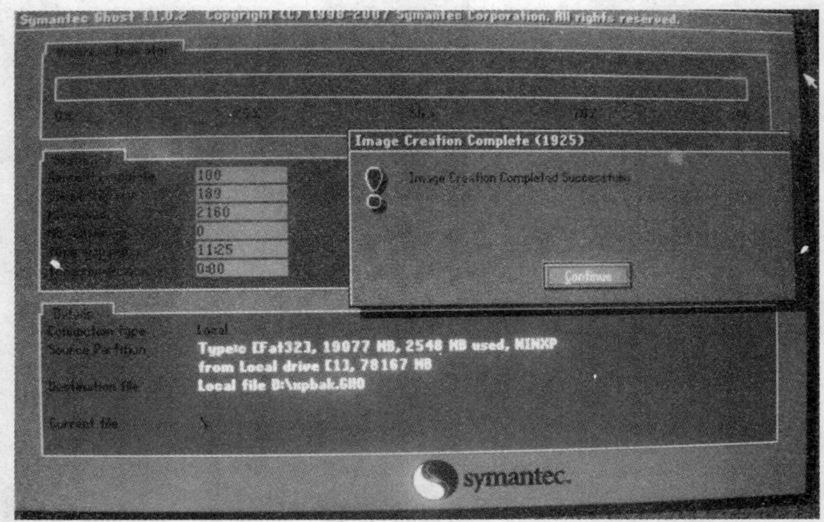

图 8—10

8.3.2 对分区进行还原

当操作系统出现问题时，就可以用原先备份好的那个镜像文件来还原系统，系统被还原后就和备份前的系统一模一样了。还原的步骤如下：

（1）启动 Ghost 软件。

（2）选择“Local”→“Partion”→“From Image”选项，对分区进行恢复，如图 8—11 所示。

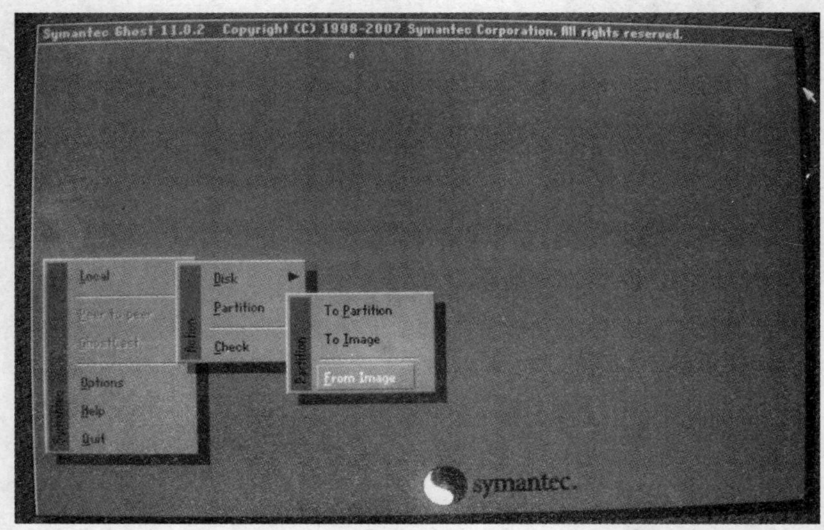

图 8—11

（3）选择要恢复的镜像文件所在位置，如图 8—12 所示。

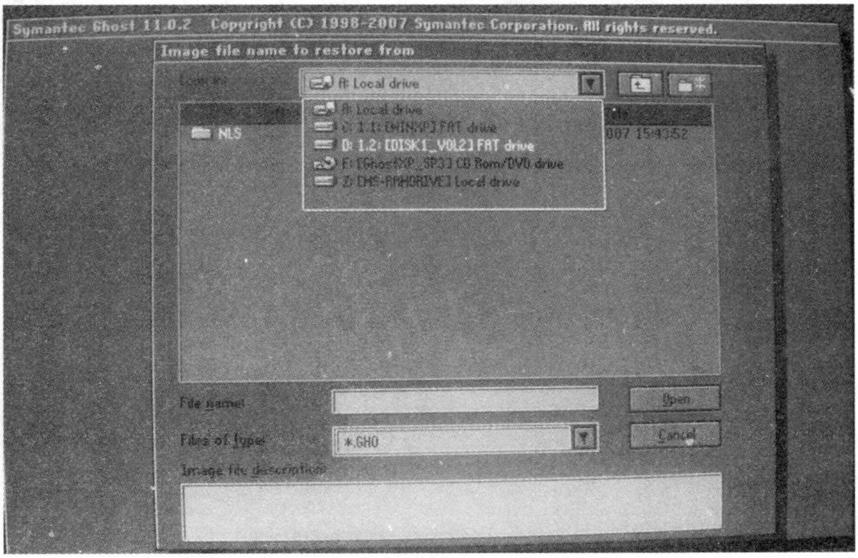

图 8—12

（4）选择镜像文件，如图 8—13 所示。

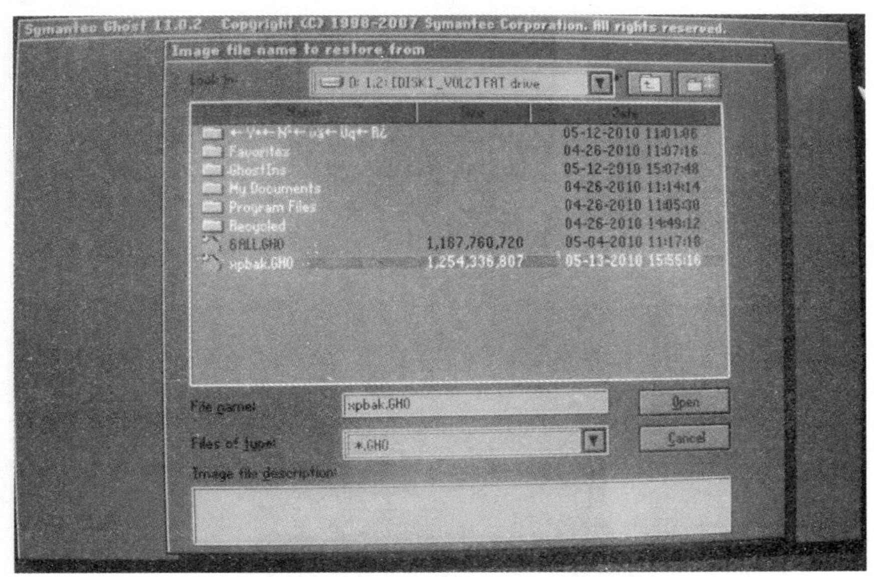

图 8—13

（5）选择要恢复的硬盘，如图 8—14 所示。

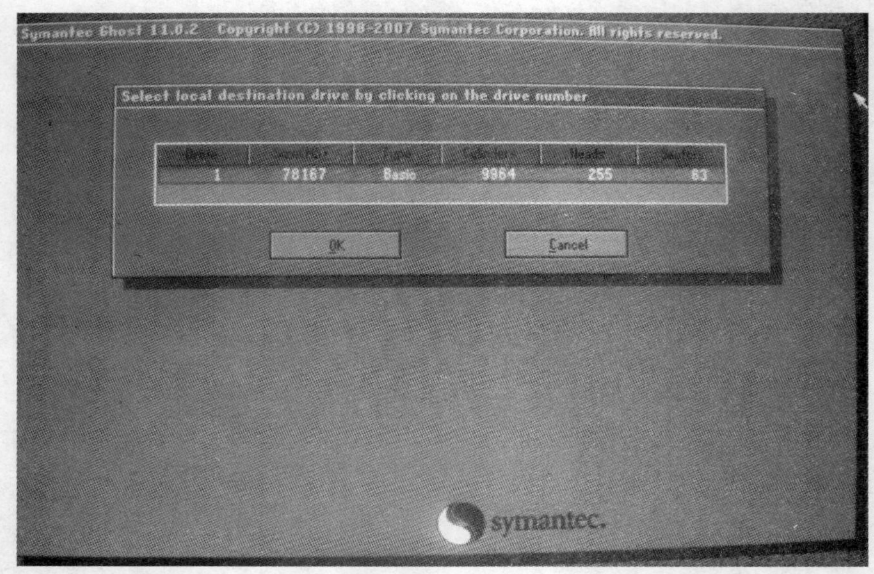

图 8—14

（6）选择要恢复的分区，如图 8—15 所示。

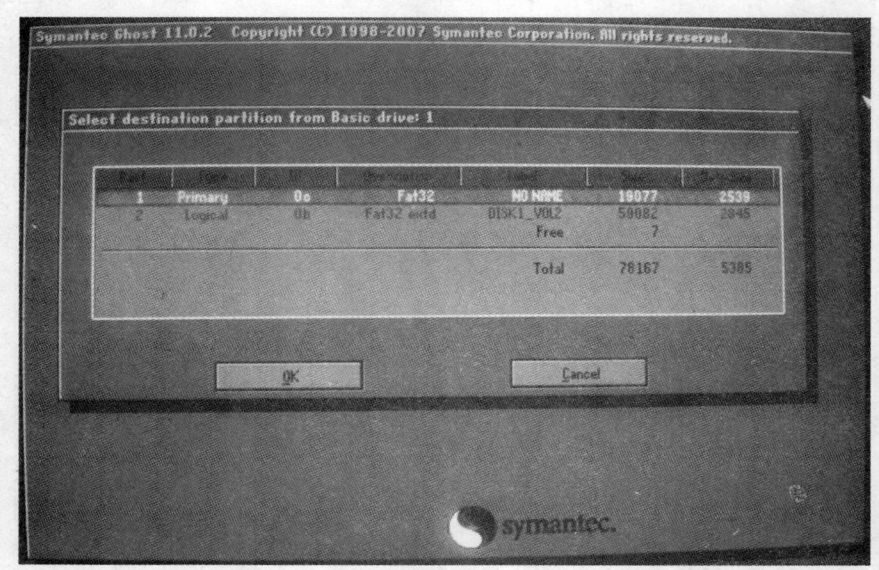

图 8—15 选择要恢复的分区

（7）开始恢复，如图 8—16 所示。

（8）完成恢复。如图 8—17 所示，进度到 100%即完成恢复，这是按“Enter”键选择重新启动计算机，该计算机的操作系统又恢复如初了。

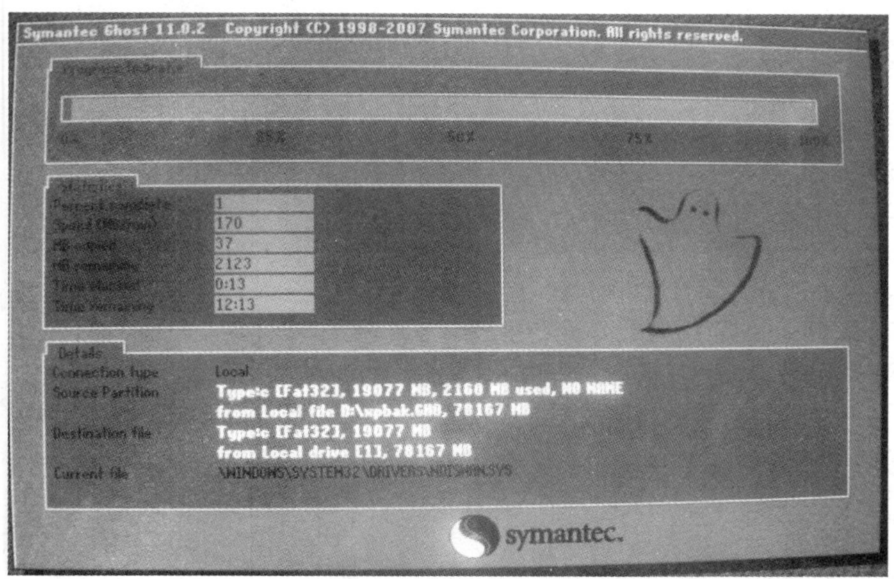
Symantec Ghost 11.0.2 Copyright (C) 1998-2007 Symantec Corporation. All rights reserved.
0%
25%
50%
75%
100%
1
170
37
2123
0:13
12:13
Details
Connection type
Local
Source Partition
Type:c [Fat32], 19077 MB, 2160 MB used, NO NAME
from Local file D:\xpbak.GHO, 78167 MB
Destination file
Type:c [Fat32], 19077 MB
from Local drive [1], 78167 MB
Current file
\WINDOWS\SYSTEM32\DRIVERS\NDISWAN.SYS
symantec.

图 8—16

Symantec Ghost 11.0.2 Copyright (C) 1998-2007 Symantec Corporation. All rights reserved.
0%
25%
50%
75%
100%
100
192
2160
0
11:14
0:00
Clone Complete (1912)
Clone Completed Successfully
Continue
Reset Computer
Connection type
Local
Source Partition
Type:c [Fat32], 19077 MB, 2160 MB used, NO NAME
from Local file D:\xpbak.GHO, 78167 MB
Destination file
Type:c [Fat32], 19077 MB
from Local drive [1], 78167 MB
Current file
symantec.

图 8—17

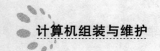

8.4 使用 Ghost 对整盘进行操作

启动 Ghost 之后，选择“Local”→“Disk”对分区进行操作。

Disk To Disk：硬盘到硬盘的直接复制。

Disk To Image：将整块硬盘备份成一个镜像文件。

Disk From Image：从镜像文件还原硬盘内容

Ghost 的 Disk 菜单各项使用与 Partition Magic 大同小异，而且使用也不是很多，在此就不冗述了。

思考与练习

1. 简述 Ghost 软件的主要用途。
2. 简述利用 Ghost 软件备份操作系统的详细过程。
3. 如何利用 Ghost 软件将一块硬盘上的全部数据复制到另外一块硬盘上？

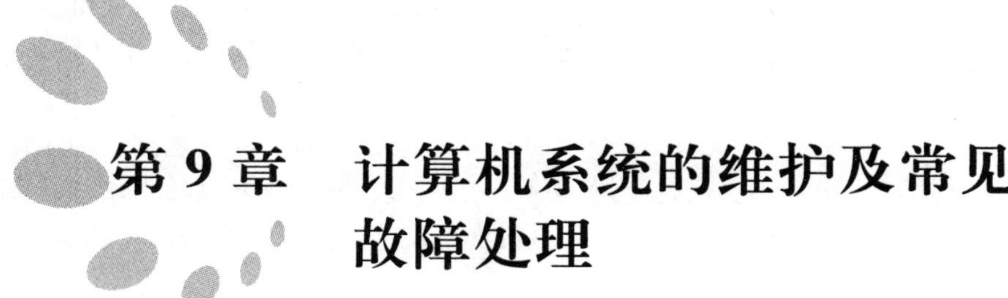

第 9 章　计算机系统的维护及常见故障处理

本章主要介绍计算机系统的维护，计算机系统维修的原则和方法及常见故障的检测和处理。通过本章的学习，读者可以对计算机常见故障的判断和处理有一个全面的了解。

9.1　计算机系统的维护

计算机需要良好的维护和保养，这样不仅可以保证计算机稳定运行，还可以延长计算机各部件的使用寿命，同时降低故障的发生率。

9.1.1　计算机的日常保养

为了让计算机更好地工作，在使用时应当了解以下一些日常保养知识。

1. 理想的工作环境

在计算机使用过程中，环境条件对计算机的正常运行有着很大的影响。环境因素包括温度、湿度、清洁度、锈蚀、电磁干扰和静电等。

（1）理想的温度。

计算机的放置位置应尽可能地远离热源，因为当温度超过 26℃时，内存中丢失数据的可能性就会出现，逻辑运算、算术运算的结果，甚至磁盘上的数据都可能出现错误。一般情况下，机房的温度要控制在：5℃～35℃。

（2）适合的湿度。

30％～80％的相对湿度是合适的。相对湿度过低，容易产生静电，对计算机造成干扰。相对湿度过高，会使计算机内部和插座的焊点的接触电阻增大，容易使计算机的元器件锈蚀。

（3）清洁度。

主机和显示器中的静电会吸附灰尘，灰尘对计算机的损害很大，如造成键盘不能正常地输入，磁盘、光盘上的数据无法读出等。所以，要保持清洁的工作环境。

（4）锈蚀。

各种扩展卡、芯片插座都会因氧化作用而锈蚀，造成接触不良或短路。为了防止空气的氧化作用，我们希望空气越干燥越好，但空气干燥，静电也随之增多，元器件一样容易受到破坏。所以应尽可能让计算机在低温、散热好的环境下工作。

（5）远离电磁干扰。

计算机放置在有较强磁场的环境中，就有可能造成磁盘上数据损失，显示器产生花斑、抖动等一些现象，这些都是由电磁干扰引起的，这种电磁干扰主要有音响设备、电机、电源静电以及较大功率的变压器等产生。因此，应尽量使计算机远离UPS、日光灯、电扇这些干扰源。

（6）静电。

静电干扰会对计算机元器件造成损害，是计算机操作和维修人员必须注意的一个问题。要采取一些防静电的措施，减少静电对计算机的破坏。

2. 硬件清洁

由于静电的作用，计算机内部元器件和外部设备上都会沾上灰尘和其他污垢，容易造成计算机的故障。比如主板找不到内存（开机报警）、显卡无法识别、硬件无法驱动、网卡无法正常运行等。因此，经常保持计算机内部元器件和外部设备的清洁非常重要。

（1）清除灰尘的工具。

清除灰尘需要准备一些小工具，如梅花螺丝刀、橡皮、小毛刷、柔软的棉布或镜头纸、棉花棒、酒精、洗耳球和回形针等。

（2）清除灰尘的方法。

在清洁前一定要关机，切断电源，把主机和外部设备之间的连线拔掉。同时把手放在自来水管或暖气管上，除掉身上带的静电。

1）显示器的清洁。

显示器屏幕上的灰尘要用柔软的棉布（或镜头纸）从屏幕中心向外轻轻擦去。如果显示屏上有污垢，可用棉布蘸上少许的清水擦拭。

显示器机壳上的灰尘，用柔软棉布或小型吸尘器来清除。

显示器上散热孔里的灰尘，可以用柔软的棉布擦去，对于细小的部位可以用棉花棒清除。

显示器内部的灰尘，一定要小心地用洗耳球清除，因为显示器断电后高压包中仍可能有余电。

2）内存、主板的清洁。

内存的清洁，先用细小毛刷刷掉表面的灰尘，然后用橡皮擦轻轻擦除金手指上面的污垢（见图 9—1）。

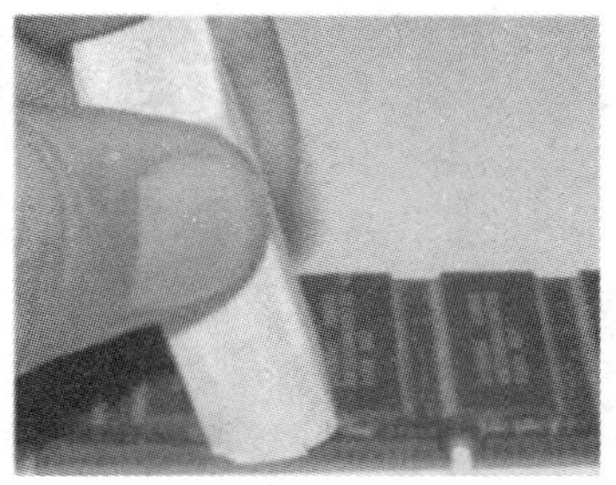

图 9—1

主板的清洁可先使用小毛刷刷一次，再用电吹风吹掉主板上的灰尘，对于 AGP、PCI、内存等插槽，要用洗耳球仔细地清理（见图 9—2）。

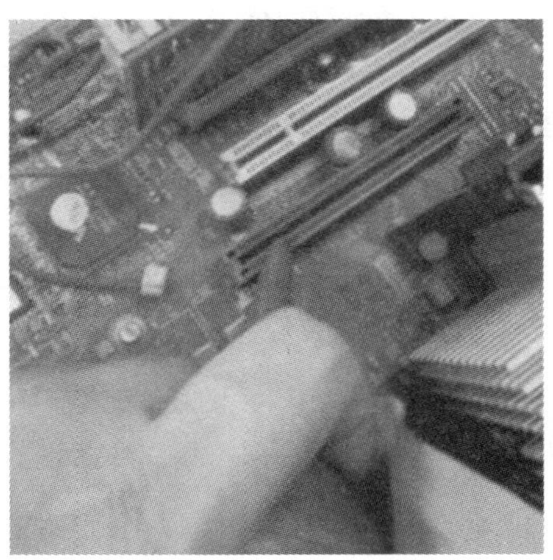

图 9—2

3）键盘的清洁。

键盘的清洁可用洗耳球将键盘各键之间的灰尘吹掉，也可以用干净的棉花棒蘸适量酒精来清洁消毒，不过要等酒精完全蒸发后键盘才能使用。

4）光驱的清洁。

关机后，将回形针拉直，插入光驱前面板上的应急弹出孔内，稍稍用力，把光驱托盘打开。用干净的柔软棉布将所及之处轻轻擦拭干净，注意不要探到光驱里面去，更不要使用什么影碟机上的清洁盘来清洁光驱，这些对光驱的损害极大。

9.1.2　计算机系统的维护

加强计算机系统的日常维护对于保证计算机系统有效地运行、充分发挥功能和效益、减少故障、延长寿命十分重要。

1. 主机的维护

在平时的使用中，要注意以下几个方面：

(1) 计算机系统启动和运行过程中，应随时注意如软盘、硬盘、打印机自检，喇叭发声等是否正常，以便及早发现故障，及早解决。

(2) 开机和关机一定要严格按操作规程进行，不可频繁开、关主机电源。

(3) 对计算机硬件设备定期保养。

(4) 对计算机软件系统定期维护。定期查毒、杀毒，防止病毒的破坏；定期备份硬盘上的一些重要数据信息，以防止信息丢失；定期对硬盘上的文件进行清理，删除不用的文件或目录，减少硬盘上的碎片存储空间。

(5) 长时间不用的计算机，定期通电检测运行，以驱除潮气，保证以后正常运行。

2. 硬盘的维护

硬盘维护的好坏直接关系到上面存储的大量数据的安全，因此要特别注意硬盘的维护。

(1) 合理使用和管理硬盘。

1) 用文件夹把不同的文件归类，对于不用的文件和文件夹应及时删除。

2) 磁盘碎片整理。

定期整理磁盘碎片，具体操作：打开“开始”菜单，选择“程序”→“附件”→“系统工具”→“磁盘碎片整理程序”。

(2) 使用硬盘时要防高温、防潮湿、防磁场、防灰尘、防振动、防静电、防病毒。

3. 板卡的维护

(1) 板卡需要完全正确地插入插槽中固定，以免造成接触不良。有时板卡的接触不良可能是因为插槽内积有过多灰尘引起的，这时需要把板卡拆下来，用小毛刷刷掉插槽内的灰尘，重新安装即可。使用过程中有时也会出现主板上的插槽松动，造成板卡接触不良，这时候可以将板卡更换到其他同类型插槽上，继续使用。

(2) 如果使用时间比较长，板卡的接头会氧化，这时需要将它拆下来，然后用橡皮轻轻擦拭接头部位，将氧化物去除。

4. 散热系统的维护

在计算机系统中，散热系统一般由风扇和散热片组成，使用一段时间以后，就需要及时对散热系统进行清理和维护，这样才能保证良好的散热效果，防止设备由于过热而损坏。

5. 电源的维护

计算机日常使用过程中，电源唯一会发生的问题就是停止供电，如果发生这种情况，首先可以检查开机以后电源风扇是否转动，如果电源风扇不转动，那电源坏的可能性比较大，就需要更换一块电源了。

6. 光驱的维护

（1）保持盘面清洁。

（2）不要在光驱读盘时强行退盘。

（3）不使用光驱时，要把光盘取出。

（4）尽量多使用虚拟光驱。

7. 键盘的维护

正确使用键盘要注意以下几个方面：

（1）在键盘操作中，按键动作要适当，敲击键盘不可用力太大，以防按键的机械部件受损。

（2）当需要拆卸或更换键盘时，必须先关掉主机电源，然后再拔下与主机相连的电缆插头，之后再进行拆卸；更换键盘时要注意电缆插头和接口位置对应。

8. 鼠标的维护

鼠标要在光滑平整和清洁的硬质平面上使用。

9. 显示器的维护

（1）搬动显示器时，首先要关机，然后将电源线和数据线拔掉，以免损坏接口电路的元器件。大部分的显示器问题都是接触不良造成的。如果显示器接触不良，将会导致显示颜色减少或者不能同步。如果是插头的某个引脚弯曲造成的接触不良可能会导致显示器不能显示颜色或者颜色出现偏差，更严重可能导致屏幕上下翻滚。

（2）在 Windows 系统中设置屏幕保护程序。

（3）避免外界磁场的干扰。

（4）在日常使用过程中，适当降低显示亮度。

10. 避免非法操作

不正确的计算机操作方法往往会在瞬间就让计算机瘫痪。比如在没有去掉身上的静电时就去插拔硬件，或是在不切断电源的情况下插拔硬件等，这些都有可能导致硬件的损坏，此外就是在安装硬件时，安装的方法不对，导致硬件直接损坏，CPU 风扇安装不牢固等。

正确操作计算机的方法举例：

（1）切断电源后再拆开机箱，用洗手等办法将身上的静电排掉后才能插拔硬件。

（2）每天关机后应该切断与市电的联系，在雷雨天不要打开计算机。

（3）安装硬件时应严格按照说明书的方法去操作，比如 DDR 内存的安装，应先将内存插槽两端的白色卡子向两边扳开，然后将内存条上的凹槽对准内存插槽里的凸点插入（见图 9—3），用力向下按入内存，直到插槽两边的白色卡子会自动闭合为止。

图 9—3

9.2 计算机维修的原则和方法

9.2.1 计算机维修的原则

1. 从最简单的事情做起

最简单的事情，一方面指观察，另一方面是指简洁的环境。

观察包括：

(1) 计算机周围的电源、连接、其他设备、温度与湿度等。

(2) 计算机所表现的现象与正常情况下的异同。

(3) 计算机内部的灰尘、连接、器件的颜色、配件的形状、指示灯的状态等。

(4) 计算机上安装的硬件资源、操作系统、应用软件、硬件驱动程序版本等。

简洁的环境包括：

(1) 最小系统。最小系统是指从维修判断的角度看能使计算机开机或运行的最基本的硬件和软件环境。

(2) 基本运行的软、硬件和被怀疑有故障的软、硬件。

(3) 在一个简洁的系统中，添加用户的应用（硬件、软件）来进行分析判断。

2. 先想后做

首先是先想好怎样做、从何处入手，再实际动手。其次是对于所观察到的现象，先查阅相关资料，看有无相应的技术要求、使用特点等，然后根据查阅到的资料，结合具体情况，再着手维修。最后是在分析判断的过程中，对于自己不太了解或根本不了解的，一定要先向有经验的人寻求帮助。

3. 先软后硬

在整个维修判断的过程中，要先判断是否为软件故障，当可判断软件环境正常时，再从硬件方面着手检查。

4. 抓主要矛盾

有时可能会看到一台故障机有两个或两个以上的故障现象，此时，应该先判断、维修主要的故障，再维修次要故障，有时可能主要的故障维修好之后，次要故障就不需要维修了。

9.2.2　计算机维修的方法

1. 观察法

认真全面的观察，是维修判断过程中第一步，并且贯穿于整个维修过程中。要观察的内容包括：周围的环境、硬件环境、软件环境、用户操作的过程。

2. 最小系统法

最小系统有两种形式：

(1) 硬件最小系统。由电源、主板和 CPU 组成。在这个系统中只有电源到主板的电源连接。主要通过声音来判断这一核心组成部分是否正常工作。

(2) 软件最小系统。由电源、主板、CPU、内存、显示卡、显示器、键盘和硬盘组成。这个最小系统主要用来判断系统是否能正常启动与运行。

最小系统法是要判断在最基本的软件、硬件环境中，系统是否能正常工作。如果不能正常工作，即可判定最基本的软件、硬件配件有故障。

3. 替换法

替换法是用好的配件去代替可能有故障的配件，以判断故障现象是否消失，来定位故障部位。

4. 逐步添加和去除法

(1) 逐步添加法。以最小系统为基础，每次只向系统添加一个硬件设备或软件，来检查故障现象是否消失或发生变化，以此来判断并定位故障部位。

(2) 逐步去除法，与逐步添加法的操作相反，也可以判断并定位故障部位。

逐步添加和去除法一般要与替换法配合，才能较为准确地定位故障部位。

5. 隔离法

隔离法是将妨碍故障判断的硬件或软件屏蔽起来。软件或硬件屏蔽，对于软件来说，即是停止其运行，或者是卸载；对于硬件来说，是在设备管理器中，禁用、卸载其驱动或干脆将硬件从系统中去除。

6. 比较法

比较法与替换法类似，即用好的配件与怀疑有故障的配件进行外观、配置、运行现象等方面的比较，也可在两台计算机之间进行比较，以判断故障计算机在环境设置、硬件配置方面的不同，从而找出故障部位。

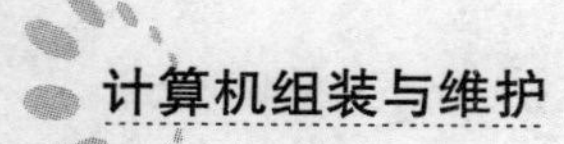

7. 敲打法

敲打法一般用于怀疑计算机中的某配件有接触不良的故障时，通过振动、适当的扭曲，甚至用橡胶锤敲打配件，使故障复现，从而判断故障配件。

9.2.3 计算机维修的步骤及注意事项

1. 计算机维修的步骤

对计算机进行维修，应遵循如下步骤：

(1) 了解情况。了解故障发生前后的情况，看故障与技术标准是否有冲突，进行初步判断。

(2) 判断、维修。对所见的故障现象进行判断、定位，找出产生故障的原因，并进行修复。

(3) 检验。维修后必须进行检验，确认故障现象已解决，且计算机不存在其他可见的故障。

2. 计算机维修的注意事项

(1) 维修判断的过程中，应避免故障范围扩大。

(2) 维修判断的过程中，如有可能影响到所存储的数据，一定要在做好备份后，才可继续进行。

9.3 常见故障的检测和处理

9.3.1 BIOS 类故障

1. 计算机无法正常启动

很多人在遇到计算机无法正常启动时，通常会先从硬件下手，于是拆机替换硬件一个一个排除，忙个不停可最终还是找不到原因。其实 BIOS 也能引起无法开机的故障，其一般表现为：开机时电源的指示灯不亮，并且听不到主机内电源风扇的旋转声和硬盘的自检声，或者按下电源开关时 CPU 风扇只转动一圈就停止了。

故障解决方法：一般而言，出现这类问题，首先检查外部电源、CPU 风扇等是否有问题，如果没问题，请将 CMOS 放电的跳线帽从 1—2 针脚移到 2—3 针脚后再移回，放电方法请参考主板说明书（见图 9—4）。

一般放电后可以解决这类故障，如果还是无法开机，那么可能是 CMOS 电池没电了，请更换一块新的 CMOS 电池。放电或更换电池后，BIOS 设置回到了默认状态，此时需要对 BIOS 进行合理设置。

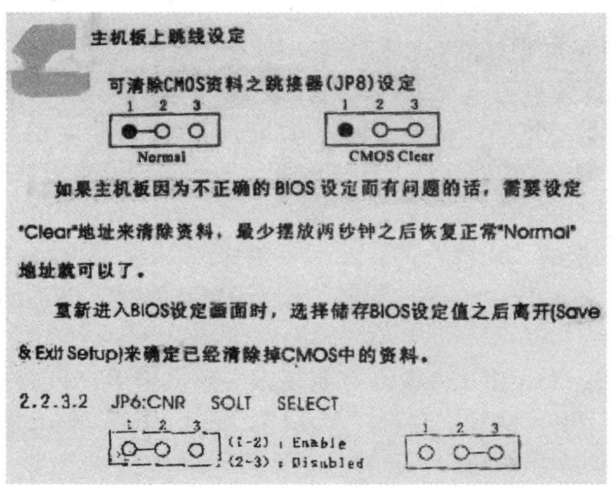
主机板上跳线设定

可清除CMOS资料之跳接器(JP8)设定

1 2 3　　1 2 3

Normal　　CMOS Clear

如果主机板因为不正确的BIOS设定而有问题的话，需要设定"Clear"地址来清除资料，最少摆放两秒钟之后恢复正常"Normal"地址就可以了。

重新进入BIOS设定画面时，选择储存BIOS设定值之后离开(Save & Exit Setup)来确定已经清除掉CMOS中的资料。

2.2.3.2　JP6:CNR　SOLT　SELECT

1 2 3　(1-2) : Enable　(2-3) : Disabled　1 2 3

图 9—4

2. 读懂开机 BIOS 提示出错

有些人觉得 BIOS 提示很难，其实不然。BIOS 虽然是英文的，但它的内容和含义却都是固定的，就像是看菜谱一样，只要知道了菜名，就大致知道这个菜是用什么原料做的了。读懂 BIOS 对解决计算机故障有很大的帮助，因为它是计算机提供给我们解决问题的第一条线索。当开机无法进入系统，屏幕显示始终停留在自检画面，并有英文短句提示时（见图 9—5），根据英文提示即可知道原因和解决方法。

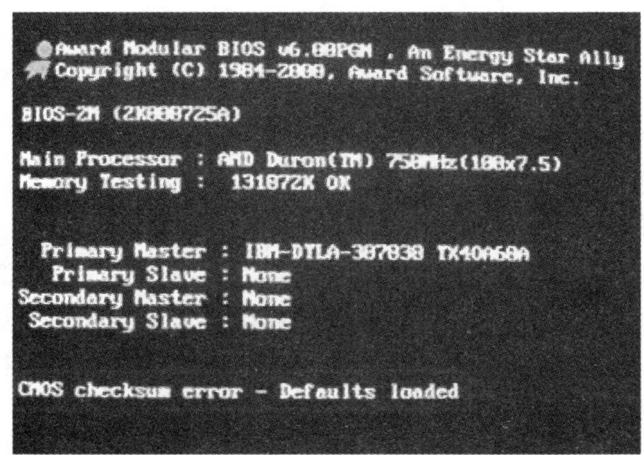

图 9—5

“CMOS battery failed” 说明 CMOS 电池已经快没电了，只要更换新的电池即可。“Hard disk install failure” 说明硬盘的电源线或数据线可能未接好或者硬盘跳线设置不当，导致硬盘安装失败等。关于 BIOS 出错提示的说明，平时可以从杂志或网上搜集这方面的知识，然后积累起来，对日后解决问题有很大的帮助。

3. BIOS 参数设置不当

若 BIOS 的参数不正确，就会导致故障的出现。比如将 DDR 266 内存条在 BIOS 设置中却设为了 DDR 333 的规格，这样硬件会因达不到要求而造成计算机系统不稳定，即便是能在短时间内正常工作，电子元器件也会随着使用时间的增加而逐渐老化，导致计算机频繁的“死机”等。除了手工修改 BIOS 参数容易出错外，其他像安装了设计不规范的程序、给硬件超频、刷新 BIOS 版本、添加新硬件时都会出现类似情况。

故障解决方法：对于手工修改参数或超频导致出错后，只需重新启动计算机并按“Del”键进入 BIOS 设置，选择“Load Default BIOS Setup”选项，将主板的 BIOS 恢复到出厂时默认的初始状态即可（见图 9—6）。

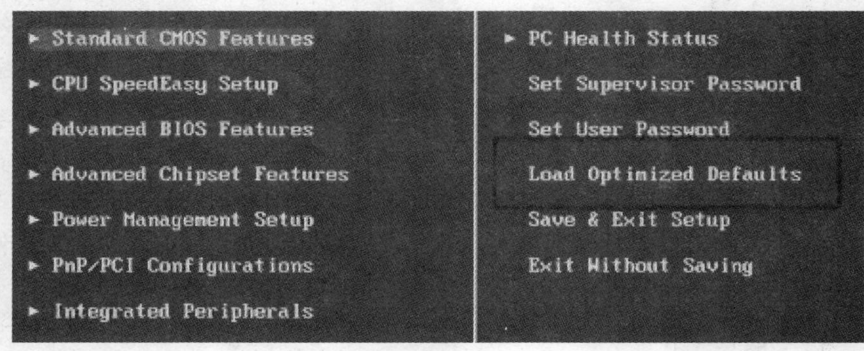

图 9—6

对于因刷新 BIOS 和添加新硬件后导致硬件无法正常使用时，则需要手工设置该硬件合适的 BIOS 参数。

9. 3. 2 接触不良类故障

1. 开机时不显示

计算机开机后，能接通电源，但不进行自检，甚至没有任何文字或声音提示，这是因为计算机没有检测到启动必要的关键设备比如 CPU、内存和显卡等造成的，除了硬件本身损坏外，最大的可能性就是该硬件与主板接触不良。

故障解决方法：在不能确定到底是哪个硬件与主板接触不良时，就需要一个一个试，将各个硬件都重新插拔一次，确定硬件已安装到位。还要重点检查硬件的插脚与主板的插槽是否出现了氧化现象。对于内存、显示卡的金手指清洁前面已经提到了，就不再复述。对于 CPU 还要检查它的针脚（见图 9—7）是否有弯折现象。如果有则试着看能否将它矫正，矫正时不可太用力，否则会导致针脚折断。如果判断是针脚与插槽出现了氧化现象时，可以通过多次插拔 CPU 使针脚与插槽进行摩擦来去除氧化层。

图 9—7

2. 连接线路不正常

硬件与主板的连接线是常被人遗忘的角落，与硬件相比它们更容易导致故障。比如连接线插头在多次插拔后容易出现针脚弯折；内部的金属线也极脆弱，时间久了就容易出现断线、虚接等现象。连接线的故障通常不会以硬件无法使用这种极端形式表现出来，更多的是表现为文件容易丢失、无法读盘、系统性能下降或死机等，而且时好时坏，所以常被人忽视。

故障解决方法：连接线的故障不容易判断，最好的办法就是多备几根备用线，用替换的方法进行检查，既快又准。当然，最好选购品质比较好的连接线，比如 IDE 数据线、主机电源线等（见图 9—8）。

图 9—8

3. 主板变形导致故障连锁反应

主板就像是一张床，如果它变得凹凸不平，那躺在上面的硬件们自然也就不舒服，引起接触不良，导致各种故障随之而来。主板变形虽不常见，但由它引起的故障却很复杂，迷惑性很大，常常让人一时无法判断出问题到底出在哪里，而且后果有时非常严重，会直接损坏硬件。引起主板变形的原因多种多样，比如安装主板时，在拧螺钉的时候用力不均匀，一边紧一边松；或是安装主板时疏忽，让螺钉等硬物跑到了主板下面，致使主板鼓起；或是主板质量不好，高温或者长时间使用导致主板变形等。

故障解决方法：如果计算机出了故障，一时间又检查不出到底是哪个硬件出现故障时，就要考虑是否是主板变形所致。先将主板从机箱中取出，平放到桌面上，再插上各个硬件进行开机测试，如果能正常启动则说明是主板变形导致故障产生。

目前对主板变形还没有什么好的解决方法，通常都是让其放置在平面上几天，看能否自动恢复，或是使用加重物的方法强行矫正，但具有一定的危险性，应谨慎对待。要防止主板变形，除了要避免以上的错误操作外，特别在安装主板时，要将它放稳后，再固定主板螺钉（见图 9—9）。有些主板背面安装了专用的“主板防变形托架”，这样可以减缓散热器对主板的挤压，也能在一定程度上防止它变形。

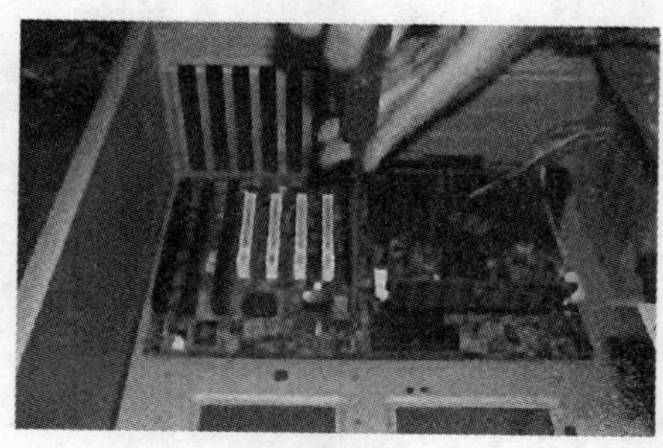

图 9—9

9.3.3 磁盘类故障

磁盘类故障表现两个方面：一是硬盘、光驱、软驱及其介质引起的故障；一是对硬盘、光驱、软驱访问的配件（如主板、内存等）引起的故障。鉴于计算机目前很少配置软盘驱动器，其故障不再冗述。

1. 磁盘可能出现的故障

(1) 硬盘驱动器。

1) 硬盘有异常声响，噪声较大。

2) BIOS 中不能正确地识别硬盘，硬盘指示灯常亮或不亮，硬盘干扰其他驱动器的工作。

3) 不能分区或格式化，硬盘容量不正确，硬盘有坏道，数据丢失。

4) 逻辑驱动器盘符丢失或被更改，访问硬盘时报错。

5) 硬盘数据的保护故障。

(2) 光盘驱动器。

1) 光驱噪声较大，光驱划盘，光驱托盘不能弹出或关闭，光驱读盘能力差。

2）光驱盘符丢失或被更改，系统检测不到光驱。

3）访问光驱时死机或报错。

2. 可能涉及的配件

硬盘、光驱及其设置、主板上的磁盘接口、电源、信号线。

3. 维修前的准备

磁盘数据线、相应的磁盘检测软件、查毒软件。

4. 环境检查（对光驱环境的检查与硬盘相同）

（1）检查硬盘连接。

1）硬盘上的 ID 跳线是否正确，它应与连接在线缆上的位置匹配。

2）连接硬盘的数据线是否接错或接反。

3）硬盘连接线是否有破损或硬折痕。

4）硬盘连接线类型是否与硬盘的技术规格要求相符。

5）硬盘电源是否已正确连接，不应有过松或插不到位的现象。

（2）检查硬盘外观。

1）硬盘电路板上的元器件是否有变形、变色及断裂缺损等现象。

2）硬盘电源插座之接针是否有虚焊或脱焊现象。

3）加电后，硬盘自检时指示灯是否不亮或常亮；工作时指示灯是否能正常闪亮，硬盘驱动器的运转声音是否正常，不应有异常的声响及过大的噪声。

（3）检查供电电压是否在允许范围内。

5. 故障判断要点

（1）硬盘驱动器。

1）在软件最小系统下进行检查，并判断故障现象是否消失。

2）参数与设置检查。硬盘能否被系统正确识别，识别到的硬盘参数是否正确；BIOS 中对 IDE 通道的传输模式设置是否正确（最好设为自动）。

3）硬盘逻辑结构检查。检查磁盘上的分区是否正常、分区是否激活、是否格式化、系统文件是否存在或完整。

4）硬盘性能检查。当加电后，如果硬盘声音异常、根本不工作或工作不正常时，应检查一下电源是否有问题、数据线是否有故障、BIOS 设置是否正确等，然后再考虑硬盘本身是否有故障。

（2）光盘驱动器。

1）光驱的检查。应用光驱替换软件最小系统中的硬盘进行检查判断。并且在必要时，移出机箱外检查。检查时，用一可启动的光盘来启动，以初步检查光驱的故障。如不能正常读取，则在软件最小系统中检查。

2）光驱性能检查。

①对于读盘能力差的故障，先考虑防病毒软件的影响，然后用随机光盘进行检测，如故障复现，更换维修。

②在操作系统下的应用软件能否支持当前所用光驱的技术规格。

③设备管理器中的设置是否正确，IDE 通道的设置是否正确。

9.3.4 显示类故障

显示类故障包括由于显示设备所引起的故障或由于其他设备不良所引起的在显示方面不正常的现象。

1. 可能出现的故障

(1) 显示器有时或经常不能加电。

(2) 显示偏色、抖动或滚动、显示发虚、花屏等。

(3) 在某种应用或配置下花屏、发暗（甚至黑屏）、重影、死机等。

(4) 屏幕参数不能设置或修改。

(5) 亮度或对比度不可调或可调范围小、屏幕大小或位置不能调节或范围较小。

(6) 休眠唤醒后显示异常。

(7) 显示器有异味或声音。

2. 可能涉及的配件

显示器、显卡、主板、内存、电源及相关配件。特别要注意计算机周边其他设备及电磁对计算机的干扰。

3. 维修前的准备

相应显卡的最新版驱动程序。

4. 环境检查

(1) 市电电压是否稳定。

(2) 连接检查。

1) 显示器与主机的连接是否牢固、正确。

2) 电缆接头的针脚是否有变形、折断等现象，显示电缆的质量是否完好。

3) 显示器是否正确连接上市电。

(3) 周边及主机环境检查。

1) 检查环境温度、湿度是否在正常范围内。

2) 显示器加电后是否有异味、冒烟或异常声响（如爆裂声等）。

3) 显卡上的元器件是否有变形、变色，或温升过快的现象。

4) 显卡是否插好，可以通过重插、用橡皮或酒精擦拭显卡（包括其他板卡）的金手指部分来检查。

5) 周围环境中是否有电磁干扰物存在。

6) 对于偏色、抖动等故障现象，可通过改变显示器的方向和位置，检查故障现象能否消失。

5. 故障判断要点

(1) 调整显示器。显示器各按钮可否调整，调整范围是否偏移显示器的规格要求。

(2) BIOS 配置调整。

1) BOIS 的设置是否与当前使用的显卡类型或显示器连接的位置匹配。

2) 对于不支持自动分配显示内存的集成显卡，需检查 BIOS 中显示内存的大小是否符合应用的需要。

以下的检查应在软件最小系统下进行：

(3) 检查显示器、显卡的驱动。

1) 显示器、显卡的驱动程序是否与显示设备匹配、版本是否恰当。

2) 是否加载了合适的 Direct X 驱动（包括主板驱动）。

(4) 显示属性、资源的检查。

1) 在设备管理器中检查是否有其他设备与显卡有资源冲突的情况。

2) 显示属性的设置是否恰当，不正确的监视器类型、刷新速率、分辨率和颜色深度等，会引起重影、模糊、花屏、抖动，甚至黑屏的现象。

(5) 操作系统配置与应用检查。

1) 显卡的技术规格或显示驱动的功能是否支持应用的需要。

2) 是否存在其他软件、硬件冲突。

(6) 硬件检查。

1) 当显示调整正常后，应逐个添加其他配件，以检查是何配件引起显示不正常。

2) 通过更换不同型号的显卡或显示器，检查是否存在它们之间的匹配问题。

3) 通过更换相应的硬件检查是否由于硬件故障引起显示不正常（建议的更换顺序为：显卡→内存→主板）。

9.3.5 端口与外设故障

端口与外设故障主要涉及串、并口，USB 端口，键盘，鼠标等设备的故障。

1. 可能的故障现象

(1) 键盘工作不正常，功能键不起作用。

(2) 鼠标工作不正常。

(3) 不能打印或在某种操作系统下不能打印。

(4) 串口通信错误（如传输数据报错、丢数据、串口设备识别不到等）。

(5) 使用 USB 设备不正常。

2. 可能涉及的配件

装有相应端口的配件（如主板）、电源、连接电缆、BIOS 中的设置。

3. 维修前的准备

(1) 准备相应端口的短路环测试工具。

(2) 准备测试程序 QA、AMI。

(3) 准备相应的并口线、打印机线、串口线、USB线。

4. 环境检查

(1) 连接及外观检查。

1) 设备数据电缆接口是否与主机连接良好、针脚是否有弯曲、缺失、短接等现象。

2) 对于一些品牌的USB硬盘，应向用户说明最好使用外接电源以使其更好的工作。

3) 连接端口及相关控制电路是否有变形、变色现象；连接用的电缆是否与所要连接的设备匹配。

(2) 外设检查。

1) 检查外接设备是否可加电（包括自带电源和从主机信号端口取电）。

2) 如果外接设备有自检等功能，可先行检验其是否为完好；也可将外接设备接至其他器检测。

5. 故障判断要点

(1) 尽可能简化系统，无关的外设先去掉。

(2) 端口设置检查（BIOS和操作系统两方面）。

1) 检查主板BIOS设置是否正确，端口是否打开，工作模式是否正确。

2) 检查系统中相应端口是否有资源冲突。

3) 对于串、并口等端口，须使用相应端口的专用短路环，配以相应的检测程序（推荐使用AMI）进行检查。如果检测出有错误，则应更换相应的硬件。

4) 检查在一些应用软件中是否有不当的设置，导致一些外设在此应用下工作不正常。

5) 检查设备软件设置是否与实际使用的端口相对应。

6) USB设备、驱动、应用软件的安装顺序要严格按照使用说明操作。

9.3.6 音视频类故障

音视频类故障指与多媒体播放、制作有关的软件、硬件故障。

1. 可能的故障现象

(1) 播放CD、VCD或DVD等报错、死机。

(2) 播放多媒体软件时，有图像无声或无图像有声音。

(3) 播放声音时有杂音，声音异常、无声。

(4) 声音过小或过大，且不能调节。

(5) 不能录音，播放的录音杂音很大或声音较小。

(6) 设备安装异常。

2. 可能涉及的配件

音视频板卡或设备、主板、内存、光驱、磁盘介质、机箱等。

3. 维修前的准备

(1) 最新的设备驱动、补丁程序、主板 BIOS、最新的 DirectX，标准格式的音频文件（CD、WAV 文件）、视频文件（VCD、DVD）。

(2) 熟悉多媒体应用软件的各项设置。

(3) 了解出现故障前是否安装过新硬件、软件，重装过系统。

4. 环境检查

(1) 市电的电压是否稳定在允许的范围内。

(2) 检查设备电源、数据线连接是否正确，插头是否完全插好，如音箱、视频盒的音/视频连线等；开关是否开启；音箱的音量是否调整到适当大小。

(3) 检查周围使用环境，有无如空调、背投、大屏幕彩电、冰箱等大功率电器。

(4) 检查主板 BIOS 设置是否被调整，应先将设置恢复出厂状态。

5. 故障判断要点

(1) 对声音类故障（无声、噪声、单声道等），首先确认音箱是否有故障，方法是：可以将音箱连接到其他音源（如录音机、随身听）上检测，声音输出是否正常，此时可以判定音箱是否有故障。

(2) 检查是否由于未安装相应的插件或补丁，造成多媒体功能工作不正常。

(3) 对多媒体播放、制作类故障，如果故障是在不同的播放器下、播放不同的多媒体文件均复现，则应检查相关的系统设置（如声音设置、光驱属性设置、声卡驱动及设置）及硬件是否有故障。

(4) 如果是在特定的播放器下才有故障，在其他播放器下正常，应从有问题的播放器软件着手，检查软件设置是否正确，是否能支持被播放文件的格式。可以重新安装或升级软件后，看故障是否排除。

(5) 如果故障是在重装系统、更换板卡、用系统恢复盘恢复系统或使用一键恢复等情况下出现，应首先从板卡驱动安装入手检查，如驱动是否与相应设备匹配等。

(6) 对于视频输入、输出相关的故障应首先检查视频应用软件采用信号制式设定是否正确，即应该与信号源（如有线电视信号）、信号终端（电视等）采用相同的制式（中国地区普遍为 PAL 制式）。

(7) 进行视频导入时，应注意视频导入软件和声卡的音频输入设置是否相符，如：软件中音频输入为 MIC，则音频线接声卡的 MIC 口，且声卡的音频输入设置为 MIC。

(8) 当仅从光驱读取多媒体文件时出现故障，如：播放 DVD/VCD 速度慢、不连贯等，先检查光驱的传输模式，应设为 DMA 方式。

(9) 软件检查。

1) 检查有无第三方的软件，干扰系统的音视频功能的正常使用。另外，杀毒软件会引起播放 DVD/VCD 速度慢、不连贯。

2) 检查系统中是否有病毒。

3）声音/音频属性设置：音量的设定，是否使用数字音频等。

4）视频设置：视频属性中分辨率和色彩深度。

5）检查 DirectX 的版本，安装最新的 DirectX。

6）设备驱动检查：在 Windows 系统的设备管理中，检查多媒体相关的设备（显卡、声卡、视频卡等）是否正常，即不应存在“?”或“!”等标识，设备驱动文件应完整。必要时，可通过卸载驱动再重新安装或进行驱动升级。重装驱动仍不能排除故障，应考虑是否有更新的驱动版本，进行驱动升级或安装补丁程序。

（10）硬件检查。

1）用内存检测程序检测内存部分是否有故障。

2）采用替换法检查与故障直接关联的板卡、设备。

3）声音类的问题：声卡、音箱、主板上的音频接口跳线。

4）显示类问题：显卡。

5）视频输入、输出类问题：视频盒/卡。

6）当仅从光驱读取多媒体文件时出现故障，在软件设置无效时，用替换法确定光驱是否有故障。

7）对于有噪声问题，检查光驱的音频连线是否正确安装，音箱自身是否有问题，音箱电源适配器是否有故障，以及其他匹配问题等。

8）检测硬盘、CPU、主板是否有故障。

9.3.7 兼容或配合性故障

兼容或配合性故障主要是由于用户追加第三方软件、硬件而引起的故障。

1. 可能的故障现象

（1）加装用户的设备或应用后，系统死机或重启等。

（2）所加装的设备不能正常工作。

（3）开发的应用程序不能正常工作。

2. 可能涉及的配件

影响第三方应用最多的是：主板、CPU、内存、显卡及新型接口的外设。

3. 维修前的准备

熟悉用户的软件、硬件设备及加载的第三方应用。

4. 环境检查

（1）检查外加设备板卡等的制作工艺，对于工艺粗糙的板卡或设备，容易引起黑屏、电源不工作、运行不稳定的现象。

（2）检查追加的内存条是否与原内存条是同一型号。不同的型号会引起兼容问题，造成运行不稳定、死机等现象，要注意修改 BIOS 中的设置。

（3）更新或追加的硬件，如 CPU、硬盘等的技术规格是否能与其余的硬件兼容。过于新的硬件或规格较旧的硬件，都会与原有配置不兼容。

5. 故障判断要点

（1）开机后应首先检查更新的或追加的硬件，在系统启动前出现的配置列表中能否出现。如果不能，应检查其安装及技术规格。

（2）如果造成无显、运行不稳定或死机等现象，应先去除更新或追加的硬件或设备，看系统是否恢复到正常的工作状态，并认真研读新设备、新硬件的技术手册，了解安装与配置方法。

（3）外加的设备如不能正常安装，应查看其技术手册，了解正确的安装方法、技术要求等，并尽可能使用最新版本的驱动程序。

（4）检查新追加或更新设备与原有设备间是否存在不能共享资源的现象，即调开相应设备的资源检查故障是否消失，在不能调开时，可设法更换安装的插槽位置，或在 BIOS 中更改资源的分配方式。

（5）检查是否由于 BIOS 的原因造成了兼容性问题，这可通过更新 BIOS 来检查。

（6）查看追加的硬件上的跳线设置是否恰当，并进行必要的设置修改。

（7）对于使用较旧的板卡或软件，应注意是否由于速度上的不匹配而引起工作不正常。

（8）检查原有的软件、硬件是否存在性能不佳的情况，即通过更换硬件或屏蔽原有软件来检查。

思考与练习

1. 计算机维修时需要注意的事项有哪些？
2. 计算机维修的基本方法有哪些？
3. 计算机系统常见的故障有哪些？
4. 计算机工作的理想环境是什么？
5. 计算机维修过程中应依据什么原则？

第10章　计算机组装与维护实训

10.1　实训1　计算机系统组成及设备的认识

一、实训目的

1. 通过实训，了解计算机系统的软件、硬件组成。
2. 重点培养学生对计算机硬件系统各组成部件的识别能力。

二、实训前的准备

1. 计算机硬件、系统软件以及常用工具软件数套。
2. 常用计算机外设数套。
3. 指导老师把计算机硬件组成的部件、卡件等归类、分组。

三、实训内容及步骤

1. 整机的认识。
认识一台已组装好的计算机，重点了解它们的配置和连接方式。
2. 机箱、电源的认识。
(1) 机箱的作用、分类。
(2) 机箱的内部、外部结构。
(3) 机箱的前、后面板的结构。
(4) 电源的作用、分类、结构、型号、电源电压输入/输出情况等。
3. CPU的认识。

4. 主板、内存的认识。

(1) 主板。对比了解并认识计算机主板的生产厂商、型号、结构、功能组成、接口标准、跳线设置、在机箱中的固定方法及与其他部件的连接情况等。

(2) 内存。对比认识计算机系统中的 RAM、ROM、Cache 等不同的功能特点，并进一步加深对内存在计算机系统中的重要性的认识。

5. 软驱、硬盘、光驱及数据线的认识。

(1) 软驱。认识软驱的生产厂商、作用、类型、常见型号、外部结构、接口标准（数据及电源接口）以及与主板和电源的连接方式等。

(2) 硬盘。认识硬盘的生产厂商、作用、分类、常见型号、外部结构、结构标准及其与主板和电源的连接情况等。

(3) 光驱。认识光驱的作用、分类、型号、外部结构、接口标准、主要技术参数及与主板和电源的连接情况等。

(4) 数据线。认识软驱、硬盘、光驱等设备与主板相连接的数据线的特点，并加以区别。

6. 常用卡件的认识。

主要包括显卡、网卡、声卡、多功能卡、CPU 转换卡、内置调制解调器等卡件的认识。

7. 常用外部设备的认识。

重点包括对显示器、键盘、鼠标、打印机、扫描仪、数码相机、外置调制解调器、音响等常用外设的作用、分类、型号、主要接口标准及与主机的连接方法等方面的认识。

8. 其他内容。

对螺丝刀、尖嘴钳、镊子、螺钉、电烙铁、万用表等组装计算机的常用工具和辅助工具的认识。

四、实训注意事项

1. 各小组在实训前要清点实物，做到有序放置。

2. 要按指导老师的要求有序进行操作。

3. 要轻拿轻放，未经指导老师批准，切勿随便拆任何卡件。

4. 要做到边实训边记录。

5. 如果实验室中没有实训必需的设备，由指导老师组织学生到本地区计算机公司实习并熟悉相关内容。

五、实训报告

实训结束后，按照上述实训内容和步骤的安排，根据掌握的相关知识写出实训报告。

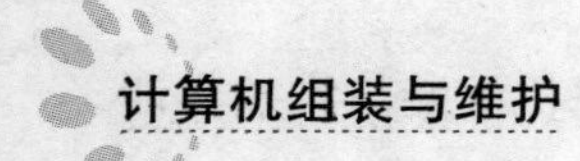

10.2 实训 2 计算机硬件的组装

一、实训目的

1. 认识计算机硬件组装中的常用工具。

2. 了解计算机硬件配置、组装的一般流程和注意事项。

3. 学会自己动手配置、组装一台多媒体计算机。

二、实训前的准备

1. 指导老师在课前准备好组装工具，把计算机硬件设备拆散分组（建议每小组采用不同的配置机型）。

2. 学生分成小组进行实训，每小组 2～3 人。

3. 认真阅读本书中计算机硬件组装的相关内容。

三、实训内容及步骤

1. 工具的认识。

(1) 检查本小组中常用组装工具是否齐全。如一字螺丝刀、十字螺丝刀、镊子、尖嘴钳、万用表等。

(2) 学习各种工具的正常操作、使用方法。重点掌握使用机械式或数字式万用表测试电阻、交流、直流电压及电流的方法。

2. 计算机的配置。

认真检查本小组的硬件设备配置情况，并阅读相关的说明书，给待组装的计算机列出详细的配置清单。

3. 计算机的组装。

计算机的组装技术在第 2 章中详细介绍过了，根据前面介绍的组装顺序按步骤完成计算机的组装。

四、实训注意事项

1. 严格按照实验室的有关规章进行操作。

2. 对所有的设备要按说明书或指导老师的要求进行操作。

3. 组装完成后，要全面检查无误后才能通电开机、试机。

五、实训报告

实训结束后，根据实训内容写出实训报告，必须包括以下内容：

1. 所在小组中计算机硬件的详细配置清单。

2. 写出组装步骤，并结合实际谈谈在每一个操作步骤中的体会。

10.3　实训 3　系统 CMOS 参数设置

一、实训目的

1. 进一步熟悉计算机系统 BIOS 主要功能及启动、设置方法。

2. 掌握通过系统设置程序 BOIS 对 CMOS 参数进行优化的方法，进一步提高整机系统性能，并为计算机的使用和故障诊断打下良好的基础。

二、实训前的准备

1. 已组装好的多媒体计算机数台。

2. 随机附送的主板说明书。

3. 认真阅读 BOIS 设置的相关内容。

三、实训内容及步骤

目前大多数主板通常采用在计算机启动时，按热键进入 BIOS 设置程序来修改 CMOS 参数，并优化系统性能。但不同类型的计算机进入 BIOS 设置程序的热键不完全相同，有的启动时在屏幕上给出提示，而有的没有给出提示。目前常用的有以下几种启动 BIOS 设置程序的方法，学生根据自己的计算机类型做出选择。

Award BIOS。启动计算机时按“Del”键。

AMI BIOS。启动计算机时按“Del”键或“Esc”键。

Phoenix BIOS。启动过程中，在屏幕左上角出现光标时按下“F2”键即可。

注意：目前有些兼容主板仍然使用按“Del”键的方式。

下面以比较常用的 Award BIOS 设置程序为例来进行操作。

1. 启动 BIOS 设置程序。

(1) 启动计算机，根据屏幕提示按“Del”键，启动 Setup 程序。

(2) 待几秒钟后，进入 BIOS 程序设置主界面。

2. 了解系统 BIOS 设置的主要功能。

进入 CMOS 设置主界面后，对照主机板详细说明书，全面地了解其所有的 CMOS 设置功能。如：标准 CMOS 设置、BIOS 功能设置、芯片组功能设置、电源管理设置、BIOS 安全设置、I/O 参数设置、普通与超级用户密码设置、硬盘检测、PnP/PCI 设置、系统优化状态设置等。

3. 常用 CMOS 系统参数的设置与优化。

在进行设置时，可以利用热键，更加方便操作，这些热键如下：

“F1”：如果想获得任一项更详细的帮助信息，可按此键弹出一个窗口来显示其说明信息。

“F5”：可重新载入上一次的设置值。

“F6”：重新载入 BIOS 设置默认值。

“F10”：把设置的参数存盘并退出设置。

“Shift” ＋ “F2”：改变屏幕背景颜色。

“←”、“↑”、“→”、“↓”：移动光标，改变当前选择项。

“Page Up” 与 “Page Down”：修改当前设置项的参数。

(1) 了解并修改本机器系统 CMOS 的基本配置情况。如果要查看并修改系统日期、时间、软驱、硬盘、光驱、内存等硬件配置情况时，使用此功能。

方法：利用箭头键移动光标，在主界面中选中第一项，即 “Standard CMOS Setup” 项，再按 “Enter” 键。

“Date” 一项设置日期，格式为 “月：日：年”，只要把光标移到需要的位置，用 “Page Up” 或 “Page Down” 键在各个选项之间选择。

“Time” 一项设置时间，格式为 “小时：分：秒”，修改方法与日期的设置是一样的。

“Primary Master” 和 “Primary Slave” 表示主 IDE 接口上主盘和副盘参数设置情况。“Primary Master” 和 “Secondary Slave” 表示副 IDE 接口上的主盘和副盘参数设置情况。

“Drive A” 和 “Drive B” 用来设置物理 A 驱动器和 B 驱动器，这里将 A 驱设置为：1.44MB，3.5in。

“Video” 项设置显示卡类型，默认的是 “EGA/VGA” 方式，一般不用改动。

当上述设置完成以后，按 “Esc” 键，又回到 CMOS 设置主菜单，再选择 “Save&Exit Setup” 选项存盘并退出，使设置生效。

(2) 自动检查外部存储设备配置情况。安装并连接好硬盘、光驱等设备后，除手动完成相关参数设置外，一般可通过 “IDE HDD Auto Detection”（自动检查硬盘）功能来自动设置。

待机器自动检查完成以后，选择 “Save&Exit Setup” 项存盘并退出设置。

(3) 修改机器的启动顺序。

“Boot Sequence” 决定机器的启动顺序。一般机器可以从软盘、硬盘甚至

CD-ROM 启动。

首先选择“Advanced BIOS Features”项，按“Enter”键，再把光标移动到“Boot Sequence”选项，此时的设置内容为“C，A”。用“Page Up”或“Page Down”键把它修改为“A，C”，“Only C”或“CD-ROM”等。

设置完成后，按“Esc”键回到主界面菜单，再选择“Save&Exit Setup”或直接按“F10”键使新的设置存盘后生效。出现确认项：“SAVE to CMOS and EXIT（Y/N）？N”后，按“Y”+“Enter”键，计算机会重新启动。至此，系统启动顺序设置就完成了。

四、实训注意事项

1. 如果参数设置错误，可能导致计算机整体性能下降或无法正常工作，设置时要倍加小心。
2. 如果设置密码后，一定要牢牢记清，否则可能造成计算机无法启动。
3. 每次设置完成后，切记要存盘才能使设置生效。

五、实训报告

实训结束后，根据实训内容写出实训报告，必须包括以下内容：

1. 结合本节实训内容，写出每一项的功能和详细操作步骤。
2. 如果使用的主板说明书是全英文的话，请把与“系统 CMOS 参数设置”一节翻译成中文。

10.4　实训 4　硬盘的分区、格式化

一、实训目的

掌握硬盘的分区和格式化方法。

二、实训前的准备

1. 已组装好的多媒体计算机数台。
2. 有关硬盘分区、格式化工具软件。

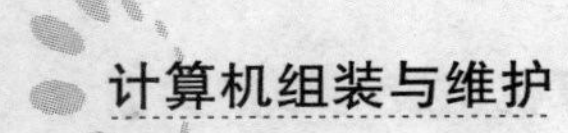

三、实训内容及步骤

1. 首先组装好一台多媒体计算机，把已准备好的带有 DM 软件的启动盘放入光驱中，启动计算机。

2. 在启动过程中，按“Del”键进入 BIOS 设置主界面，选择“BIOS Features Setup”的“Boot Sequence”一项，把第一启动顺序设置为“CD-ROM”，按“F10”键存盘退出 BIOS 设置，重新启动计算机。

3. 计算机进入 DM 分区主界面。

4. 按照软件的界面提示进行分区操作。

四、实训注意事项

1. 分区时，注意 C 盘要分 10GB 左右，因为一般用它来安装操作系统，要占用较大的空间。

2. 如果计算机有两个以上的物理硬盘时，其他硬盘的分区方法相同，逻辑分区符号按字母顺序自动进行分配。

五、实训报告

实训结束后，结合对硬盘分区、格式化的实际操作，列出详细的操作步骤，并谈谈学习后的体会，将以上内容写进实训报告。

10.5 实训 5 操作系统的安装

一、实训目的

掌握 Windows XP Professional 的安装方法。

二、实训前的准备

1. 已分区、格式化硬盘的多媒体计算机数台。

2. 准备好 Windows XP Professional 简体中文版安装光盘，并检查光驱是否支持自启动。

3. 在运行安装程序前，用磁盘扫描程序扫描所有硬盘，检查硬盘错误并进行修复，否则安装程序运行时如检查到有硬盘错误就会很麻烦。

4. 记录安装文件的产品密匙（安装序列号）。

5. 如果想在安装过程中格式化 C 盘或 D 盘（建议安装过程中格式化 C 盘），请备份 C 盘或 D 盘中有用的数据。

三、实训内容及步骤

1. 设置系统启动顺序。

启动计算机，按“Del”键进入 BIOS 设置，把系统第一启动顺序设为从 CD-ROM 启动。

2. 安装过程。

认真学习本书第 5 章相关内容。

四、实训注意事项

1. 安装系统前，应注意事先备份硬盘的文件。

2. 安装系统前，要对安装的计算机硬件有所了解，如本计算机的声卡型号、显示卡型号。

五、实训报告

实训结束后，结合实训内容，叙述安装系统过程中应注意的问题。将这些内容写进实训报告。

10.6　实训 6　设备驱动程序的安装与设置

一、实训目的

1. 熟练掌握安装计算机硬件设备驱动程序的常用方法。

2. 通过实训，使学生进一步了解计算机硬件设备工作的原理和特点。

二、实训前的准备

1. 数台已组装好的多媒体计算机，且已安装 Windows 2000 操作系统。建议不要使用 Windows XP，因为 Windows XP 系统中很多设备都是自动识别的。

2. 所有硬件设备的驱动程序光盘。

三、实训内容及步骤

1. 主板驱动程序的安装。

2. 显卡驱动程序的安装。
3. 声卡驱动程序的安装。
4. 网卡驱动程序的安装。
5. 打印机驱动程序的安装。
6. 扫描仪驱动程序的安装。
7. 调制解调器驱动程序的安装。
8. 数码相机驱动程序的安装。
9. 其他外设驱动程序的安装。

四、实训注意事项

1. 所有计算机硬件设备只有正确安装相应的驱动程序后，才能正常使用。

2. 若有些设备的驱动程序按常规方法不能正常安装，建议参考安装使用说明书，用手动的方法设置某些参数，如端口地址、I/O 地址、中断号等。

3. 对于一些即插即用的标准化设备，虽然多数情况下不需要专门安装驱动程序，但建议最好安装其附带的驱动程序，这样可更好地发挥设备性能。

五、实训报告

实训结束后，根据实训内容写出详细的实训报告。

10.7 实训 7 Windows XP 的配置与优化

一、实训目的

掌握 Windows XP 的配置与优化。

二、实训前的准备

1. 已组装好的多媒体计算机数台，且已正确安装 Windows XP 操作系统。
2. 操作前认真阅读本书中的相关内容。

三、实训内容及步骤

1. 优化启动设置。
2. 禁用多余的服务软件。
3. 关闭系统备份。

4. 删除一些可不用的东西。
5. 关闭部分功能。
6. 其他优化设置。

四、实训注意事项

1. 记住每次优化前的设置，如出现异常情况再改回原来设置。
2. 有些服务是 Windows XP 必需的，关闭后会造成系统崩溃。因此修改前请详细查看说明。

五、实训报告

结合书中相关内容和实训的操作实践，掌握 Windows XP 的配置和优化方法，并写出详细的实训报告。

10.8　实训 8　Ghost 软件的使用

一、实训目的

1. 掌握利用 Ghost 软件的备份功能来备份整个硬盘及一个逻辑分区的方法。
2. 掌握利用 Ghost 软件还原镜像文件来恢复系统的方法。

二、实训前的准备

1. 已组装好的多媒体计算机数台。
2. 带有 Ghost 软件的启动光盘。

三、实训内容及步骤

1. 首先下载 Ghost 软件或用光盘将 Ghost 软件安装到实训所用的机器上（下面介绍用光盘安装）。
2. 将光盘放入 CD-ROM 驱动器中，启动计算机，运行 Ghost 软件。
3. 单击“OK”按钮，进入 Ghost 主界面。
4. 镜像整个硬盘。在主菜单中通过上下箭头键选择“Local”，出现二级菜单。按如下步骤操作：
(1) 在上面菜单中选择“Local”→“Disk”→“to Image”，按“Enter”键。
(2) 选择镜像文件所在的盘，例如 D 盘、E 盘、F 盘等。

(3) 按照屏幕提示给已选择的盘输入一个镜像文件名（如 Disk1），按“Enter”键，机器开始显示制作镜像文件过程。

(4) 过几分钟后，镜像文件制作结束。

5. 还原硬盘镜像文件。

(1) 在“Local”菜单下的“Disk”选项中选择“From Image”。

(2) 在 D 盘对应文件夹下找到镜像文件 Disk1. ghost，机器自动进入选择硬盘的画面。

(3) 然后选择一个逻辑硬盘，并出现反显。

(4) 这是镜像文件里的硬盘的分区信息。单击“OK”按钮，会提示是否要进行这个操作。

(5) 如果执行这个操作，将会把该硬盘的所有数据（分区和文件信息、硬盘上的系统和用户数据等）覆盖，单击“Yes”按钮后，就开始写硬盘。操作完成后，按“Continue”按钮回到最初主界面。这样，就把原来的数据全部恢复到硬盘上去了。

四、实训注意事项

1. 操作中要认真看清楚每一步屏幕提示，对于初学者来说非常重要。

2. 在还原镜像文件时，要覆盖掉整个物理硬盘或逻辑分区，且无法恢复，所以要格外小心。

五、实训报告

1. 关于本软件的其他功能请同学自行完成。

2. 结合实训内容，针对本软件的所有功能，写出详细实训报告。

10.9　实训 9　杀毒工具软件的使用

一、实训目的

1. 进一步加深对计算机病毒及其危害性的理解。

2. 了解目前较广泛的查杀病毒的工具软件的种类、功能、特点等。

3. 学会使用 KV3000、瑞星等工具查杀病毒的方法，并能够独立完成这些工具软件的下载、安装、升级及参数设置。

二、实训前的准备

1. 能正常使用的计算机数台，最好具有上网的功能。

2. KV3000、瑞星、江民等查杀毒工具软件各一套。

三、实训内容及步骤

1. 开机进入操作系统，将瑞星杀毒软件安装到 E 盘根目录下。

2. 运行瑞星杀毒软件，了解其主要功能。

3. 对系统进行测试并修复故障。

4. 其他工具软件的使用，请自行安排时间练习。如启动“瑞星”杀毒工具以后，可先了解它的主要功能，然后再一步一步地学习它的具体参数设置与用法。如查杀病毒、开关实时监控、邮件监控、设置密码、选项设置、制作安装盘、隔离病毒、硬盘备份、制作硬盘安装备份等。

四、实训注意事项

1. 在查杀病毒前，一定要首先用杀毒工具盘来启动机器，以防机器内存被病毒感染。

2. 杀毒工具盘一定要进行写保护，以防它本身被病毒感染。

五、实训报告

结合对计算机病毒知识的了解以及本实训课的具体操作情况，写出实训报告，并谈谈个人对计算机病毒危害性的认识。

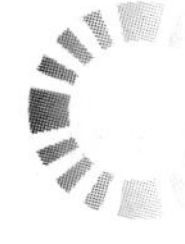

10.10 实训 10 Windows XP 系统维护工具的使用

一、实训目的

1. 进一步了解和认识 Windows XP 操作系统自带的有关系统维护工具的主要功能。

2. 熟练掌握各种维护工具的使用方法。

3. 通过对个别故障现象的分析，进一步提高对常见微型计算机故障的诊断、分析与处理能力。

二、实训前的准备

已组装好的多媒体微型计算机一台，建议安装 Windows XP 操作系统。

三、实训内容及步骤

1. Windows XP 操作系统“系统维护”工具箱的使用。

选择“开始”→“程序”→“附件”→“系统工具”选项后，可以了解当前机器的系统信息，对磁盘进行全面清理、备份；通过磁盘碎片整理程序来整理磁盘，设置开始与计划任务等项目。

2. Windows XP 操作系统资源管理工具箱“控制面板”的使用。

首先认识“控制面板”工具箱中共包括多少种不同的工具，并了解它们的主要用途。其次要熟练掌握一些重要工具的使用方法。比如：通过双击“打印机”图标来添加、删除及配置本地或网络打印机；双击“添加/删除程序”图标，用来安装和删除程序及 Windows 组件；双击“添加/删除硬件”图标，可以进行安装、删除和诊断硬件故障；双击“扫描仪及照相机”，可以对已安装的扫描仪和照相机进行参数设置等。

通过双击“控制面板”中的“系统”图标，重点熟练掌握“设备管理器”的有关功能和操作，以便快速获取有关系统信息和工作状态，并通过它来修改系统参数设置和排除系统故障。

在“控制面板”中双击“管理工具”图标，查看它的主要功能，如：计算机管理、服务、性能、事件查看器、组件服务、Server Extensions 管理器、Telnet 服务器、本地安全策略、数据源（ODBC）管理等项目。

3. 系统维护实例。

（1）练习使用高级启动选项来启动机器。

（2）练习使用 Windows Update 来更新系统文件。

（3）在“控制面板”中双击“添加/删除硬件”图标，根据窗口提示练习如何诊断系统硬件设备故障。

四、实训注意事项

1. 实训课内容较多，请同学们在课前一定要认真复习本书中的相关内容。

2. 实训操作前，可以在指导老师的指导下，自行设置一些故障来练习，但千万注意不要造成致命错误，以防损坏机器。

五、实训报告

1. 结合所使用的机器的配置情况，写出它的详细系统信息。

2. 结合一些故障现象，说明如何诊断和处理机器故障。写出详细操作过程报告。

参考文献

[1] 倪天林．计算机组装与维护．郑州：大象出版社，2007
[2] 刘瑞新．计算机组装与维护教程（第4版）．北京：机械工业出版社，2008
[3] 薛东亮．计算机组装与维修．北京：电子工业出版社，2009
[4] 肖友荣．计算机组装与维护．北京：人民邮电出版社，2008
[5] 刘国纪，张小华．计算机组装与维护入门．重庆：重庆大学出版社，2007